STELLA MANHATTAN

SILVIANO SANTIAGO

Stella Manhattan

Romance

Copyright © 2017 by Silviano Santiago

Grafia atualizada segundo o Acordo Ortográfico da Língua Portuguesa de 1990, que entrou em vigor no Brasil em 2009.

Capa
Marcelo Girard

Foto de capa
Body in cube, de Petite Anatomie, de Hans Bellmer, 1957. Fine Art Images/ AGB Photo Library. © Bellmer, Hans/ AUTVIS, Brasil, 2017

Preparação
Andressa Bezerra Corrêa

Revisão
Carmen T. S. Costa
Marise Leal

Os personagens e as situações desta obra são reais apenas no universo da ficção; não se referem a pessoas e fatos concretos, e não emitem opinião sobre eles.

Dados Internacionais de Catalogação na Publicação (CIP)
(Câmara Brasileira do Livro, SP, Brasil)

Santiago, Silviano
    Stella Manhattan : romance / Silviano Santiago. — 1ª ed. —
São Paulo : Companhia das Letras, 2017.

ISBN 978-85-359-2981-2

1. Ficção brasileira I. Título.

17-06883   CDD-869.3

Índice para catálogo sistemático:
1. Ficção : Literatura brasileira   869.3

[2017]
Todos os direitos desta edição reservados à
EDITORA SCHWARCZ S.A.
Rua Bandeira Paulista, 702, cj. 32
04532-002 — São Paulo — SP
Telefone: (11) 3707-3500
www.companhiadasletras.com.br
www.blogdacompanhia.com.br
facebook.com/companhiadasletras
instagram.com/companhiadasletras
twitter.com/cialetras

Para Auggie e Minnie

Deus não quer que eu escreva,
mas eu sei que devo escrever.
Kafka

Prefácio
Diante da porta aberta

Tenho 81 anos. O romance *Stella Manhattan*, 32. Publiquei-o quando tinha 49 anos. Desde 1936, ano em que nasci no dia 29 de setembro, a lógica do três e de seus múltiplos sempre definiu a mim e aos produtos. O nove pelo viés do número três interfere na lógica de *Stella*. O romancista ganhava careca e cabelos brancos, o romance queria ser sexy. O jeito foi apelar para a memória. Localizar a trama nos anos 1960. O primeiro capítulo se abre no dia 18 de outubro de 1969. A rebelião de Stonewall, no Village, hoje marco histórico do movimento gay, ainda era manchete. Escrito em tempos de aids, *Stella Manhattan* é nostálgico da revolução. A dedicatória dupla — a Auggie (Agostinho) e Minnie (Francisco) — homenageia amigos mortos.

Velhice e infância são inseparáveis — disse-nos Machado de Assis. Basta atar as duas pontas da vida para desdobrar dom Casmurro em Bentinho e escrever a solidão amorosa que estoura no romance *Machado* (ou em *Mil rosas roubadas*). Difícil é conciliar velhice e idade da razão. Expulso do núcleo vital da experiência pelo peso dos anos, você entra escarrado na idade em que a voz da Morte desfia a contagem regressiva. Da desarmonia entre juventude e velhice, origina-se um objeto abjeto, ao mesmo tempo colorido, brincalhão e derrisório, semelhante à escultura de Niki de Saint Phalle à porta do museu Beaubourg, em Paris.

Aparentemente, o protagonista do romance se divide em dois: o jovem Eduardo e a atrevida Stella. Na verdade, se divide em três, já que importa é o lugar da *intersecção* de um no outro, do Outro no Um. Importa o eixo cilíndrico da dobradiça que destranca e vai abrindo a porta Stella até então reprimida pela rigorosa esquadria de nome Eduardo. Computa-se o três — a "diferença simétrica" entre dois, como se diz na teoria dos conjuntos, entre Eduardo e Stella.

As duas placas da dobradiça e seu eixo móvel dizem que a identidade (do ser) está para ser montada/desmontada como a escultura *Bichos*, de Lygia Clark, ou as *Poupées* [Bonecas], do surrealista Hans Bellmer. A identidade de *gênero* não é fixa nem imutável. É nômade. Coincide, no romance, com o escancarar da porta da Experiência na juventude e se figura como em quadro do pintor Francis Bacon. Em termos numéricos e demasiadamente humanos, identidade é uma questão de diferença simétrica. Representa-se pelo número três ou pelo nove e pode dar um pulo até o 69.

Stella Manhattan é proverbial. É juvenil, intuitivo, lúdico, estiloso (*camp*) e tem uma moral falocêntrica (a revolução comportamental a reclamava então) que pode ser lida na batida do samba "Quem cochicha o rabo espicha", cantado por Jorge Ben Jor. Não fique pelas esquinas, cochichando. Fale. Quem fala o *phalo* espicha. Passo a seguir Jorge, ao pé da letra: "Saia por aí pelo mundo afora fazendo amizades, conquistando vitórias. [...] Também não fique pensando que essas vitórias serão fáceis. Pois nesta vida de perde e ganha, ganha quem sabe perder. E perde, perde, quem não sabe ganhar. Por isso você precisa aprender a jogar".

Paralelamente, há em *Stella Manhattan* a caracterização do homoerotismo como desperdício (de sêmen). Gasto improdutivo, conquista do supérfluo. Desejo, transbordamento e esbanjamento da libido. Excesso de energia e "desregramento de todos os sentidos" (para retomar o verso de Rimbaud). Eis o homoerotismo como elogio à Alegria e à Vida, para atualizar os conceitos nietzschianos. O gasto improdutivo coloca contra a parede dos bons sentimentos conservadores e religiosos a noção de promiscuidade, aceita até hoje para caracterizar o universo gay.

Dentro do livro, pedi ajuda ao francês Georges Bataille. Recorri à noção de desperdício, desenvolvida por ele nos livros *A noção de despesa* e *A parte maldita*. Bataille fala do desperdício de energia, do gasto improdutivo como movimento em direção ao sagrado. Ao desdobrar o gasto como algo improdutivo, o eixo cilíndrico da dobradiça faz saltar à vista a perda de finalidade nas trocas capitalistas. Fala-se do gasto sem retorno para que salte à vista o dom. Troca-se o seis por meia dúzia. A sexualidade adquire outro e pleno sentido. Nega o bumerangue da fertilidade que garante o retorno produtivo da troca sexual. Georges Bataille dá o exemplo das joias: não é suficiente que sejam belas e deslumbrantes. Seria possível substituí-las por falsas. O importante é que signifiquem o sacrifício de uma fortuna pelo amor. O sacrifício do corpo pelo prazer.

À voz de Bataille acrescento a de Gaston Bachelard: "A conquista do supérfluo proporciona uma excitação espiritual maior do que a conquista do necessário. O homem é uma criação do desejo e não da necessidade".

Não estranhem notações numéricas e citações de artes plásticas neste depoimento. Tenho medo de ser um artista comovido, tenho medo de ser um artista que comove. O medo, como em Clarice Lispector, não é sentimento que imobiliza. Se meu medo não imobiliza, leva a quê? Ao despertar da sensualidade no leitor. De que forma despertá-la? Através duma escrita ficcional que o atinja como Lygia Clark o atinge, pedindo-lhe que monte (como se monta a um cavalo, no universo de Clarice) o "bicho". Espero atingi-lo, leitor, pedindo-lhe que trabalhe o contato epidérmico dos cinco sentidos com a escrita. Essa sensualidade, que se exige do espectador da obra de arte, são os corpos que eu gostaria de ter exposto em *Stella Manhattan*. Palavras se escrevem na página mais para serem vistas do que lidas.

Cito um trecho do romance: "Quero fazer um poema, um livro, onde a apreensão pelo tato seja o que importa. Pedir ao leitor que pegue as palavras com as mãos para que as sinta como se fossem vísceras, corpo amado, músculo alheio em tensão. Que as palavras sejam flexíveis, maleáveis ao contato dos dedos, assim como antes, na poesia clássica, elas eram flexíveis e maleáveis quando surpreendidas pela inteligência. Quero que a polissemia poética apareça sob a forma de viscosidade. Que não haja diferença entre apanhar uma palavra no papel e uma bolinha de mercúrio na mesa".

Fechada a porta da leitura, que *Stella Manhattan* seja jogado para um canto. É o que André Gide aconselha em *Os frutos da terra*: "Quando me tiveres lido, joga fora este livro — e sai. Gostaria que te tivesse dado o desejo de sair — sair do que quer que seja e de onde quer que seja, de tua cidade, de tua família, de teu quarto, de teu pensamento. Não leves meu livro contigo".

PRIMEIRA PARTE

*Não se trata de pintar a vida.
Trata-se de tornar viva a pintura.*
Bonnard

Primeiro
Ilha de Manhattan, Nova York
18 de outubro de 1969

1.

Ó jardineira, por que estás tão triste?
Mas o que foi que te aconteceu?

Stella Manhattan cantarola a canção enquanto abre a janela da pequena sala do apartamento em que mora, e logo em seguida respira o ar frio e poluído da manhã de outubro em Nova York. Incha e desincha os pulmões e o corpo quente exala uma compacta nuvem de fumaça pela boca como se fosse outdoor de cigarro ou de ferro de engomar na Times Square. *Wonderful morning! What a wonderful feeling!* cantarola em silêncio. Quando expira, Stella abre os braços e fecha os olhinhos amendoados e saudosos de sol tropical e calor carioca, e a fumaça sai arredondada e com langor preguiçoso dos lábios, compondo a palavra "sa-úúúúúúú-de", bordando dolentemente o ú, com parada brusca de ginasta na sílaba final, e Stella continua, antes de inspirar de novo, olhinhos abertos e brejeiros de odalisca *south of the bor-*

der: "Muita saúde, muito sexo e muitos anos de vida para gozar".
Abre os olhos, inspira; fecha os olhos, expira "sa-úúúúúú-de".
   Stella percebe, como não ia deixar de perceber? a velha vizinha de frente que o observa entre assustada e medrosa por detrás da vidraça do seu apartamento. Esta comenta o teatrinho matinal de Stella no palco da janela aberta, comenta-o com gestos e palavras dirigidos ao marido entrevado na cama, e conclui:
   "He's nuts."
   "Who's nuts?"
   "The Puerto-rican who lives in the building across the street."
   Stella inspira o ar poluído da manhã e expira "sa-úúúúúú--de". E vai sendo tomado por um frisson nostálgico de verão e praia, de sol quente de rachar e água de mar que arrebenta contra a areia escaldante, de mate que mata a sede, de dropes de hortelã e mentex, de cocada baiana, frisson de corpos suados e ardentes, *Rickie my boy, my boy Rickie, we'll fly down to Rio* (relembra a frase que disse hora antes na cama), de corpos ensandecidos pelo calor, sensuais, recobertos de óleo de bronzear, avivando ui! músculos e coxas, corpos estirados em estudado desleixo pelas esteiras de Copacabana beach, lovely place in Brazil. "You and I, we'll fly down to Rio."
   Expira e abre os braços como vedete na apoteose final de teatro de revista da Tiradentes e, se tivesse uma escada na sua frente, galgaria degrau após degrau entre plumas, strass e paetês, luxuosamente, luxuriosamente galgaria os degraus até chegar ao topo de onde em afinado e longo trinado, jogando beijos beijos e mais beijos para os admiradores que gritam em delírio: "É a maior! É a maior!", de onde tremularia a voz num agudo que ribombaria pelas abóbadas do céu de Manhattan sob os aplausos frenéticos da plateia. Stella Manhattan: Estrela de Manhattan.

"Lá vou eu, divina, me segurem que divina lá vou eu", grita como se já montada numa vassoura de bruxa, voando mary-poppins por sobre os edifícios. Veio um golpe de vento soprado do rio Hudson que lhe tira toda a graça do rosto e derruba alguma coisa no apartamento; olha: o porta-retratos. Fecha depressa a janela mal-humorado.

"Haja saco!"

Detrás da vidraça vê a velha gringa que, também por detrás da vidraça, lhe faz caretas e gestos no edifício em frente e faz outras tantas e outros tantos para ela. "Não brinca, não brinca com Stella, velha megera, porque você não sabe do que ela é capaz. Um dia ainda te torrrce o pescoço." A velha some por detrás da cortina encardida, sim, ela sabe e como sabe do que Stella é capaz, isso desde o dia em que cruzou com ele na rua e este lhe disse cobras e lagartos, e mais: que deixasse de ser enxerida na vida dos outros, você devia mais é lavar as vidraças e cortinas do seu apartamento, they're as dirty as your mouth, look at them!

"I hate New York", Stella grita sem muita convicção por detrás da vidraça, olhando para o céu cinza de outono e para a rua sem pedestres, onde a faixa cinzenta do asfalto é acompanhada por faixas paralelas, ininterruptas e multicoloridas de carros estacionados. *Não é um ventinho desses* pensa *que vai me tirar o bom humor nesta glo-ri-ooo-sa manhã de outono*, e diz para si mesmo, imitando fotógrafo de antigamente diante do menino birrento: "Sorria, Stella, sorria, vamos sorria. Não deixa a peteca cair. Up, up. Cavalinho alazão, upa, upa. Olha o astral. A vida é bela. Life is beautiful. Gorgeous! New York is beautiful! You're beautiful. Here comes the sun. It's all right".

Stella amanheceu louca louca de alegria neste sábado. Mal se continha dentro do apartamento, precisava de palco, refletores e plateia. Era sábado e tinha se levantado pela segunda vez lá pelas dez e meia, desta segunda vez com o corpo ausente de Rickie colado de mentirinha ao seu.

Muito antes, seis horas da manhã, Stella dormia o sonho do paraíso nas ilhas dos mares do Sul, quando se sentiu cutucado e rolou de um lado para o outro na cama, cutucado de novo, foi aí que entreabriu os olhos se assustando, Wow! É de verdade! com a cara lambuzada do herói do sonho em carne e osso diante dele. Coçou os olhos e perguntou preguiçoso espreguiçando-se o que tinha acontecido.

"Time to go", escutou a voz de Rickie com os olhos de novo fechados.

"Oh! no. Not now."

Deixou que Rickie se aprontasse mesmo no escuro (reparou que tinha os movimentos automáticos do pilantra profissional que sempre tem de pular da cama no escuro e pôr a roupa rapidamente enquanto o parceiro só calça os chinelos) e, na hora da despedida, o acompanha até a porta: "Call me later. Você tem o meu número de telefone, te dei ontem no bar".

Stella se levantou pela segunda vez há pouco. Tomou o café da manhã com uma euforia de boca calada e olhos brilhantes (isto é, reprimida), euforia que esperava o momento propício para explodir. Explodia, e como!

Foi a camélia que caiu do galho,
  deu dois suspiros
  e depois morreu

cantarola de novo, enquanto toma a grande decisão da manhã, mas antes ainda cisma em voz alta: "... e depois morreu", e langoroso: "... morreu de amor", e suspirando: "... oh, oh, what a pity". *É sábado e tenho porque tenho de limpar o apartamento. What a mess! Que sujeira, dear dear Stella, you have to do some-*

thing. Qualquer dia destes você acorda e diz bom-dia para o rato que passa correndo para a toca. Bom dia, seu rato — repreende a si mesmo com o dedo em riste, depois de ter passado o mesmo dedo indicador pelos móveis desenhando caminho entre a poeira acumulada.

Rufla tambores "rataplã-rataplã", toca corneta "tarará-tarará", empertiga-se "um-dois feijão com arroz", e logo bam-be-i-a o corpo de novo. Faz de conta que amarra um lencinho colorido da Azuma na cabeça para proteger os cabelos da poeira, fazendo turbante com coque atrás; faz de conta que veste vestidinho de chita leve e sem mangas e, for sure, sem cinto, que as carninhas ainda estão duras, duras! E pinça as nádegas de um lado e do outro para comprovar, fingindo que não percebe as gordurinhas do inverno nas ancas. Faz de conta que calça alpercatas havaianas, que pega vassoura e aspirador e "la-ra-li-la-ra-li", sai de aspirador de pó em punho para a faxina semanal, quebrando o corpo pela cintura e empurrando as pernas para a frente como se elas estivessem em contradição com as costas que se inclinam mais e mais para trás.

Uma graça — olha-se no espelho da sala e, *hum hum coisinha fooofa da mamãe,* belisca as bochechinhas afogueadas pelo vento frio da manhã. *Sou di-vi-na ou não sou?* — imita Branca de Neve sem os sete anões. *Quanto Príncipe Encantado, Rickie, não daria tudo, tudo, por esta brejeira doméstica dos trópicos! E você me pede, ao se despedir, vinte dólares pro táxi.* "Que po-bre-za!" constata desiludido e em voz alta, fazendo beicinho, mas logo liga o aspirador de pó para não escutar a sua voz e o eco da voz de Rickie pedindo-lhe os vinte dólares para o táxi às seis da manhã. Liga e, num segundo, desliga o aspirador, *eta cabecinha mais desmiolada, como é que posso passar o aspirador antes da faxina.*

"Não é pelo dinheiro" — tenta justificar-se a si mesmo diante do espelho. — "Não, não é pelo dinheiro. Vinte dólares?

Se tivesse passado o resto da noite no bar, teria gastado até mais. É porque fico pensando, Rickie, que não houve amor, não houve amor entre nós, Rickie. Do you understand, Rickie? No love!" Cantarola irônico para afastar a ameaça de lágrimas e o baixo-astral que o vai envolvendo:

No love, just fuck.
No love, just money.
No fuck, just love.
No money, just love.

Mas o que fica borbulhando insistentemente na tolinha da sua cabecinha é a palavra "amor", borbulhando glup-glup-glup, como peixinho dourado em aquário de restaurante e, mais solta bolhas glup-glup, mais os olhinhos de peixe frito de Stella cismam pelos quatro cantos da sala, glup-glup, atrás de alguma coisa que relembre a noite passada. Rickie em nada tinha tocado, entraram direto para o quarto e de lá saíram direto para a porta de saída, não sem antes — *se me telefonar é porque não foi só pelos...* — autocensura o final da frase criando suspense para si mesmo.

2.

Stella Manhattan, aliás Eduardo da Costa e Silva, com terno da Bloomingdale's, camisa de colarinho abotoado e gravata com listras verticais dos Brooks Brothers, há ano e meio chegou malvestido, medroso e deprimido a Nova York. Apesar de não ser da carreira, veio para trabalhar no consulado brasileiro lá no Rockefeller Center. Puseram-no na seção de passaportes, com a função de atender o público.

No início pedia desculpas a deus e a todo mundo por tudo: pelo que tinha feito, pelo que não tinha feito, pelo que tinha feito de errado e pelo que tinha feito de certo. Aos poucos foi perdendo as cores amarelas e sombrias de fera acuada contra a parede prestes a receber, implorando já, o tiro de misericórdia, e ganhando as cores da alegria e da espontaneidade. Retraído e sorridente, se soltava quando conseguia colocar uma palavra picante no comentário.

Logo, logo fez boa camaradagem com as colegas da seção (eram três moças que já não vestiam o azul e branco de normalista nem tinham definitivamente entrado para o rol das titias, eram três balzacas prontas para se despetalar), camaradagem que pouco a pouco se transformou em amizade com direito a cochichos indiscretos e confidências tipo cuidado que a parede tem ouvidos.

No final do segundo ou terceiro mês houve, porém, nova metamorfose no terreno quatro por seis, circunscrito pelo balcão de atendimento de um lado e pela porta que dava acesso ao resto do consulado do outro: as três passaram a tratar Eduardo com a intimidade de mão única, a que é filha do ciúme. Como as três ficavam sentadas e só ele de pé, a inveja levou à deferência e esta criou dois planos na sala do escritório. O de baixo e o de cima, elas e ele. Havia mesmo um quê de interesseiro na maneira como o chamavam agora para o café das quatro, hora em que terminava o expediente de atendimento ao público. Tudo isso, fácil de deduzir, porque tinham descoberto — e comentavam maliciosamente o fato entre elas — que Eduardo almoçava uma vez por semana com o adido militar. No único dia da semana em que este vinha ao consulado, às quartas. Não podiam perdoar, como poderiam perdoar de um igual um golpe tão baixo e sujo. Ia sempre sozinho. Nunca convidava, ainda que fosse uma delas, só uma.

A Maria da Graça dizia para as outras duas sem levantar os olhos da máquina de escrever:

"Tem cachorro neste mato", ao que a Terezinha acrescentava olhando para a Da Glória:

"Se tem, só não vê quem não quer", e a Da Glória não falava nada, sorria um sorrisinho apertado e adstringente como se só ela, ela só e kolynos soubessem o verdadeiro motivo pelo qual Eduardo e o adido militar almoçavam juntos na quarta.

O sorriso da Da Glória não era um sorriso de quem escuta e não comenta, era tique coitada! Um tique que tinha quando ficava cismando no vazio do dia com a cabeça varrida pelo vento que embalança as palmas, embalança as palmas dos coqueiros de Pajuçara, mas o pseudossorriso intrigava as outras duas que já começavam a armar um complô contra ela.

Dizia a Terezinha de pé no balcão:

"Tem gente que é amiga só na hora do bem-bão. Quando vê alguém afogando, nem perde tempo, diz que é de brincadeira e vai em frente de alma limpa."

"Gente assim acaba pagando, e pagando caro. Se não é aqui, é lá em cima", a Maria da Graça completava, rolando os olhos do chão para o teto, com cara de professora primária ensinando catecismo.

A Da Glória calada.

"Tanta injustiça neste mundo, tanta", monologava a Terezinha vendo um rapaz que entrava na seção. Perguntou-lhe por Eduardo.

"Aquele, aquele sem —" começava a dizer quando deu por si e ficou balbuciando perdida no meio do seu ódio. Virou-se para a Da Glória como para uma tábua de salvação: "O rapaz aqui está procurando o Eduardo, você sabe onde ele está?".

"Oxente, ele não foi almoçar com o adido?" a Da Glória respondeu perplexa sem mesmo retirar da cabecinha oca o vento que embalança as palmas.

A fofocagem entre a Maria da Graça e a Terezinha era à voz baixa e não transpunha o balcão de atendimento nem passava pela porta que comunicava a sala com o consulado. Os tempos não andavam bons para quem ousasse uma palavra que pudesse arranhar ainda que de leve o uniforme verde dos militares. Sem esquecer que a Da Glória era filha do irmão de um alta patente quatro estrelas, cuja figura sem nome ficava dependurada no teto da seção como um anjo da guarda que a protegia anônima e bem pouco desinteressadamente, se se pensasse que dos quatro era a única que não fazia nada absolutamente nada. Ficava de papo pro ar o tempo todo escutando a música do vento que embalança as palmas dos coqueiros.

No momento em que as três voltavam a ficar sozinhas, em particular na quarta-feira à tarde, quando praticamente Eduardo não reassumia as suas funções e a Terezinha tinha de substituí-lo no balcão voltando à sua antiga posição, a Maria da Graça e a Terezinha se entreolhavam, com as respectivas línguas coçando como carrapato-do-mato e pronto! Já soltava a língua a Terezinha:

"Unha e carne os dois", e a Maria da Graça respondia:

"O Eduardo tem um jeito tão engraçado..." a Terezinha retomava, olhando para a Da Glória: "Só o embaixador não vê. Ah se fosse uma de nós coitada! Já tinha recebido bilhete azul, se já não tivesse sido repreendida. Você não acha, Da Glória?".

E esta ficava cismando, calada na sua escrivaninha sob o olhar patético da colega, até que a Terezinha repetia o que já tinha dito, e aí:

"Acho não."

"Por que você acha que não?" insistia a Maria da Graça pisca-piscando e pedindo a cumplicidade da Terezinha na pergunta. Agora tinham encantoado a fera. A Terezinha abanou de lá a cabeça, vá em frente, Maria da Graça.

"Oxente, o rapaz pode estar a serviço."

23

"Que serviço?" perguntou a Terezinha bicada por inveja e ciúme, com voz de única sacrificada com toda essa palhaçada de almoço nas quartas.

"Serviço, ora bolas. Ou vocês acham que militar não faz nada. Que leva a vida na flauta."

A Da Glória não precisava, para que ia precisar? de argumentos ou de exemplos para convencer as colegas. As outras duas sentiram imediatamente o peso do anjo da guarda verde-e--amarelo-quatro-estrelas dependurado no teto e se calaram. Continuar a conversa seria levantar dúvidas quanto à função e ao trabalho do coronel Vianna no consulado, e isso nunca. Pior a morte.

Os almoços de Eduardo com o adido militar não intrigavam só as três colegas de seção. Mais recentemente eram também objeto de curiosidade e especulação por parte do grupo de brasileiros de que Eduardo se aproximava com o intuito de fazer parte.

Por temperamento e por opção de vida, Eduardo não era chegado a uma solidão, ou a ficar curtindo fossa em casa. Começou a frequentar tudo o que era atividade cultural ligada ao Brasil. Mal podia ele imaginar que, às suas costas, o tinham na conta de espião infiltrado no meio intelectual dos brasileiros nova-iorquinizados. Solto no mundo, Eduardo prezava demais amor e camaradagem para desconfiar que detalhes da sua vida no consulado eram interpretados como peças de um quebra-cabeça dentro da lógica paranoica que era o solo comum onde se erguia o raciocínio dos brasileiros depois de 1964. Quanta coisa não lhe foi dita com o intuito de ser uma mensagem (falsa) para o adido militar. Olhe, diga isso para ele que logo isso chega aos ouvidos do coronel.

O galo cocoricó que cantava de político no apartamento de Eduardo era Stella Manhattan. E para Stella a substituição do presidente Costa e Silva pela troica militar entrava num ouvido e saía pelo outro. Stella era muito pouco nacionalista. Queria uma verdade política nova e libertária, de uso pessoal e coletivo, que imaginava calado sem chegar a formular, mesmo porque não seria capaz. Mais um feeling bem lá dentro, no profundo do profundo, do que um raciocínio racional e verbalizável. Foi deixando Stella sair das quatro paredes do quarto, sair de casa, descer o elevador, andar na rua, conversar com as pessoas, desmunhecar, que Eduardo foi se distanciando politicamente dos brasileiros que buscava.

Por não a ter levado a Woodstock naquele verão, Stella proibira Eduardo de ir ao cinema por um mês e de tomar sorvete de ameixa também. Por não ter deixado ela deitar na cama com John Lennon e Yoko, Stella ameaçara Eduardo com uma visita ao consulado e um bom papo bem descontraído e revelador com as três mulheres do sabonete araxá.

À medida que Eduardo procurava se encaixar no grupo de brasileiros, por sua vez o grupo encaixava nova peça no jogo de armar paranoico.

Por causa do seu sobrenome, Eduardo era parente próximo (filho, diziam uns, sobrinho ou neto, apostavam outros) do ex-presidente da República.

Não sendo da carreira, tinha sido contratado por ordem expressa do SNI que assim tinha uma pessoa de superconfiança para se infiltrar no meio cultural dos exilados. O fato de ter feito letras na Nacional ajudava, e como ajudava. Ninguém desconfiava dele. É um dos nossos.

Estando na seção de passaportes, poderia controlar melhor o pedido e a expedição dos documentos, levantando as suspeitas cabíveis e necessárias.

Os almoços das quartas com o coronel Vianna, influente figura na organização e planejamento do golpe de 1964, e depois na polícia da repressão, completavam a imagem de espião e davam crédito a todas as demais suspeitas. Quarta-feira era o dia da conversa mineira ao pé do ouvido, da troca de informações secretas: o coronel transmitia as de lá e Eduardo as de cá. Não era à toa que iam a um pequeno e discreto restaurante da rua 82, no East Side, com mesas distantes umas das outras e praticamente à prova de qualquer indiscrição.

Essas informações precisas sobre o restaurante e o almoço foram dadas pelo Carlinhos (codinome), que lá trabalhava de busboy e que tinha ficado intrigado pela cumplicidade à voz baixa que transpirava daquela mesa — sempre a mesma — no canto. Uma tarde tinha visto o coronel subscrever um cheque e entregá-lo a Eduardo.

Todas essas conjecturas eram falsas, bem entendido.

"Eduardo, espião? Vocês só podem estar brincando", foi preciso que Marcelo chegasse do Brasil para que pouco a pouco se fosse deslindando o mistério de Eduardo Costa e Silva. Uma única coisa em toda a história poderia ter sido comprometedora para Eduardo, mas disso ninguém sabia, só o embaixador, além dos dois implicados diretos, é claro.

Fora o coronel Vianna, a pedido do seu amigo na juventude e pai de Eduardo, que conseguira para este o emprego no consulado.

3.

Stella Manhattan caminha para a cozinha à procura de pó ajax, água sanitária, esponja e luvas de borracha. Começaria a fazer a faxina pelo banheiro, toma a decisão, mas antes abre a torneira da pia para um copo d'água, que a ressaca está braba, queimando a goela que nem primeiro shot de uísque. Deixa a água escorrer para esfriar.

O chiado ou a atitude de espera lhe trazem de volta o corpo de Rickie na cama sendo tomado de um prazer violento, gênero esbugalha os olhos, perde não perde a respiração, ofega que ofega que nem asmático no auge da crise. *Protestante é assim* pensa revendo os olhos esbugalhados que saltavam no rosto baby face enquanto o corpo dava um pinote, *uns santinhos de cabelos louros e olhos azuis, uns bibelôs que parece que foram feitos só pra vitrina, mas quando gozam é como se estivessem cantando em coro de igreja. Aleluia! Aleluia!*
"Aleluia! Aleluia!" retoma em voz alta imitando o *Messias* de Haendel.

Lembra transmissões de cultos protestantes negros que via na televisão aos domingos pela manhã, e revê pretas imensas de chapéu e gola branca imaculada, bem sentadinhas como mães que são de oito crioulinhos, bem-comportadinhas como fiéis em dia de recolhimento e preces, de histriônico só o olhar meio vivo demais para o ambiente, meio de capeta olhando pelo buraco da fechadura, e que, de repente, começam a bater palmas, saracoteiam que nem malucas, meneiam o corpo que nem baianas em desfile de escola de samba, e começam a esbravejar como loucas loucas, esbugalham os olhos, fazem dos braços hélices e saem voando pela igreja que nem baratas tontas, perdendo o total controle das emoções. *Quando trepam nem imagino. Devem botar a língua pra fora. Protestante deve ser assim. Frio frio por fora, quente quente por dentro. Ainda bem.* E pensa de novo em Rickie grudado ao seu corpo no momento em que começou a cantar os hinos do orgasmo, e como Stella era decididamente a favor do barulho não se intimidou e começou a fazer coro, se esquentando cada vez mais cada vez mais, já caldeira prestes a explodir, explodindo. Lembra-se da sua amiga Bastiana, a cozinheira da casa dos pais, pretona, fortona, gordona, um zepelim, nunca tinha visto ela com macho e, numa madrugada quente do verão carioca, ele viu ela num terreiro da baixada fluminense esperneando, fungando e guinchando que nem epiléptico. Para ele pai e mãe têm de ser católicos. Só católico fode em silêncio papai e mamãe, escondidos dos olhos de deus, chega à conclusão, *como se fosse castigo e maldição foder* pensa, sem se arrepender de ter deixado a casa dos pais e vindo para os States.

"Stella, mexa-se, menina", disse para si mesmo, num rompante nervoso em que fez todo o corpo tremer como que para tirá-lo do torpor em que entrou com as recordações, "e a faxina, Stella? Não vai ficar aí sonhando com o Rickie dos olhos esbugalhados como se fosse a sua amiga cubana, Lacucaracha". Enche o copo d'água e bebe estalando a língua que crepita que nem folha seca sendo queimada.

No banheiro calça as luvas de borracha como se fossem de pelica, exibindo para os olhos as mãos. Quer ver se todos os dedos tinham se calçado totalmente. Põe a mão direita na cintura em sinal de dúvida por onde começar: pia? banheiro? ou vaso? já que bidê não há. Tem ódio de limpar o vaso, ó-dio. Aliás, quando entra no banheiro para a limpeza, fecha a cara, resmunga e pede a ajuda da sua amiga Bastiana, que é pau pra toda obra. *Eu? Nunca* pensa Stella, *sou mais é de forno e fogão, como é que vou pôr as minhas mãos angelicais de fada nesta sujeira toda. Cruz--credo ave-maria* — e se benze todo como que para afastar toda a tentação do sujo.

"Vá em frente, Sebastiana, isso aí, molha primeiro as bordas, em seguida joga o pó ajax e esfrega com a esponja."

A Bastiana faz a limpeza obedecendo docilmente às ordens, enquanto Stella torce o nariz e só não fecha os olhinhos amendoados e sonhadores porque tem medo de acabar fazendo bobagem maior. A água de Nova York age sobre a louça do vaso como ácido e vai dando a ela um colorido amarelado de cobre, que se não for combatido com insistência acaba por manchar definitivamente a louça como uma cárie o dente. O amarelado vai cedendo ao branco do ajax à medida que a esponja vai e vem, esfregada com força e perícia e, quando a Sebastiana dá a descarga, Stella vê sorridente a enxurrada d'água levar a sujeira, deixando a louça translúcida, e é então que Stella bate no ombro da Bastiana e lhe faz os maiores elogios pelo capricho com que tinha executado o trabalho.

Ao passar para a banheira Stella vai-se descolando mais e mais da tarefa da limpeza e pensando na verdadeira Sebastiana carioca do subúrbio e a sua cabeça volta a flutuar como corpo de carne e osso pelo apartamento dos pais no início de 1968, logo depois do carnaval, e vê a si mesmo deitado na cama e trancado no quarto por dois meses, execrado pelos pais que não queriam aceitá-lo como filho depois do que tinha acontecido, do escândalo felizmente abafado por amigos influentes da família.

Eduardo se sentia então como um saco de batatas que tinha sido atirado num canto da casa pelos pais. Não entendia a maneira radical como se distanciavam dele, desmentindo todas as teorias que eles mesmos lhe tinham inculcado desde criança sobre os laços de sangue, a união da família. *Vejo a intolerância, a punição pelo silêncio e pelo distanciamento. Querem me massacrar* pensava Eduardo, quando se dava conta de que queriam se livrar dele como de um objeto cuja utilidade tinha sido perdida com o uso. "Me joguem no lixo. Me façam este favor." Pensava na carolice do pai, nos elogios que fazia à caridade cristã e não entendia o gelo nas relações, nas relações com ele tão necessitado. "Que me rifem!" gritou angustiado ao sair da mesa, adivinhando o desenlace da trama, ou fornecendo a solução do impasse para o pai.

Janelas fechadas, corpo suado estirado pelo lençol já úmido, o sol de Copacabana quente lá fora, mar e praia de verão piscando, convidando, vem! dentro do quarto silêncio, penumbra, tristeza e minhocas minhoquinhas e minhoconas escarafunchando as ideias, pensamento de sumir do mundo pela falta de apoio dos pais, de compreensão, e a Bastiana abre a porta — a única pessoa que naqueles dois meses entrou no quarto — para lhe trazer a refeição e dar uma arrumada nas coisas, que este quarto está sujo que nem chiqueiro, como dizia ela. "Discutiram o tempo todo na hora do café, que nem dois galinhos de briga. Não sei não", comentava a Sebastiana. Aquela pretona de olhos brancos e dóceis que entrava porta adentro com um sorriso e uma meiguice que desarmavam a cólera que nutria contra si e contra o mundo, aquela pretona abria as janelas e deixava o ar entrar, a luz do sol avivar passageiramente os objetos do quarto, aquela pretona lhe tinha dito um dia e nunca mais tocou no assunto: "Você sabe, tenho um sobrinho também que —", e em lugar do olhar se encher de lágrimas, de ter piedade ou de abrir o bué, sorria um sorriso de alegria e cumplicidade, aproximando-se da cama como fada madrinha, tocando-lhe com a mão os cabelos como se fosse varinha de condão, xô, xô, passarinho, xô, xô, sonhos maus, desapareçam deste rostinho tão bonito, xô, xô, sonhos maus.

 Agora Eduardo tem certeza de que foi a Bastiana que tinha evitado o pior. Foi naquela tarde em que a casa ficou vazia. Saiu pelos quatro cantos do quarto dos pais à procura do revólver que o pai dizia ter, no meio da conversa em que falava do perigo da casa ser assaltada, estava à procura do revólver, e a voz da Bastiana lhe perguntou nas costas se não queria uma xícara de café, tinha acabado de coar, estava quentinho. "Quer?" Graças a ela é que foi voltando confiante à face do mundo e nem teve um segundo de hesitação, "E é prá já", quando o seu pai lhe anunciou, num final de tarde de abril, que tinha arranjado emprego para ele em Nova York. No consulado brasileiro. Eduardo suspirou de alívio.

"Se não fosse pelo Vianna, não sei não", concluía o pai, "não sei não."

"Cuidado, Sebastiana, que a água está pelando" — Stella desperta a outra para a queimadura que sente no braço depois de ter passado inadvertidamente a mão pela torneira da banheira e depois da água pegando fogo ter entrado luva adentro.

"Está no mundo da lua, Sebastiana?" pergunta Stella repreendendo a outra por sua falta de atenção.

"Eu? No mundo da lua? Você é que fica aí feito bobo se lembrando de águas passadas, águas passadas não movem moinho", replica a Sebastiana conciliadora como sempre.

"Você é ingrata, mulher. Penso em você com o coração aberto e me diz que estou marcando bobeira."

Sebastiana nem abre a boca, na certa comovida com o elogio.

Stella fica um minuto pensativo, com as mãos enluvadas para o ar como se as estivesse entregando para uma manicura fazer as unhas, e nisso repara a pele do braço avermelhada pela água quente. Vira-se para a Sebastiana disposta a lhe passar um pito, mas aí se lembra de queixar você nunca me contou o resto da história do seu sobrinho.

"Pra quê? Já passou, passou já. Não sou vaca, ele não é boi pra ficar ruminando o mesmo capim pro resto da vida."

Stella escuta o conselho da Sebastiana e uma vez mais lhe agradece pela sua ternura.

Stella quer dizer qualquer coisa à Bastiana, se contenta com a vontade de dizer, que não é fácil assim apagar o passado, não como ela pensa. Que queria, quer, se esforça para apagar o acontecido, mas que o passado volta como um criminoso ao local do crime. Stella quer lhe explicar — mas acaba desistindo — que um crime foi cometido contra ele, e que os fantasmas que hoje rondam a sua vida são os criminosos de ontem que, não contentes só com o crime, voltam para uma vez mais sentir o prazer de infligir a dor a um ser sensível e de carne e osso. Ficam torcendo e retorcendo a faca na ferida aberta. Eduardo acaba não dizendo nada para a Sebastiana, porque sabe que ela vai defender os seus pais, pedindo a ele compreensão de filho, quando eles não tiveram a mínima compreensão de pais.

"Queria tanto, ah como queria! ter contado para alguém como tudo se passou" — Eduardo repete em voz alta a opressão que o vem perseguindo e só encontra ouvidos nas paredes brancas do apartamento, a opressão que sente dentro do peito e que, às vezes, acorda-o no meio da noite, fazendo o corpo tremer de frio imaginário, fazendo ainda lágrimas escorrerem pelos olhos, deixando enfim que a angústia baixe pelo seu corpo todo, angústia que fica mais densa que o ar, quase nuvem cinzenta de chuva, que paira pelos céus como ameaça de tempestade.

Precisa de um abrigo hoje, precisou ontem, procurou, procura e não encontra. Não teve portas onde bater.

Sem querer um dia encontrou o remédio certeiro contra as angústias noturnas: lembrou-se de uma música de Dircinha Batista, cantarolou-a, depois de outra de Ângela Maria, idem, e mais tarde outra de Dalva de Oliveira, "junte tudo o que é seu, seu amor, seus trapinhos, junte tudo o que é seu e saia do meu caminho", e aí achou graça porque já estava achando graça do pesadelo e da dor que oprimia o seu coração. Já sorria bem-humorado, pensando no seu lado coquete e sedutor de bicha tropical em Nova York, meio desprotegido, meio sem amparo, precisando do apoio forte de um homem. Só que agora encontrou um mais necessitado do que ele. Rickie. *A gente se mete em cada buraco* pensa. E conclui que foi bom tudo ter acontecido, foi bom, há males que vêm para bem, cantarola em falsete com a voz cheia de emoção e calor humano da Sapoti. Da inesquecível e única.

4.

"Mãos à obra, Sebastiana. Tem muita coisa pra fazer e você aí fica puxando conversa" — Stella, que tinha se sentado na tampa descida do vaso, fica de pé. *Fica aí sonhando, sonhando, daqui a pouco o telefone toca, e é Rickie darling pra lá e Stella darling pra cá, termina a manhã e lá se foi a faxina.* Passa para a limpeza da pia, e logo depois só faltaria pegar o balde de plástico mais a esponja com cabo na cozinha, embebê-la numa mistura de água com amoníaco e dar uma boa esfregada nos ladrilhos. Só a lembrança do cheiro do amoníaco faz com que exclame: "Que fedor!", fazendo cara da Sebastiana matando frango na área de serviço do apartamento, e pensa que amoníaco só é perfume para Lacucaracha, frequentador assíduo dos banheiros públicos do subway, "Where the action is, my boy", dizia ele, recomendando a visita.

Se não fosse pela Lacucaracha não sei não o que teria acontecido com Eduardo nos primeiros meses de Nova York. Triste, medroso, complexado, a primeira vez que sentiu que o seu corpo ainda existia foi no final do primeiro mês, quando foi cortar a juba numa barbearia de italianos na Oitava Avenida, isso depois que a Maria da Graça chamou ele num canto pra lhe dizer que não ficava bem que um funcionário do consulado tivesse cabelo de hippie, você sabe como são as pessoas, reparam e depois fazem mau juízo. Maria da Graça fora até gentil com Eduardo, porque o que comentavam era o cabelo afro dele e os traços negroides, mais salientes é claro com a vasta cabeleira encaracolada, "parece até Pantera Negra". Sentiu o calor da mão do barbeiro que roçava a pele do rosto. Ninguém em Nova York tinha se aproximado tanto dele até então. Calor de pele humana, de gente, roçar de mão. O gesto mecânico de abrir e fechar a mão para fazer a tesoura cortar lhe parecia uma carícia que queria nunca terminasse.

Lacucaracha, chamado Paco, de batismo Francisco Ayala, era um cubano fugido da ilha no início da década, bien gusano y anticastrista, que escolheu Nova York em lugar de Miami. Para justificar a escolha, dizia: "Para una persona como yo que siempre vivió en la Havana, no hay más que dos ciudades en el planeta: Paris y Nueva York", e continuava: "Paris está en manos de los comunistas, y Nueva York en manos de nosotros, amantes de la libertad".

Vizinho de andar de Eduardo deu de cara umas vezes com ele no elevador, e na terceira ou quarta vez que toparam um com o outro le saludó muy simpaticamente en español porque yo lo sentía aquí (e batia com o dedo no peito, ali no lugar do coração) que tú eras latino. "Brasilero? Ay, no me lo digas!" e quase teve um ataque histérico no cubo do elevador que subia, deixando Eduardo perplexo e sem fala até que chegaram ao quinto andar e as portas se abriram. Ficaram conversando charlando no corredor por alguns minutos, e aí Paco resolveu chamar o amigo para um drinque en mi casa que es la tuya por supuesto. Eduardo aceitou.

Dias mais tarde, numa outra e terceira visita ao apartamento de Paco, Eduardo descobriu a razão para o ataque histérico no elevador quando soube que era brasileiro.

Lacucaracha foi, é e sempre estará apaixonado por um jornalista brasileiro, único amor da sua vida, que não só se hospedou de graça com ele por três meses, esvaziando com gula a geladeira e com sede o bar, como ainda lhe deu pequenos e sucessivos calotes, até que um dia desapareceu no ar como passarinho fugido da gaiola, não deixando nem mesmo um bilhete tipo adeus, vou-me embora pra nunca mais voltar. Tchau. Mas não: tinha picado a mula com mala e tudo — y, como te lo diré, Eduardo, con otras cositas más, que Paco não nomeava por pudor mas que Eduardo adivinhava que era por paixão no duro.

"Tú no puedes imaginar, chico, qué macho!" lhe disse como arremate da triste história de amor infeliz que lhe tinha contado, e suspirava e revirava os olhinhos pra cima que nem ele só, como se fosse imagem viva de santo piedoso invocando os céus de joelhos no chão, para que deus lhe enviasse de volta aquilo que mais desejava no mundo. E como desejava. Ardientemente. Dolorosamente.

Naquela mesma visita, caminhou com Eduardo até uma estante de livros e bibelôs de vidro que ficava no quarto de dormir e lhe mostrou a prateleira do meio. Uma Bíblia de capa preta aberta ao meio onde brilhavam as lâminas também abertas de uma tesoura dessas enormes, de alfaiate profissional. Uma mãe de santo brasileira que passara por Nova York e que lhe fora apresentada por uns cubanos de Nova Jersey tinha-lhe aconselhado o expediente para trazer de volta o amante fujão.

"É tiro e queda!" disse ele para Eduardo com forte sotaque mas firme, como que para dar mais força à sua fé, da mesma maneira como o fiel depois de olhar fixamente uma imagem de santo começa a rezar para reforçar o voto de humildade e obediência que camufla o desejo de realmente obter o favor pedido.

A amizade entre os dois foi selada no mesmo dia em que se deram a conhecer dentro do elevador. Amizade à primeira vista.

Eduardo aceitou o convite para tomar um drinque no apartamento de Paco. Fim de maio, fazia calor na rua lá fora, mais lá dentro no apartamento, aquele calor úmido e pegajoso de Nova York, que faz com que a gente encharque a camisa mesmo sem mexer um só músculo do corpo. Paco abriu as janelas da sala e de nada adiantou, das bandas do rio Hudson não soprava brisa.

As janelas abertas apenas trouxeram para dentro da sala o burburinho do rush da Oitava Avenida no fim da tarde. Disse a Eduardo para tirar — se quisesse — o paletó e a gravata, ele por sua vez foi tirando a jacket que trazia. Perguntou o que queria tomar. Eduardo lhe perguntou de volta o que tinha para oferecer. Paco respondeu "quase tudo, menos cachaça" — e soltou uma risadinha discreta mas cúmplice cuja intenção Eduardo não chegou então a adivinhar. Pediu uísque com gelo. Paco ia no de sempre: gim com água tônica mais uma rodela de limão e lots and lots of ice, completou em inglês, e só então Eduardo se deu conta de que todo esse tempo ele falara português e Paco uma mistura de espanhol macarrônico bem diferente do aprendido na Nacional, uma mistura que lhe soava como algo divertido e borbulhante, palavreado português de gringo pela calçada da avenida Nossa Senhora de Copacabana.

"Sin música, no hay alegría", disse Paco e correu, com o copo na mão, para um móvel que ficava no outro lado da sala e que se apresentava como uma espécie de televisão-rádio-toca--discos-alto-falante. Quatro em um. Não escolheu disco, tocou o que já estava no prato. Bolero, desses enternecedores e enternecidos, típicos dos filmes da Pelmex que vez ou outra tinha visto no Rio meio pra rir meio pra chorar.

"Javier Solís, cantante mejicano, te gusta? A mi me encanta."

Eduardo não respondeu sim ou não, ia escutar e depois dava a opinião, e para ser agradável perguntou o nome da canção.

"Sombras", respondeu Paco quase que fazendo eco à voz de Javier Solís que cantava a mesma palavra no disco, enquanto choravam os instrumentos musicais, "échale, échale!" como só sabem fazê-los chorar os mexicanos.

Sombras nada más,
Entre tu vida y la mía,
Sombras nada más
Atormentando mi amor.
Puedo ser feliz
Y estoy en vida muriendo
Y entre lágrimas sufriendo
Este drama sin final.

Paco lhe pediu para que falasse do Rio, tinha conhecido há anos um muchacho carioca que lhe contava histórias e mais histórias sobre o Rio, de tal modo fantásticas que o Brasil com os seus nomes pitorescos fora ganhando corpo na sua cabeça como um país de contos de fada ou um gigantesco cartão-postal. Não conhecia o país de viver e ver, conhecia-o de ouvir falar, caminhava pelas suas avenidas e praças, se espreguiçava pela areia de Copacabana, tomava banho de sol na pedra do Arpoador e de mar em Ipanema, no trenzinho subia ao Pão de Açúcar e del Corcovado veía a toda la ciudad maravillosa, passeava pelo Rio como, quando era criança, percorria os caminhos dos contos que iam sendo contados pela mucama que, com ele no colo, fazia-o adormecer nas noites quentes e estreladas de Havana.

Paco dizia essas coisas com o olhar saudoso e sonhador, um olhar que pegou Eduardo pelo pé e lhe deu uma rasteira, apagando de vez a ironia que vez ou outra ameaçou aparecer nos lábios ou no brilho dos olhos diante do insólito daquele tiquinho de gente que revirava os olhos e fazia boquinhas, patinava pelo soalho e batia os braços como se fossem asas de pombo e ficava quase sem fôlego ao ouvir a voz aveludada e chorona de Javier Solís, el mejor cantante latino de la actualidad.

Aí Lacucaracha não aguentou mais e pediu a Eduardo que lhe falasse dos muchachos cariocas, unos guapos, qué digo yo, guapísimos, hermosísimos, piel de canela... Y unos muslos, dios mío! E mais falava mais revirava os olhos, mais e mais como se o deleite carnal fosse semelhante ao angelical. Pegou Eduardo pelo braço já no terceiro gim com água tônica mais uma rodela de limão e lots and lots of ice, e Eduardo no mesmo ritmo de uisquinho na mão — pegou Eduardo pelo braço e lhe disse que ia fazer uma confidência.

"Posso?"

"Que é isso? Pode ter confiança em mim, Paco."

O que Lacucaracha gostava nos muchachos cariocas era a maneira como andavam, andavam na rua, como que colocando todo o peso do corpo, assim! nos quadris. Da cintura pra baixo parecem uma coisa pesada, sólida, uma escultura de mármore, qué sé yo, de aço, de bronze, e da cintura pra cima qualquer coisa de leve, elegante, etéreo, como se o corpo, bem plantado no chão, estivesse sempre pronto para alçar voo. E deu um saltinho de Capitão Marvel depois de gritar "shazam". Os gringos são muito bonitos também, continuava ele, mas uns bolhas, sem vida, sin salsa, resumiu, fazendo uma caricatura de quem tinha la salsa para ele: um arremedo meio enfadonho meio divertido de uma Carmen Miranda com muito balangandã e muito brinco de ouro que é o que a baiana tem e com uns braços de polvo que é o que a baiana não tem.

Eduardo já ria das graças de Paco com o risinho malicioso e cúmplice da sua futura amiga íntima, Stella Manhattan.

Perguntou a Eduardo se já conhecia los sitios de atraco em Manhattan.

Eduardo não entendeu a expressão em espanhol e ficou com cara de tacho esperando o resto da conversa para ver se adivinhava o sentido.

O resto da conversa não veio porque Paco se calou, sem saber — diante da cara de tonto do outro — se tinha ido longe demais na mariconería. Ay! *Que lengua más maldita* pensou Paco, *tú hablas con él como si fuera tu amiga, y a lo mejor nada más quiere que serte simpático.* E continuou a dar uns murrinhos na língua maldita enquanto caminhava para o móvel em frente ao sofá para trocar o disco. Anunciou de lá que agora ia ser um cantante cubano, Daniel Santos, que para Eduardo soou como uma mistura de Nelson Gonçalves mais Miltinho, talvez um pouco mais puxado para a voz grave de Francisco Alves. Paco, menos os gestos da Lacucaracha, voltou ao sofá, se serviu, já olhando meio cabreiro para Eduardo, se serviu de mais um gim sem mencionar a rodela e o lots and lots.

Eduardo percebeu o gelo súbito no ambiente e se deu conta de que ainda não tinha respondido à pergunta de Paco e se adiantou pela primeira vez na conversa, como uma moça que, já tendo sido tirada várias vezes para dançar, percebe na cara impassível do rapaz ao lado que vai ficar sentada o resto da noite se, e toma coragem para convidá-lo para a próxima. Disse que não tinha entendido o que ele lhe perguntara antes de trocar o disco.

Paco se fez de desentendido num primeiro tempo, como rapaz que é tirado para dançar: *Tonto tú no eres, Eduardo, bien al contrario,* mas logo mudou de atitude e entrou no vai da valsa esquecendo convenções e outras frescuras.

"Sitios de atraco, tú no entiendes?"

Eduardo assentiu com a cabeça e Paco deu uma gostosa gargalhada de alívio trazendo de volta para a sala a espontaneidade cucaracha.

Lugares de pegação, Eduardo compreendeu em silêncio e depois em voz alta. Mostrando-se interessado no avivar dos olhos, Lacucaracha pegou o trem andando e foi falando que Nova York era o paraíso na terra, *tú no puedes imaginar, chico, hay de lo bueno y de lo mejor,* e foi logo enumerando as possibilidades sem perceber que o rosto de Eduardo se tornava sombrio, fechando-se numa careta enquanto o seu corpo sentado se encolhia — recuando-se ou sentindo-se acuado — contra o braço do sofá, dissociando-se da postura cúmplice e displicente que tinha manifestado desde que havia entrado no apartamento.

Depois de passar pelo Village, suas praças, ruas e bares, e mais outras ruas e o cais do porto, con los camioneros, una maravilla durante el verano, chico, tú lo verás, Paco entrou no capítulo dos cinemas, cuidado! mas muito cuidado mesmo com os da rua 42, e o rosto de Eduardo se contraiu tentando um último esforço de autocontrole, e mais força fazia para nada demonstrar, mais os músculos enrijecidos do rosto exprimiam a turbulência que lhe passava pelo corpo e o pulverizava em mil pedacinhos que uma força maior de contração tentava desesperadamente soldar.

"Qué te pasa, chico?" — gritou Paco assustado com o espetáculo que Eduardo lhe oferecia gratuitamente. "Dígamelo! Hable, hombre de dios!"

"Nada, não foi nada, já passa logo", respondeu Eduardo sem convicção, apenas para não ficar no silêncio, "uma lembrança ruim que me veio e me entristeceu, só isso. Mas passa logo", e estendeu a mão para pegar o copo de uísque. Vazio. Pediu a Paco para lhe servir mais uma dose.

Paco saltou do sofá e, não vendo mais gelo no balde, correu até a cozinha com ele na mão. Quando voltou, deparou com Eduardo que chorava sem esboçar o mínimo gesto de reserva.

O corpo de Eduardo tinha-se fendido e a água minava pelas rachaduras, escorrendo por elas como se fosse uma solda sentimental, bem diferente da outra, produto da força de autocontrole. Eduardo estava de novo inteiro e desabrigado diante de Paco e este, por sua vez, diante da majestosa e tranquila imagem de Eduardo entregue ao desespero, acalmou-se, perdeu o medo e se sentou no sofá em silêncio, com o corpo voltado para o outro que, impassível, deixava que as lágrimas escorressem pelo rosto como uma caldeira se alivia da explosão soltando nuvens de vapor pela válvula de escape. As lágrimas escorriam e, escorrendo, relaxavam os músculos de Eduardo enquanto o rosto ia reganhando aquela luz que certos santos mártires irradiam nas pinturas do Renascimento, assim o via Lacucaracha, sentado ao seu lado.

Olhava para Eduardo e, no lugar do rosto, de repente Paco viu uma luz que brilhava com tal intensidade que os seus olhos tiveram de ficar pisca-piscando para que pudessem suportá-la.

Temeroso e feliz, tal um rei mago que vislumbra no céu a estrela que conduz ao salvador, se aproximou delicadamente de Eduardo e lhe tocou os ombros com as duas mãos, girou lentamente o tronco do corpo sentado e, sem esforço, deitou a cabeça de Eduardo no seu colo, passando-lhe os dedos pelos cabelos como fazia a sua mãe com ele nas tardes quentes e ensolaradas de Havana. Lacucaracha sabia certamente que acabava de receber um fardo pesado muito pesado — os últimos meses de rejeição, sofrimento e solidão de Eduardo — e o seu colo, como uma almofada fofa, resguardava o fardo de maiores dores no seu encontro com o mundo.

Nisso a barriga de Eduardo ronronou de fome dando o sinal de alarme e ambos se abraçaram e, como se combinados, soltaram uma desopilante gargalhada, misturando português e espanhol no único desejo de sair para jantar.

Paco conhecia um restaurante chino-cubano adonde sirven una ropa vieja que és de lo más divino, ficava na rua 22 entre a Sétima e a Oitava Avenidas. Aqui pertinho.

"Tú no puedes imaginar, chico, me siento feliz feliz... como una lombriz."

Segundo

1.

A campainha do telefone soa. Eduardo dá um salto e quase escorrega nos ladrilhos molhados do banheiro onde tinha acabado de passar a esponja embebida numa mistura de água com amoníaco. O telefone tilinta de novo enquanto Eduardo pragueja contra os ladrilhos de merda filhos da puta. "Rickie, my darling, já vou", grita estabanado como se fosse para alguém que estivesse noutra peça do apartamento e, enquanto descalça as luvas, pensa despreocupado *Uau! Não esperava que me chamasse tão cedo.* Cantarola feliz, uma pluma caindo do céu:

>No money, no money, no money,
>*just love.*

com ritmo de balada americana. A campainha soando mais vezes o amedronta. *Daqui a pouco desliga o telefone e não volta mais a chamar, nunca mais,* passa pela sala voando e vai atender o tele-

fone que fica no criado-mudo ao lado da cama. Com a respiração ofegante, só pode escutar uma voz apressada e nervosa. "Eduardo, é o Vianna. Preciso falar urgente com você. Me espera na sua casa. Em meia hora estou aí."
"Que que houve?" inquieta-se Eduardo já apreensivo com o tom e sentindo o peso de todos os medos caindo em cima da cabeça numa marretada só.
"Umas coisas meio aborrecidas. É melhor que te explique tudo aí, na sua casa, pessoalmente. Por telefone, não dá, acho muito arriscado."
"Tudo bem comigo", aquiesce Eduardo. "Fico te esperando, não estou mesmo pensando em sair, chega à hora que quiser, que for mais conveniente para você."
"Meia hora no máximo estou aí", e desliga o telefone sem se despedir.
O barulho ininterrupto de carros no fundo da conversa, que Eduardo só agora repara, indica que o Vianna falou de uma cabine telefônica em rua com trânsito pesado. Lembra que o Vianna, sempre educado, e até mesmo um pouco pernóstico na solícita atenção que dispensa às pessoas (resquício dos anos em que, peça jovem e subalterna na engrenagem de uma carreira competitiva, não ousava levantar a voz ou mesmo fingir que não se dirigia a um superior hierárquico e sim a um companheiro, faltava-lhe aquele quê de arrogância que se encontra nos que nunca se julgam subalternos porque desde o início são privilegiados dentro do sistema por causa do nome de família ou do dinheiro), o Vianna nem lhe deu bom-dia nem lhe perguntou se tinha tirado ele da cama, e se o tivesse que o desculpasse, nem se despediu, *boa bisca não deve ser* pensa concluindo.
Eduardo entra em conjecturas que o deixam com o olhar vazio preso ao telefone cinza, silencioso e enigmático em cima do criado-mudo, o telefone que lhe aparece agora como uma

maçã bichada que, toma aí, segura, ele ganhou e cuja serventia procura descobrir já que para comer não presta. Telefonar para a Maria da Graça para sondar se houve algum galho no consulado. Bandeira demais, com as três patetas distância e água benta. Mas o que o Vianna quer falar com ele e logo no sábado e com urgência? Vai ver jantou ontem com o embaixador e este lhe fez algumas queixas em particular. *Quem sabe se ele só quer é me ajudar, me avisar, medida de precaução, Eduardo, você compreende, não compreende, Eduardo? Quem avisa amigo é, fica sem susto que estou do seu lado, numa boa, pra te safar.* Você me quebrou o galho antes, *agora é a minha vez,* imagina a fala descontraída do Vianna quando conversam a sós e sente confiança nele, se abrir com ele, é o melhor que pode fazer, acredita Eduardo, mas logo pondera que confiança, se há entre eles, vem mais dos laços de cumplicidade que foram atados do que do caráter do homem. *De gente melosa, passo longe como do diabo. Mela aqui, mela acolá, borra aqui, não borra acolá, e vai pondo e tirando máscaras segundo a conveniência. Meloso com o senhor embaixador, meloso comigo, no fim sou eu quem me fodo, ó.* Enxerga o Vianna todo subalterno, concordante e obsequioso com o senhor embaixador, mas logo troca o slide, até que não é bem o caso, o embaixador é civil, e revê o senhor embaixador no concreto do dia a dia rastejando diante do Vianna com medo do esporro — esporro de milico ainda por cima — por causa de fatos sem nenhuma importância mas de que morre de medo pelas consequências imprevisíveis na sua carreira, deve estar sempre se justificando, o senhor embaixador.

    Tira o fone do gancho e fica com ele na mão. Leva-o até o ouvido e escuta o zumbido do sinal de discar que logo é trocado pelo de ocupado. Coloca o fone de volta no gancho e vê que do telefone não sairá a solução para o problema que terá de enfrentar tão logo abra a porta para o Vianna e este despeje como enxurrada os problemas que o aborrecem e que só têm a ver com ele, Eduardo, porque se não, para que querer vir com tanta urgência, numa manhã de sábado, bater à minha porta, conversar comigo. Pessoalmente. Pelo telefone não dá, acho muito arriscado.

"Comigo não", Eduardo estremece e solta um grito no ar, tirando o corpo fora de toda confusão. "Deve ser coisa da Stella, só pode ser", e resolve repreendê-la:

"Faz das suas, põe as manguinhas de fora de down até uptown, e quem paga o pato sou eu."

"Calma, Edu, calma, re-lax", responde-lhe com dureza Stella, "não vai ficar aí pensando que chegou o fim do mundo. Vai ver que foi ele que entrou numa fria, aquele masoca. Não te telefonou de casa, é óbvio. Te telefonou da rua, logo devia estar no apartamento da Amsterdam, é lá que não tem telefone."

De repente Eduardo se tranquiliza. Caminha para o banheiro, vai dar uma boa geral nas coisas antes que o Vianna chegue. Vai também tomar um bom banho, relaxante, como lhe tinha recomendado Stella; fica assim pronto para o que der e vier, o que der e vier eu traço. Guarda as coisas de limpeza no armário da cozinha e também o aspirador. Nem chegou a usá-lo. A poeira ficaria esquecida por mais uma semana no chão e pelos móveis. *Não dá mais pedal depois dessa do Vianna. Haja saco,* aborrece-se. Bate a porta do armário num estrondo.

Seu pai, chegou carta do seu pai. Só pode ser. Alguma coisa aconteceu no Brasil: morte, desastre, doença — qualquer coisa e tudo eram possíveis, porque Eduardo nunca tinha escrito para os pais, também nem uma palavra sequer tinha recebido deles. No início, ficou sem jeito, não sabia o que escrever e como, e se escrevesse o que pensava nem era bom pensar, briga na certa, mal--agradecido, ingrato egoísta pra cá e daí por diante; depois achou que não mereciam uma linha, tinham agido com ele como se fosse um cachorro, nem a um vira-lata teriam feito o mesmo, e carolas como eram, imagina se não fossem, e no Natal de 1968 Eduardo quis lhes enviar um cartão de festas, chegou a comprá-lo na biblioteca pública ali na 42, levou-o para casa e o deixou na mesa da sala apanhando poeira até que foi parar na lata de lixo em fevereiro.

Me arrancaram da vida deles como se fosse uma casca de ferida. Cabe a mim fazer o mesmo. Chorar mais é que não vou. Nem lamentar. Já era, desanuviava a cabeça.

A vontade de escrever passou, tchau dobrou a esquina, sumiu, e quando o Vianna lhe perguntava pelo pai, mentia, dizendo que tudo ia bem e et cetera e tal.

Sua mãe doente. Eduardo fica apreensivo e triste.

"Fique frio, Edu", recomenda-lhe Stella, companheira para o bom e para o pior. "Não põe minhocas na cabeça que você entra num parafuso de onde não sai mais."

Pela primeira vez desde que tinha chegado a Nova York; Eduardo pensa no pai e na mãe, pensa nos dois, como uma falta, e não como uma razão de queixa. Parece que olha para uma jarra procurando com insistência as rosas, deviam estar ali e não estão. Tinham desaparecido no ar, sumido, como num passe de mágica. Se alguém é culpado, é o mágico que, com habilidade, cria o vazio num momento de espanto e admiração do espectador, sem deixar lugar para o sentimento de perda, de vácuo. Eduardo sente falta.

2.

Lá estava o Vianna esperando-o no aeroporto Kennedy em abril de 1968. Foi a primeira paixão de arrancar cabelo e espernear de Stella Manhattan, tipo birra de menino mimado: mamãe, eu quero papai. Primeira, não correspondida e passageira.

"Hoje somos amigas íntimas", dizia um, e acrescentava o outro: "A minha melhor amiga íntima, apesar da diferença de idade".

Um homaço o Vianna, tall and handsome, bonito e pouco latino na sua beleza baby face. Eduardo não acreditou no que via: ele se aproximando com um retrato na mão e lhe perguntando se era o filho do Sérgio. Deu por si e já estava abraçado e comovido e quanto! grudado naquele Rock Hudson que caminhava pelo meio da estrada dos cinquenta sem medo dos refletores.

No carrão último modelo (Eduardo se assustou com o luxo e aguentou firme), o Vianna lhe perguntou como ia o Sérgio, bem, muitas lembranças, e começou a rememorar a juventude dos dois em Belo Horizonte na década de 1940, com frases intercaladas por minutos de silêncio, como se a reconstrução do passado se fizesse também com o tempo entre um tijolo empilhado e o seguinte.

"Conhece Belo Horizonte?"

"Mal, muito mal, já nasci no Rio."

"Eu nasci no Espírito Santo, mas mudei pra lá aos dez anos."

Foi estudar no Colégio Mineiro e foi lá que conheceu o Serginho — na terceira série do ginásio, precisou, depois de um curto silêncio.

Morou com uns parentes na Renascença e, em troca de cama e boia mais roupa lavada, era que nem escravo no bar propriedade do tio.

Tinha a tarde livre para o ginásio.

Atendia o balcão, ia ao banco, fazia pagamentos, atendia de novo o balcão à noite e ainda lavava o chão depois do último bêbado ser empurrado pra fora.

"Eu descia no bonde Renascença, o seu pai no de Lourdes, e a gente se encontrava todo dia na praça Sete para tomar o Calafate ou o Gameleira na Carijós."

Deixou Eduardo num hotel da 45 entre a Broadway e a avenida das Américas, e disse que viria buscá-lo na segunda-feira, às dez da manhã para as apresentações de praxe no consulado. *O Vianinha e o Serginho. Não sei não. Mas ainda tiro isso a limpo, se tiro* pensava Eduardo, olhando a rua 45 lá embaixo, suja e encardida, também silenciosa naquela tarde de sábado.

Lembrou algumas frases do pai ditas na véspera do embarque como que para justificar o favor que o Vianna lhe fazia, e começou a recompor em sépia o quadro da amizade belo-horizontina dos dois. Reviu primeiro a imagem adolescente do pai de espinhas e cravos num álbum de retratos da família, e imaginou a crise espiritual ou religiosa, sei lá, por que tinha passado: missa todo dia, via ele com um grupo de rapazes na porta da igreja; reviu depois ele, noutro retrato, congregado mariano com fita azul em torno do pescoço, e imaginou muito murro no peito eu pecador me confesso a deus todo-poderoso de joelhos arrependido.

"Arrependido do quê?" perguntou Eduardo a si mesmo e sem resposta escutava a voz do pai lhe dizendo que tinha necessidade física, era a palavra dele, necessidade física de fazer o bem. Gastava todo o dinheiro da mesada, que não era pouco, em esmolas e passava ainda, escondido, alguns trocados para o filho da empregada, e foi assim que um dia lhe caiu nas malhas o Vianinha, necessitado e desconhecido, um pobre-diabo capixaba que morava com os tios na Renascença, mas uma bela alma, belíssima, dizia o pai.

"Belíssima!" suspirou Stella na janela.

Era caderno, livro, borracha, lápis, que Sérgio ia passando para o colega em ritmo de sentimento de piedade e coreografia de boa ação. Nunca mais se viram, cada um para o seu canto.

Já quarentões se reencontraram na capela do Posto 6. Os dois morando em Copacabana, um na Francisco Sá e o outro na Júlio de Castilhos. Deus, o Brigadeiro e Lacerda: se reencontraram na santíssima trindade da política pátria. O universo inteiro tinha dono e tudo — apesar do ameaçante comunismo internacional — estava nos eixos. Deus ficava com o céu. O Brigadeiro com a nação. E Lacerda com a cidade. O castelo é do castelão e quem manda no castelo é o castelão. Ainda pensavam da mesma forma e a amizade ressurgiu forte, eram os eleitos, batiam no peito, saiu o semeador a semear e a semente caiu na terra fértil, e se assustavam com o tempo passado na distância e não sabiam como não tinham se cruzado antes nas reuniões do Clube da Lanterna. Recapitulavam situações, nomeavam os amigos mais chegados, havia coincidências, coincidências gritantes, e não compreendiam por mais que tentassem compreender a razão de não terem se cruzado em algum canto.

Perguntado, Eduardo disse ao Vianna que tinha aproveitado o domingo para dar uma volta de reconhecimento pelo centro de Manhattan, descido até o Empire State e depois subido até o Central Park, escondendo do coronel a visita furtiva à rua 42, a uma sex shop.

Tinha dormido muito também, sono de alívio, não disse e pensou, sentindo que, desde a véspera, ia relaxando o corpo ao deixar que entrasse no movimento anônimo da grande cidade, se moldasse ao ritmo paquidérmico dos poucos white trash, porto-riquenhos e negros que perambulavam pela Quinta Avenida deserta, tão vazia como o centro do Rio em manhã de domingo. O domingo com temperatura de primavera, o primeiro do ano, esvaziara a cidade, e Eduardo levou um susto quando saiu à rua naquela segunda-feira e deu de cara com um burburinho digno da rua da Carioca.

Comentou com o Vianna a diferença no movimento de rua ontem e hoje e este sugeriu que tomasse a Quinta Avenida e caminhassem até o consulado, que ficava no Internacional Building do Rockefeller Center. Uns cinco ou seis quarteirões.

Será que o Vianna sabe, caminhavam em silêncio pelo barulho de Nova York como dois nadadores em raias diferentes, *claro que sabe, o papai teve que justificar o pedido de emprego.* O Vianna realmente sabia de tudo com todos os detalhes, e espreitava Eduardo pelo canto do olho dando graças a deus pelo Sérgio lhe ter enviado sem querer um anjo salvador, espreitava-o com o fim de fazer dele, no momento preciso, um cúmplice para as suas sacanagens, precisando como estava de desafogar desde que tivera de dar um chute bem dado no seu chofer particular, um gringo espertalhão de Oklahoma.

O puto estava exigindo cada vez mais dinheiro, dizia que ia casar, depois que precisava montar apartamento, e aí o Vianna bolou um plano para se safar dele.

Esqueceu o relógio personalizado e mais o anel no carro, e não deu outra, o Jack passou a mão nos dois. Naquela mesma noite o Vianna deu queixa à polícia fingindo nem mesmo desconfiar de quem teria praticado o furto.

"Ainda bem que o relógio traz gravado o meu nome, presente que foi dos colegas de farda quando fui promovido a coronel, e o anel foi comprado na Tiffany's e é modelo exclusivo. Vai ser fácil identificá-los", precisava o Vianna na delegacia, "you know all I want is to help you people."

No pega pra capar dos possíveis ladrões, deram com o Jack no bar da 110 com Broadway, bar que frequentava à noite, ostentando no pulso o relógio e no dedo o anel e se justificando:

"I found them yesterday in the car." Ia devolvê-los ao patrão no dia seguinte pela manhã. Estava esperando só a oportunidade.

No dia seguinte o Vianna viu-se obrigado a despedir o Jack, como é que ia dizer à sua mulher e à polícia que não ia despedi-lo depois do fuzuê todo. Por mim, tudo bem, mas podiam pensar que estamos mancomunados. O máximo que posso fazer é pedir à polícia que esqueça todo o caso. Tudo.

Jack lhe ficou agradecido. Ia casar, mudar de vida, procurar um novo emprego, prometeu.
O Vianna lhe disse que era melhor assim. Que contasse com um bom presente de casamento. Podia escolher.
Jack pediu uma geladeira.
O Vianna espreitava Eduardo e até mesmo o encorajava nos seus arroubos patati a liberdade que se respira nesta cidade, patatá que prazer ter sido recebido pelo senhor.
"Me trate de você", insistiu três ou quatro vezes o Vianna até conseguir mudar o hábito do outro. Queria ganhar primeiro a confiança de Eduardo para depois lhe pedir um favor. Pôr em prática um plano mais seguro do que ter um amante rondando a casa o dia inteiro. Nessa não caio mais.
No consulado houve as apresentações de praxe. O embaixador, ao lado do Vianna, fazia as vezes de um velho político-capiau-mineiro, baixinho e gordinho, tolhido no seu terno cintado que parecia ter encolhido mais ainda na última visita à lavanderia; falava baixo como se tivesse mau hálito e se mexia sem a graça social dos que a aprendem enquanto engatinham pela vida.
Igualzinho ao papai pensou Eduardo, dessas pessoas que desenvolvem um estilo de vida na juventude e o seguem ortodoxamente, e no final chegam a ser aquilo que já eram quando jovens — uns velhos.
Eduardo admirava o Vianna ao lado do embaixador:
por contraste — Eduardo tinha tremeliques,
por tabela — se orgulhava de ser seu amigo,
e embevecidamente babava: o corpo atlético em forma, vestido e calçado como industrial paulista réussi no mês de julho, deixava que a cabeça — lá no alto com olhos claros e molhados e mais boca nhão! vontade de beijar — iluminasse e atraísse como farol os funcionários que aconteciam passar ao seu redor. O Vianna conversava com o embaixador num canto, tratavam de assuntos confidenciais, e Eduardo pensou *é um tesão*.

51

Não deu outra: a estratégia do coronel tinha sido eficaz, Eduardo sucumbia ao seu charme, tanto mais porque longe dos olhos voltava-lhe a depressão dos últimos meses no Rio, o medo e a insegurança dos rejeitados.

Algumas semanas mais tarde, o Vianna o convidou para almoçar na quarta. Eduardo não podia acreditar no que ouvia, julgando-se feliz porque, tinha conseguido seduzir, quem diria? o coronel. *Agora é fácil, só um pouco de ousadia, e botar a mão. Está no papo.*

Novos receios foram surgindo também no seu dia a dia no consulado. Como já se sentia à vontade com o Vianna, ponderou que as três colegas de inveja podiam futricar, e futricariam, e morrendo de ciúmes podiam dedurar, e dedurariam, ao embaixador.

Vianna: "Deixa comigo", foi categórico como o super-homem alçando-se aos céus e pronto para uma nova batalha (inevitavelmente nova vitória) contra as forças do mal. It's a bird. It's a plane. No. It's Vianna.

Enquanto o coronel conversava com o embaixador, olhava para as três colegas como se fosse Mirian Lane na seção de passaportes. *As três não vão me perdoar*, não escondia o seu contentamento, piscando um olho em pensamento para a sua mais recente amiga, Lacucaracha. Ela ia gostar se ia de vê-lo de modelito Mirian Lane sôfrega, esperando a palavra definitiva de Clark Vianna. It's yes. Yes. Yes.

Tão logo fizeram a escolha dos pratos, o Vianna atacou de surpresa.

"Sei de tudo."

"Tudo?" ecoou Eduardo.

"Tudo o que se passou com você no Rio."

"Papai te disse?"

"Foi."

"E precisava?"

"Você o conhece melhor do que eu. Me pedia um favor e achava que não podia me esconder. Me mentir. Não tinha o direito."

"Mesmo assim deve ter-te mentido."

"Cuidado, rapaz", teve receio diante das ousadias inesperadas de Eduardo. "Isso são lá coisas que se digam sobre um pai. Um pai bom e honesto como o Sérgio."

"É que ainda estou muito machucado —"

"Não se justifica que —"

" — muito machucado."

"Compreendo."

"Foram duros comigo. Demais."

"Pelas cartas não parecia. Falava bem de você. Mostrava interesse em te mandar pra fora do país."

"Botar pra fora de casa, você quer dizer."

Percebeu que o rapaz estava sofrendo na carne a rejeição e que, portanto, o melhor que podia fazer era agir compreensivamente. Não espinafrou depois da nova rebeldia.

"Você acha que ele queria mesmo te botar na rua?"

"Acho, não. Tenho certeza."

"Sempre falava bem de você nas cartas. E acho que tinha razão."

"Conheço a raposa. Queria vender a mercadoria..."

"E vendeu."

"Como se o problema fosse esse..."

"E qual era?"

"Qual é."

"Qual é?"

"Pouca coisa. Compreensão, carinho, proteção. Muita coisa, quem sabe, muita coisa talvez para ele."

O Vianna precisava mudar o rumo da conversa. Não queria que o almoço fosse regado a choro. Bastava o vinho.

53

"No consulado estão satisfeitos com o seu trabalho, me disse hoje mesmo o embaixador. Até me agradeceu pela indicação."

"Ainda bem. Caso contrário —"

"Você permite que te diga uma coisa? Uma palavra de amigo?"

"Vai em frente."

"Te acho muito na defensiva."

"E não devia estar?"

"Não sei, parece que está querendo brigar com o mundo."

"Brigar?"

"Brigar. Dar murro. Dar porrada em qualquer pessoa que passa, tenha ou não tenha a ver com as suas frustrações."

"Devia ser mais cabeça baixa, mais cordato, é isso?"

"Não sei se cordato, atencioso."

"E levar porrada calado. Comigo não, cara."

Eduardo se excitava.

"Não estava falando: sempre na defensiva."

"Saquei", abaixou a cabeça Eduardo, enquanto o coronel se sentia forte diante da fera domada.

"Queria te dizer uma coisa."

Eduardo parecia não escutar, caramujo que tinha entrado para dentro da concha.

"Eduardo, acorda!"

Eduardo sacode a cabeça e volta à sala do restaurante, olhando como se tivesse chegado a um lugar estranho.

"Queria te dizer uma coisa."

"Diga."

"Fica entre nós, promete?"

"Prometo."

"Promete mesmo?"

"Claro que prometo. Diga lá."

"Também sou entendido."

Eduardo riu da palavra.

"Só você mesmo, Vianna."

O Vianna se encolheu, com receio do riso inesperado de Eduardo.

"Você já sabia?"

"Nem me passava pela cabeça. Aliás, passar até que passava, mas de uma maneira muito louca que nem dá pra te contar. Até que dá. Cheguei a pensar —"

"Por que você riu?"

"Ri? Quando?"

"Quando te confessei."

Eduardo se esforça para lembrar.

"Quando te disse que era também entendido."

Eduardo riu de novo, intrigando mais o Vianna.

"É a palavra — *entendido*."

"Que que há de mau com a palavra?"

"Nada."

"Nada?"

"Sei lá, é de salão. Meio gozada. De bicha pra bicha, a gente diz que é bicha mesmo. Ou então fanchona, se for o caso."

Na saída do restaurante deu uma nota de dez dólares para que Eduardo pagasse o táxi. Já tinha passado da hora de retomar o serviço. Duas e vinte. Eduardo recusou a nota.

"Não se preocupe. Telefono ali mesmo da esquina para o embaixador justificando o atraso."

"Sabe que já te conhecia do Rio?", ainda disse o Vianna.

"De onde?"

"De Copacabana. Posto 6."

"Da Gôndola?"

"Não."

"Da praia?"

"Não. Do calçadão à beira-mar."

O táxi parou.

"Continuamos a conversa na semana que vem. Estava ótima. Na quarta, o.k.?"

"O.k., na quarta", ecoou Eduardo saltando surpreso para dentro do táxi.

Mal se recostou na poltrona deu de cara com o passado do Vianna, como se fosse um filme projetado contra o vidro que separava a poltrona do motorista do assento traseiro. *Só pode ser ele* pensava e reviu uma Mercedes cor negra deslizando pela faixa de fora da avenida Atlântica. *Só pode ser ele,* sorria Eduardo feliz com a descoberta, *é ela, a Viúva Negra. Deve estar mandando uma brasa firme em Nova York,* pensava enquanto o táxi descia desembestado pela Segunda Avenida. A *Viúva Negra, a própria, em Manhattan, quem diria! Uau!* pensava a imaginação borbulhante de Eduardo, e as imagens noturnas cariocas se fundiam a outras mais recentes: um Lincoln último modelo estacionado no parking do aeroporto Kennedy, belo e aerodinâmico, pintado de um negro faiscante, Eduardo olhando para o coronel sentado ao seu lado no banco da frente e pensando que já conhecia aquela figura de algum lugar, abanando a cabeça e dizendo para si *é pura imaginação,* e essas imagens se fundem a um rosto incógnito no volante de uma Mercedes negra que seguia lentamente os três recos que saíram, às dez da noite, do Forte de Copacabana.

"A Viúva Negra ataca de madrugada", Eduardo escutou a voz do Zeca comentando.

A Mercedes parava. O motorista lá de dentro fazia sinal para um dos recos, aquele que não conseguira esconder o interesse pelo carrão que os seguia pachorrentamente. O motorista, não saía de dentro, nem mesmo abria a porta. Um coroa elegante, dava pra se ver. O reco debruçado soltava uma risada, depois outra, e depois do depois se despedia dos colegas que tinham ficado no calçadão esperando.

"Fico por aqui", gritava o reco, contornando o carro e entrando pela porta da direita.
O olhar à sua frente soltava faíscas. A Terezinha. De pé no balcão de atendimento. "Até que enfim!" foi ríspida com Eduardo. A Maria da Graça intercedeu, dizendo que o secretário viera informar que ele chegaria mais tarde.
A Terezinha engoliu seco.

3.

Mesmo dia da semana, mesmo restaurante, mesma mesa, outra conversa. Eduardo ousava.
"Você não tinha uma Mercedes no Rio?"
"Uma Mercedes? Tinha."
"Preta?"
"Preta."
O Vianna ficou com o olhar parado e Eduardo atento.
"Foi o meu último carro. Comprei ela de um colega que tinha voltado da Alemanha. Antes de partir, me desfiz dela, para o dono de uma imobiliária. Nem mais sei o nome dele. Foi o melhor carro que já tive. Nunca deu oficina. Me desfiz dela com pesar." Parou de falar, olhou para Eduardo sem saber por que falava tanto e não conseguiu esconder a curiosidade. "Por que você me perguntou?"
"Te vi muitas vezes no Rio."
"No Rio?"
"No Rio. No volante da Mercedes."
O Vianna sorriu, admirando Eduardo pela esperteza.
"Queria te pedir um favor."
"Você manda, não pede", disse Eduardo mais desinibido.
"Não se ofereça tanto, que depois se arrepende. E já será tarde."

"Depois, se me arrepender, te digo que não dá pé — não é mais fácil assim?"

"Exagera de um lado, exagera do outro. Essa juventude de hoje."

"Bom senso. Me falta bom senso."

"Te disse o seu pai."

"É isso aí."

"Esqueçamos aquele velho carola e ranheta."

"Está melhorando, vai em frente, Vianna, o que você quer?"

"Não dá para desembuchar assim. É meio longa a história. Você sabe, mulher, casa, colegas, fico muito visado."

O Vianna foi enumerando as mil dificuldades que tinha para transar numa legal em Nova York, ainda mais que gostava agora de gente barra-pesada e não enjeitava também negro ou porto-riquenho, e em Nova York, se a pessoa não estiver vestida a caráter nada feito. Só de uniforme. Cada um com o seu. Por isso tinha umas roupas de couro escondidas em casa e já não sabia mais como continuar a escondê-las sem levantar suspeitas da mulher. Pensou em guardá-las no consulado, no seu escritório. Não dava pra ficar entrando e saindo de valise na mão, iam pensar que tinha virado muambeiro. Já pensou, Eduardo, se pega fogo no consulado. Abrem a gaveta e bumba! Me expulsam do Exército. Às vezes dava para trocar de roupa dentro do carro. Entrava num estacionamento mais afastado do centro vestido de terno e gravata e de lá saía vestido com calça e blusão de couro. Guardava tudo no porta-malas. Tinha medo do carro ser roubado um dia, você conhece Nova York, não brincam em serviço, e nem queria pensar na polícia encontrando a parafernália toda: botas estilo caubói, cinto e casaco de couro fantasiados com arrebites prateados e mais o quepe. Nem queria imaginar o bode.

Eduardo já via que a transa não era nada fácil para a Viúva Negra. Eduardo concordava com a cabeça.

Antes, tudo se passava numa boa. Tivera um chofer que dava pra quebrar o galho, um cara de Oklahoma, com físico de jogador de futebol americano, burro que nem ele só. Mas legal paca. Quando o Vianna estava muito atacado, trocava de roupa na casa dele. Mentia dizendo que ia a uma festa. Ele entendia e não dizia nada. Acabou tendo de despedir o chofer no começo do ano, porque ficou com medo de que entregasse ele pra sua mulher. Foi uma pena. Já tinha uns meses que não sabia mais o que fazer. Desabafou:
"Estou matando cachorro a grito."
Eduardo riu da expressão e a comentou. O Vianna retomou.
"Sabe lá o que é passar a primavera e entrar verão adentro chupando dedo."
Eduardo se mostrou compreensivo.
"Dá pra sacar."
"Sabia que você ia me entender."
"Entender até que te entendo, não vejo como é que posso te ajudar", Eduardo pensava que a Viúva Negra queria fazer do seu apartamento vestiário de sadomasoca e adiantava precavido a conversa antes que fosse tomado de grande simpatia pelo drama do outro.

O Vianna pareceu não entender a deixa e prosseguia nas queixas. Tinha perdido outro dia um chofer de caminhão porque não tinha aonde levá-lo. O cara não queria ir pra um hotel. Disse que pagava o quarto. Respondeu que não era esse o problema. Tinha medo de entrar numa fria. Até que não enjeitava uma boa transa, mas tinha mulher e filho. "Comigo não tem dessa, estamos no mesmo barco", lhe disse. Não adiantou nada. Ficou empacado na esquina até que convidei ele pra uma cerveja. Queria marcar encontro pra outro dia. Nada feito. Ou hoje ou nunca. Então nunca.

Eduardo já tremia nas bases. O outro estava é querendo fazer do apartamento dele alta rotatividade. *Sem essa, cara* pensou já contrariado, *pode tirar o cavalinho da chuva.*
"Por que você não aluga um apartamento?" adiantou de novo Eduardo a conversa e, para tornar mais convincente a sugestão, ia dizer que o seu ideal era ter uma garçonnière, só não tinha por falta de dinheiro, quando foi interrompido por um Vianna eufórico e já agradecido.
"Como é que adivinhou?"
"Adivinhei o quê?"
"O favor que quero te pedir."
"Já está pedido. Diga lá o que é."
O Vianna falou então de um apartamento bem fuleiro e barato (duzentos dólares o aluguel por mês) que tinha encontrado na avenida Amsterdam entre as ruas 75 e 76. É bairro de negro drogado e de porto-riquenho bêbado, só que não tem perigo de encontrar alguém conhecido ao dobrar a esquina. "Já pensou, eu todo fardado de preto dando de cara com o embaixador!" Além do mais os vizinhos são gente que não enjeito. Casa tudo bem. O favor era o seguinte:
"Queria que você alugasse o apartamento pra mim. Fica no seu nome, se você não se incomodar. Você não teria é claro — despesa nenhuma. Tudo por minha conta."
Dos males o menor pensou Eduardo, já livre da companhia da Viúva Negra no seu apartamento, todo vestido de couro, acompanhado dos brutamontes, monstros, monstrinhos e monstrengos que deve andar pegando no por aí da vida, e concordou.
"Não sei como te agradecer."
"Uma mão lava a outra", disse Eduardo ironicamente, mas o Vianna viu naquelas palavras a eficiência do seu plano. Era um estrategista de mão-cheia. Tinha grande admiração por si, por Eduardo e, uma vez mais, agradeceu ao Sérgio, a deus, a

Nossa Senhora do Perpétuo Socorro e a todos os anjos da guarda por terem feito Eduardo cruzar o seu caminho.

Naquela tarde Eduardo não foi trabalhar.

"O embaixador já está avisado", adiantou o Vianna, e Eduardo ficou meio cabreiro mas pensou *deixa pra lá, bola pra frente*. Rumaram os dois de táxi para a agência imobiliária que ficava no West Side, na Broadway um pouco acima do Lincoln Center.

A secretária, uma judia com cara de Betty Middler, se assustou com a entrada dos dois gentlemen engravatados no escritório, tinha de decidir rápido se eram detetives ou ladrões.

O Vianna percebeu o susto da moça, deu um apertão no braço de Eduardo, "Fica calado, só eu falo", e disse que o apartamento não era para nenhum dos dois. Queria alugá-lo para um amigo deles, um conterrâneo, rapaz sem posses, estudante na Columbia, que estava passando por grandes dificuldades. O responsável seria o rapaz, Mr. Silva, que tinha ótimo emprego, dava todas as referências e todas as garantias etc.

Eduardo assinou as três cópias do contrato, devidamente preenchidas pela judia e ficou com uma para si.

O primeiro pagamento tem de ser cash, disse a moça.

Eduardo falou que não tinha problema. Tirou do bolso as notas de cem dólares que o Vianna tinha passado ainda no restaurante para ele.

"Seiscentos e trinta e cinco dólares — com as taxas", disse a moça.

Eduardo recebeu o troco e as chaves.

A judia ficou olhando para os dois, olhou para as notas de cem na sua mão, olhou de novo para os dois, e aí não aguentou:

"Say to your friend, he's a foreigner isn't he? To be careful. That's a hot spot. A real one. I'm not kidding."

O Vianna a tranquilizou dizendo que o outro já morava há anos em Manhattan, he's now going through his graduate studies at Columbia.

Eduardo teve a nítida impressão de que a moça não se tranquilizava.

Quando eles saíram a judia ficou pensando que tinha entrado numa enrascada, só podiam ser drug dealers, I bet. Latin-americans, they are all, that's why they come to this country.

Eduardo perguntou, já na rua, onde o Vianna tinha aprendido a falar tão bem o inglês. Falava muito bem mesmo, sem sotaque. Respondeu que tinha sido durante muito tempo homem de liaison entre o Exército brasileiro e a embaixada americana (antes da transferência para Brasília) e que também fizera cursos de especialização com militares gringos no Texas e no Panamá.

Chegaram logo à confluência da Amsterdam com a rua 75. Quando se aproximaram do número, dois bêbados porto-riquenhos, que estavam sentados no degrau da escada, se levantaram e saíram correndo em direção ao Central Park com a garrafa de Taylor's na mão.

Jovens negros que brincavam de basquete na calçada em frente pararam a brincadeira. Encostados contra a parede falavam entre eles como se estivessem cantando.

O edifício era um pardieiro. Estava escuro no hall de entrada e Eduardo pisou nalguma coisa e quase foi ao chão, olhou: uma lata vazia de Schlitz. Parecia que cada pessoa que subia ou descia a escada tinha por obrigação dar uma escarrada na parede e lambuzá-la com a mão.

"Terceiro andar. Chegamos. 3-F, onde fica?" perguntou o Vianna.

"Um nojo", Eduardo fez careta.

Quando abriu a porta, não acreditou.

"Só você mesmo, Vianna."

4.

Eduardo abre a porta e a Viúva Negra entra como foguete apartamento adentro mastigando e ruminando uma expressão de alívio.

Stella dá um salto pra trás e solta um grito de espanto mas logo Eduardo controla a situação, *fique fria, Stella,* percebendo que estava entrando numa encrenca braba, a maior da sua vida. Em boa coisa o Vianna não se meteu, tá na cara. Ali, vestido de couro, de negro de alto a baixo, com as mãos tremendo, o rosto lívido e a barba por fazer e os saltinhos da bota pipocando pipocando pelo soalho. *Vai ver que matou um, o sadomasoca* Eduardo pensa e se dá conta de que tem de se controlar, se não vai ser a ca-tás-tro-fe do ano, *boa coisa não vem por aí, chumbo grosso.*

A Viúva procura o sofá e pergunta se Eduardo não tem uísque em casa.

Responde que sim. Que vai pegar o gelo na cozinha e volta logo.

"Não precisa de gelo. Vai caubói mesmo."

Enquanto pega garrafa e copo no armário, Eduardo diz para o Vianna tirar o casaco de couro e o quepe, que ele está suando.

A Viúva não escuta e fica acuado sentado no sofá esperando o uísque.

Quase metade do copo, Eduardo despeja, e o Vianna vira de um trago só, gritando e movendo o corpo sentado pra frente:

"Comunistas-filhos-da-puta-motherfuckers-putos. Filhos de uma puta. Damn it. Deixa estar que ainda mato todos os comunas do mundo. Todos os cubanos. Todos. Os putos."

Eduardo repara que as pernas nervosas do Vianna estão incontroláveis e que a respiração ofegante de cão perdigueiro voltando da caça indica que veio esbaforido da Amsterdam até aqui.

"Relaxa, Vianna, não pode ter sido o fim do mundo."

"Se pudesse até que apertava o botão agora. Mandava todos os comunas do mundo filhos da mãe pros ares."

Enquanto o Vianna continua os xingatórios cujo único nexo é o ódio aos comunistas, Eduardo se tranquiliza sentado na poltrona em frente ao sofá. Tinha se servido também de uísque (a ressaca já era) e dado conta de que era impossível acalmar o Vianna. Dar tempo ao tempo. Eduardo está calmo e mais calmo fica quando pensa que não está frente a mais um escândalo sexual, a não ser que o Vianna, com o choque, tenha entrado em tal paranoia que enxergava vermelho todas as cores do mundo, até a dos gays. Better dead than red. Logo em seguida Eduardo perde a tranquilidade ao imaginar que o coronel tinha sido vítima de um rapto na noite anterior. Raptado por terroristas brasileiros em Nova York. Tinha conseguido se safar sabe lá deus como. E ali estava. *Desta vez sai matéria no* Daily News, *estava demorando*, conclui catastrófico Eduardo escutando as ameaças intermináveis do coronel. Eduardo resolve intervir deixando o instinto de precaução falar. *Alguma coisa tem de ser feita, e quanto mais depressa melhor.*

"Vianna, diga lá o que aconteceu."

A Viúva não escuta.

"Conta, Vianna, desabafa. Ficar ruminando ódio não resolve, o que foi que aconteceu? Foi coisa de terrorista?"

A Viúva entra em pânico. O corpo treme, o sangue sobe e o suor corre mais espesso pelo rosto fazendo caminho pela barba crescida.

Eduardo se levanta e se aproxima do Vianna para lhe tirar o quepe.

Ele recua assustado.

"Você disse terrorista? Querem me matar? Você sabe de alguma coisa? Se sabe, diga logo senão faço você perder o seu emprego. Na segunda mesmo."

Eduardo fica puto mas finge que não tinha escutado a ameaça. *Não vale a pena, porra. Além disso não é a hora. Não perde por esperar a Viúva Negra.*

A Viúva ficou balbuciando "terrorista", baixinho, repetidas vezes, movendo apenas os lábios, e mais balbucia, mais vai se acalmando como que ganhando o sangue-frio de soldado depois do ataque de surpresa.

Não vai dar outra pensa Eduardo, *amanhã estamos em todas as manchetes.*

O coronel se levanta, se empertiga e levanta a mão (Eduardo pensa *vai bater continência*), tira o quepe de couro negro e o coloca cuidadosamente sobre a mesinha de centro, tira o casaco preto, dobra-o e o joga no sofá já com certa displicência de gesto. Fica só de botas, calças de couro e t-shirt preta; os arrebites prateados do largo cinto brilham faiscantes quando o corpo negro se aproxima da janela e recebe a claridade baça do cinzento céu de outono. Dá meia-volta e se aproxima de Eduardo e lhe pede desculpas. Tinha exagerado.

"Sei que você me perdoa."

Eduardo concorda com a cabeça e pela primeira vez percebe que o rosto do Vianna era mais apropriado para aquela fantasia do que para o terno e gravata do consulado: tem o aspecto varonil de um gladiador gente fina que, solto na arena, brande o poder perdido como única arma. Eis a minha glória, eis a minha impotência.

"Sei que você me perdoa", repete.

"E ainda tem dúvida?"

"Tinha. Já não tenho mais."

Como o ator que se retira para o camarim depois do espetáculo, cansado e liberado, e começa a se reencontrar consigo mesmo, a Viúva Negra trazia o rosto sereno marcado aqui e ali por uma fúria que tinha passado, que está domada, domesticada, nuvem cinza que passou, cedendo lugar aos vincos da disciplina e da ordem.

Eduardo o conduz até o banheiro para que lave a cara. Passa-lhe uma toalha.

Agora, a pele bem cuidada brilha de novo, apesar dos fios escuros da barba que a entristecem.

Pede mais um uísque e que seja servido com gelo desta vez. Se senta relaxado no sofá enquanto olha para Eduardo meio seguro de si meio ressabiado pelo papelão que tinha feito.

Eduardo toma a decisão de começar.

"O que foi que aconteceu? Fala homem de deus!"

"Tanta confusão, que nem sei por onde começar."

"Te raptaram e —"

"Está louco!"

"Pensei."

"Não pense então."

"Não foi por mal."

"Esqueça. Desculpe."

O coronel toma fôlego. Tem de desabafar, mas de um jato só, uma só vez, a única, e para sempre. Não consegue conter o tropel insano que sobe pela garganta e desembesta pela boca dando-lhe vontade de vomitar palavras. Tosse. Respira fundo.

Eduardo percebe a volta da nuvem cinza que passa pelos seus olhos e lhe pergunta se tudo vai bem.

O coronel toma fôlego. Agora sai.

Sua mulher tinha viajado na quinta para Washington, visitar uma amiga de infância cujo marido tinha sido transferido para os Estados Unidos, e só voltava na segunda pela tarde. Só em casa na sexta, resolveu cair na gandaia. Foi para o apartamento na Amsterdam onde trocou de roupa e saiu pela noite Manhattan adentro louco como sempre. De bar em bar, acabou no Spur onde encontrou quem ele queria encontrar. Foram para o apartamento do outro, muita bebida na cabeça, muito popper's, e o outro com muito pó na cuca, uma noitada! Lá pelas onze da manhã volta à Amsterdam pra trocar de roupa. "A porta arrombada. Levei um susto, quase que caguei nas calças. Não sabia se entrava ou não, se ainda estavam lá dentro, se podiam me matar." Fez um barulho na porta pra assustar os lá de dentro, e desceu a escada correndo. Foi tomar café no bar da esquina, de onde podia ver se saía ou não gente suspeita do prédio. "Quis te telefonar. Mudei de ideia." Quando disse isso, olhou para Eduardo como que para ratificar a sinceridade da intenção e a confiança que depositava nele. "Voltei ao apartamento uns quinze minutos mais tarde." A porta estava como antes. "Bati com força como se fosse visita, ou vizinho assustado com a porta aberta. Ninguém apareceu. Dei um empurrão na porta com força."

O coronel para. Seus olhos se perdem pelo ambiente da sala à procura de alguma coisa onde fixar os olhos.

"Um horror, Eduardo, você não pode imaginar. Um horror!" Tinham pichado as paredes com spray de várias cores.

O coronel para de novo. Olha para Eduardo de novo. Nos olhos.

"É um segredo, Eduardo. Confio em você. Confio em você como nunca confiei em nenhuma outra pessoa", o Vianna já não exigia, implorava. Tinham pintado cruzes suásticas por todos os lados e escrito "nazista", "torturador", "fascista", "pig", "gorila". Ele ficou no meio da sala atordoado com as cores, os desenhos e os dizeres, e de repente, disse ele, tive a impressão de que estava no meio do campo recebendo a maior vaia da galera. Gritavam aquelas palavras contra ele, xingando. Uma zoeira infernal, de quebrar os tímpanos. Veio o silêncio de novo. Saiu correndo para o quarto. Tinham dado sumiço com a roupa. Levaram tudo: terno, camisa, gravata, relógio, sapatos, cartões de crédito, carteira de motorista, de oficial do exército, tudo.

Sem roupa e sem documentos no inverno de quase novembro pensa Eduardo.

"O pior é que não posso voltar pra casa vestido assim. Já imaginou a cara do porteiro", riu pela primeira vez. "Chama a polícia."

Eduardo ri também e quase lhe conta o apelido que o outro tinha entre a rapaziada do Posto 6. Acha meio sem propósito.

"E agora?"

"Foi aí que pensei de novo em você. Só você é que pode me ajudar. Não posso ficar andando por aí de dia com essa roupa."

"Conte comigo."

Pergunta se Eduardo não se incomoda de ir comprar calças, camisa de colarinho e jaqueta para ele. A bota dava pra esconder. Por sorte ainda tinha dinheiro no bolso. Saía sempre prevenido para as suas noitadas.

Eduardo diz que aceita com prazer a incumbência. Acrescenta que pode ir fazer as compras na rua 14. Lá tem uma Woolworth que dá pra quebrar o galho. Não é má a qualidade da roupa.

O Vianna aprova a sugestão.

"Mais uma coisa", retoma o coronel, "você se incomoda de guardar essas roupas aqui?"

"Incomodo demais, Vianna", diz brincando.

No rosto da Viúva Negra os olhos do coronel sorriem agradecidos e confiantes.

"Já vou já. Primeiro vou ao quarto pôr um casaco, que está meio frio lá fora."

Mal fecha a porta do apartamento, abre-se a outra ao lado. Lacucaracha sussurra com insistência o nome de Eduardo.

Eduardo se aproxima da porta entreaberta.

Um rosto fulgurante lhe confidencia:

"Vi quando entrou no seu apartamento", diz a outra e chupa um arzinho pra dentro. "Qué hom-bre!" e revira os olhos.

"Deixa de frescura, Paco."

"Cómo te en-vi-dio, chico!"

"Não é nada disso que você está pensando."

"Cómo?" pergunta sem conseguir disfarçar o próprio interesse, abrindo mais a porta.

"Mais maricona do que nós duas juntas. Gosta é de levar porrada. Por-ra-da na cara! Entende?"

Murcha a cara Lacucaracha, enquanto Eduardo caminha para o elevador.

COMEÇO: O NARRADOR

A conquista do supérfluo proporciona uma excitação espiritual maior do que a conquista do necessário. O homem é uma criação do desejo e não da necessidade.

Gaston Bachelard

Às vezes acontece que, quando vou enchendo de leite uma xícara, a mão deixa de me obedecer e continuo a despejar o leite vendo que a xícara já está cheia, que o pires está transbordando pelas beiradas e que o líquido branco está escorrendo pela mesa ensopando a toalha, emporcalhando tudo, e só paro — se é que se pode dizer que *parei* — quando a caçarola em que esquentei o leite fica vazia na minha mão, pendente
    pendente como se fosse o regador com que águo no fim da tarde as plantas daquele canteiro que recebia o sol o dia inteiro e cuja terra nunca se sentia completamente satisfeita com a quantidade de água que despejava. Espero que saia mais água do regador, espero e não sai, e aí me dou conta de que a ação de aguar tinha acabado, embora a terra sedenta do canteiro precisasse de mais água. Fico com o regador na mão como um pateta e, me lembrando da lógica de desenho animado, tenho vontade de torcer, retorcer o regador para ver se ainda pingam algumas gotas d'água.
    Às vezes uma ação — sem quê nem por quê — canaliza

esforço maior do que o necessário para fazê-la e a ordem de *basta*, silenciosa e obscura, não chega até os nervos, não é transmitida aos músculos que se relaxam então e há um transbordamento inevitável da energia que acaba por tornar imprevisível o fim da ação que se começou a fazer. Sem um fim conveniente que lhe é imposto, de repente a ação sai do plano do real e prático para entrar nas terras do acaso.

Alguma coisa tinha-se desligado da minha vontade.

Uma ação existia autônoma do meu arbítrio e era tão representativa de mim quanto a fome matinal que me tinha levado a preparar o café da manhã.

Foi isso que me veio à cabeça em 1978,

ao entrar na estação do metrô Odeon em Paris e ao ver os quatro músicos de rua fazer o som transbordar do emaranhado de túneis para a escada em que descia, o som transbordava como o leite foi transbordando da xícara para o pires, do pires para a toalha da mesa.

A música caminhava em ondas avassaladoras para o sul, Porte d'Orléans, para o norte, Porte de Clignancourt, para o leste, Gare d'Austerlitz, e para o oeste, Bois de Boulogne, espichando ou encurtando o passo das pessoas que desciam as escadarias com a passagem já na mão e transpunham as borboletas de entradas, e notei que os usuários do metrô — mesmo os que não paravam hipnotizados pela música que gargarejava pelos túneis em plena tarde de inverno — continuavam os passos mudando ligeiramente a cadência da marcha, caminhando um pouco mais devagar

como o cavalo amestrado para a corrida laboriosa do dia a dia e que, de repente, ao cruzar com uma fêmea no cio, se exibe em elegante trote e já se vê caminhando para seduzir já estando seduzido, sem saber que tinha perdido completamente o rumo, rumo que a partir de então lhe é inculcado pelo dono com o chicote estalando na mão e pelas rédeas estiradas forçando a sua cabeça a reagir para a frente.

Lembro de uma frase de João Cabral que diz que a norma foi dada ao homem, ou melhor, foi inventada pelo homem para assegurar a satisfação da necessidade;

o poeta quer dizer que o que sai da norma é desperdício de energia, é energia jogada pela janela dos maus resultados ou no lixo das boas intenções.

Arte não é nem pode ser norma, é energia desperdiçada mesmo, é alguma coisa, uma ação por exemplo — não importa agora a questão da qualidade — que a energia humana produz num rompante e que transborda num vômito pelo mundo do trabalho, pelo universo do útil, com a audácia e inépcia de alguém que, ao despejar leite numa xícara para se alimentar pela manhã, deixa que a maior parte do líquido se desperdice pela mesa.

De repente reparei mais os quatro músicos no corredor do metrô parisiense e percebi que o melhor deles era o mulato retraído e gordo, bem mais velho do que os outros três companheiros brancos e esfuziantes. Ele tocava um instrumento que devia ser de invenção dele:

uma bacia mais funda do que o normal, de boca virada para o chão, servia de base para uma haste de aproximadamente metro e meio de altura. Uma forte corda de metal ligava o alto da haste a um buraco feito no centro da bacia.

O mulato tocava a corda com os dedos tirando dela o som rouco e intermitente do contrabaixo, enquanto com um dos pés tamborilava o metal da bacia, dando o ritmo de bateria. Ele era todo equilíbrio: uma das mãos segurava a haste e um dos pés o sustinha ao chão.

O louro do saxofone meneava o corpo como se fosse um boneco desses cai não cai que quando era criança chamávamos de gegê em homenagem ao ditador sai não sai Getúlio Vargas, e retirava do instrumento um som medíocre.

O rapaz baixo e moreno da clarineta perdia o ritmo e engolia algumas notas.

E o tecladista — com um órgão portátil nas mãos — caminhava de um lado para o outro na frente dos três como se fosse o saracoteante mick jagger do metrô, cantando e rebolando com voz estropiada "My woman".

As pessoas olhavam para o mulato retraído e mexiam o corpo de acordo com a cadência dada pela corda e pela bacia.

Explodia nele um acúmulo de energia que fugia da norma que satisfaz a necessidade.

(Estou de pé, por detrás da cadeira em que você está sentado escrevendo, e leio no bloco — por sobre os seus ombros — essas anotações sobre leite derramado e músicos no metrô que você está jogando no papel em dezembro de 1982, época em que você acredita que já está pronto para um novo romance.
Você se vira para mim e me diz que me despreza agora.
Levo um susto, pois até então tínhamos sido bons amigos — lembra-se do último romance? — unha e carne como se diz.
Você continua me chamando de seu primeiro leitor de merda. E depois começa a se queixar: que não te ajudo em nada; pelo contrário: só sirvo para te inibir, para tornar as coisas mais difíceis do que já são.
"Não te aguento mais", você me diz, e resolve me desferir um golpe desleal, logo a mim, ao me dizer que me acha puramente retórico e portanto inútil, que sempre pensou isso de mim mas que nunca tinha tido coragem de me dizer, que dizia agora de uma vez por todas e pronto! Tchau!
Você silencia por um minuto e depois acrescenta em tom

peremptório: que se por acaso eu gostasse de cavalo, entenderia de trote, mas nunca de galope, e que você quer reproduzir agora é o galope da escrita. O trote é a invenção amestrada que vem depois do galope.

Você se levanta sem esperar a minha resposta e, como sempre faz nesses momentos de impasse, vai até a cozinha tomar um copo d'água, que ela faz bem para os seus rins tomados de ácido úrico desde os anos 1970. Ao tomar a água descobre que o nariz está entupido e decide ir até o banheiro para assoá-lo em duas folhas dobradas de papel yes. Feita a higiene, sente que os olhos coçam em virtude da fumaça que tinha sido aprisionada no apartamento pelas visitas de ontem. Você não se perdoa por ter deixado de acender uma vela quando viu que a sala virava ambiente enfumaçado de bistrô parisiense em filme de Hollywood dos anos 1950. Os olhos pedem as duas gotas mágicas de colírio.

Você volta ao escritório e recomeça a escrever pedindo a minha ajuda — entreabro os lábios sorrindo e você finge que não me vê — a minha ajuda na elaboração do romance, pede help na elaboração desse capítulo inicial do romance.

Afinal não sou tão retórico e inútil como você há pouco me dizia — quero te dizer, mas você já está absorvido por recordações de Bob Dylan que começam a entrar no circuito do texto que você está escrevendo e me calo pois sei que você não me escutará neste momento.

Percebo que — apesar do pedido de ajuda — a sua desconfiança com relação a mim persiste, e ela transparece na forma como pouco a pouco vai querendo eliminar da frase que joga no papel este seu amigo retórico e inútil para que as suas experiências pessoais — uma tarde de verão nova-iorquino em que você estava deitado na cama ao lado de David — se entreguem nuas ao papel.

"Nuas!? Você perdeu o pudor?" — grito um grito de quem se afoga.

Você, com remorso, já está disposto a me salvar da morte. Vira-se para mim e diz que na verdade sou eu quem tem razão e que você realmente não gosta de narrativas autobiográficas. Ficção é fingimento blá-blá-blá, o poeta quem diria? É um fingidor. El poeta qua-quaquaqua-quá es um jodedor, eso si. A fucker. A motherfucker. Fode tão somente pelo prazer de escrever. Por isso é tão fodido. The novelist is a fucker who fucks only to be fucked. El novelista es un jodedor que fode só pelo prazer de escrever.)

Penso que o mulato toca corda e bacia no metrô como Bob Dylan canta rock, como Buster Keaton atua nas comédias do cinema mudo. Será que Buster Keaton é judeu como Dylan? Deve ser. Só pode ser.

O judeu consegue abstrair a personalidade — isto é, o temperamento, a idiossincrasia pessoal, o sistema nervoso, enfim a pulsação do coração — de tudo o que faz, permanecendo em estado geral de aloofness.

De uma duas: nada nada do que um indivíduo faz é suficientemente forte para abalar a história da raça judia, para comover o homem histórico e eterno, e ainda de nada adianta o empenho pessoal no processo de fabricação do que quer que seja, uma ideia, um drama, um objeto concreto.

O judeu é sempre um profissional — profissional, é claro, em oposição a diletante ou amador.

A beleza está em fazer segundo o risco que se descobre na reflexão e não segundo as manias — isto é, a vontade própria, a consciência individual — do sujeito.

Todo bom joalheiro acaba sendo judeu. Ou: todo judeu acaba sendo bom joalheiro. A lapidação de uma pedra preciosa: qualquer intromissão do sentimento pessoal ou do gosto subjetivo arruína a perfeição da forma a ser obtida. Nietzsche não podia compreender o judeu; eis a forma aguda do seu antissemitismo: a não compreensão do estado de aloofness no momento da fabricação da obra (Nietzsche é o teórico da paixão). Quem escreve um livro como *Ecce Homo* só para dizer "quem sou eu" não pode compreender a voz de Dylan, não pode compreender como a voz de Dylan se descola do corpo dele como decalcomania. O corpo de Dylan, no momento do canto, é uma caixa acústica semelhante à de mil outros instrumentos musicais.

Deitado ao lado de David numa tarde úmida do verão de 1970 em Nova York, eu escutava a voz de Dylan pairando no ar como um beija-flor, como uma pedra lapidada ou um objeto de museu, desligados ambos para todo o sempre do compromisso com os braços, as mãos e o coração que os geraram. Escutava:

How does it fe-el
Oh, how does it FE-EL
To be on your own
With no direction ho-me
Like a complete un-known
Like a rolling stone?

Apesar das janelas abertas, não soprava a mínima brisa no quarto e, se não fosse pela articulação humana das palavras, teria a impressão de que a canção balançava no ar, anônima, como as peças de um móbile de Calder.

Será que Chico Buarque também é judeu? João Cabral tinha de vir do Nordeste sefardita, mas Chico vinha do Rio, quem sabe se no Rio todos os caminhos da colonização se cruzam. Chico tem horror ao espetáculo, horror em dar o corpo em espetáculo — fica a voz no disco como uma flor podada na haste, dentro de uma jarra enfeitando uma sala de jantar domingueira e feliz.

No músico mulato não há sentimento que indique que esteja fazendo música no sentido romântico da palavra.

Será que estou me contradizendo?

João Cabral é que está certo. A obra de arte é uma economia de energia, uma maneira do corpo não desperdiçar o que tem de mais caro. O ócio é o ideal do homem e não o trabalho.

O mulato bate na corda e na bacia que ressoam musicalmente pelos quatro pontos cardeais subterrâneos da fria Paris como se estivesse cortando cana com foice no Nordeste do Brasil, ou com machete na República Dominicana, de onde parecia que tinha vindo pelo som merengue do contrabaixo. Bate na bacia como se estivesse pedalando uma bicicleta que o conduz da casa até a fábrica nos arredores de qualquer metrópole. Quer cortar a cana com um ritmo que seja produtivo para ELE, isto é, dentro do mínimo cansaço do corpo; quer pedalar a bicicleta numa velocidade tal que corpo e máquina se acoplem para a melhor performance na viagem.

O corpo não corta a cana
o corpo não canta,
existe a cana que é cortada
existe a canção que é cantada,
as pernas não pedalam
existe a bicicleta que é pedalada.

Buscar um ritmo anônimo e exterior — uma FORMA, semelhante à voz de Dylan que ressoa nos seus ouvidos e que é antes de mais nada uma forma — uma forma que é a maneira mais econômica e mais perfeita para que aquele ou qualquer outro corpo se expresse significativamente para o outro.

Agora sei por que os escravos cantam enquanto trabalham nos campos da servidão.

Será por tudo isso que os judeus são tão econômicos com o dinheiro.

(Você para de escrever de repente para me mostrar a passagem precedente e faz cara de menino que quebrou a compoteira de vidro que estava em cima da mesa e espera a punição do pai que deve chegar hora pra outra.

Quando você me estende as folhas de papel parece que me estende as mãos para a palmatória.

Te digo não se preocupe — todo o tempo estive te lendo por detrás dos seus ombros como sempre faço, e você só não escutou a minha risada irônica porque a abafei por diversas vezes. Em determinado momento me lembrei de um provérbio da meninice, "pretensão e água benta...", e você só não o escutou porque contive a língua

contive a língua porque era a única maneira de ver até onde você tinha coragem de ir. Você foi. Foi longe. Parabéns. Confesso que não esperava que fosse tão longe porque te sei medroso ao deixar a trilha batida do que você chama de conhecimento sólido, e você sempre diz *sólido* como se estivesse se referindo ao peso de um paralelepípedo, e vi que você ia deixando transpirar pensamentos que você traz escondidos no fundo da sua experiência pessoal e que você julga superficiais — isto é, sem o peso do paralelepípedo — porque não são respaldados pelas suas leituras acadêmicas.

Foi por isso que controlei o riso e a voz: está te fazendo bem escrever assim, coisas que você não teria coragem de escrever ou expor para os amigos mais íntimos.

Aí você me diz que estou entrando em contradição, aceitando que os valores subjetivos, a experiência pessoal exploda no texto sem o devido colorido retórico que tanto me encanta.

Estamos entrando em contradição, e daí? — penso em te responder, mas acho melhor que você tenha nesse momento a sensação da vitória sobre mim. Não posso ganhar sempre, ou até que posso, mas aí estarei conquistando a vitória com o seu silêncio, e isso nunca, e penso que seria bom que você continuasse a escrever o que está escrevendo, ainda que entrando em contradição aqui e ali, contradição aparente, tenho vontade de acrescentar mas)

Por isso também os judeus são tão econômicos com o dinheiro: procuram gastar o indispensável para passar de um dia para o outro, de uma semana para a outra, de um mês para o outro. A acumulação do capital é uma consequência do transplante da economia judia cotidiana para a civilização ocidental. Aquilo que era o ritmo mais orgânico para a convivência produtiva do homem com uma natureza madrasta

ah! o deserto, a vida no deserto, como gostaria de falar da vida no deserto...

vira poupança e forma de exploração do homem pelo homem dentro da sociedade que ia se tornando complexa e se industrializando.

Me revolto contra essa energia originariamente economizada para o melhor trânsito do corpo pelo mundo hostil mas que acaba por virar acumulação, me revolto e é por isso que busco exemplos de energia que transbordam como vômito pelo mundo do trabalho, do negócio.

Dentro da sociedade atual, capitalista ou comunista, a única maneira de se revoltar contra o regime de trabalho, contra o elogio do trabalho a todo custo, da competitividade, da meritocracia, é fazer uma arte que seja desperdício de energia.

Assim é que fui descobrindo como a poupança vira acumulação em favor de um privilegiado, e como esta vira ostentação e começa a requerer — para que sobreviva como tal — o trabalho do outro em função de si mesma.

Marx pôde denunciar a acumulação capitalista porque ele compreendia de dentro da raça os mecanismos de uma razão econômica onde não existe lugar para a mais-valia, apenas para a sobrevivência de cada um e de todos, indistintamente.

A usura é a forma como o corpo econômico ocioso do judeu foi se encaixando dentro do Ocidente.

O mal não era judeu na sua origem; era judeu na sua transformação. Era cristão o mal. O mal é a ostentação do um. Mal nunca é o equilíbrio. O Ocidente gosta de exibir e para tal ele precisa de quantidades enormes de dinheiro, que por sua vez ficam imobilizadas no luxo. O Ocidente gosta do espetáculo, criou a sociedade do espetáculo. Mas o espetáculo é sempre lucrativo.

(Você anota num canto do papel que precisa desenvolver um paralelo entre a arquitetura urbana da ostentação em Veneza e a arquitetura urbana do útil em Amsterdam. Ambas as cidades foram planejadas e construídas com o mesmo dinheiro e na mesma época — mas os estilos são diametralmente opostos.)

A arte rejeita a ostentação do luxo, de toda e qualquer acumulação que visa ao poder pelo exibicionismo. Arte não é espetáculo. Machado de Assis, como você tinha razão: o personagem que olha Itaguaí da sacada da sua mansão recém-construída para receber os elogios e captar a admiração dos concidadãos devia estar na Casa Verde, ou até mesmo na cadeia.

Penso no meu pai e sei por quê, sei que ele e aquele cofre no escritório estão por detrás de tudo isso que penso agora, mas ainda não tenho coragem de enveredar por esse caminho. Fica para o próximo.

Não é à toa que os judeus são também os mais hábeis em desenvolver a usura no Ocidente. Têm o know-how enquanto os outros apenas os imitam e muitas vezes se afundam nas ostentações do luxo.

Tenho de saber se Buster Keaton é judeu ou não. De qualquer forma há uma semelhança entre a voz de Dylan e o rosto de Keaton.

Há uma interpretação-em-si de Keaton que nunca mais vi no cinema.

Bogart.

De vez em quando Humphrey Bogart me parecia ser candidato sério a dar continuidade ao estilo de Keaton. Mas Bogart era um esteta: tinha descoberto o aloofness como mecanismo rentável para o ator dentro do cinema industrial de Hollywood, tinha descoberto a usura do aloofness em arte. Faturava em cima dela. E faturava alto. Keaton não era perdulário. A sua interpretação ficava em compartimento estanque, não se comunicando com o corpo em carne e osso do ator,

como nessas gravuras espíritas em que uma alma sai do corpo e é ela só que atua,

uma alma sai do corpo de Keaton e é ela que representa para a câmera. No momento dos acontecimentos mais perigosos ou mais trágicos, o riso do espectador explode em sonora gargalhada pela abóbada do cinema porque corpo e interpretação de Keaton caminham por vias diferentes.

O navio afunda pouco a pouco e o marinheiro Buster Keaton continua a olhar na sua luneta como se nada estivesse acontecendo. Seus pés submergem, suas pernas submergem, meio corpo já está submerso e ele continua olhando pela luneta em direção a um horizonte que não chega a se desenhar em esperança ou desastre, em pieguice sentimentaloide,

ao contrário do horizonte ultrassentimental e romântico que se vê nos filmes de Carlitos,

Carlitos é o homem dos trejeitos, não sabe ficar quieto, mexe pé, mexe bengala, mexe boca em sorriso, mexe olhos, franze o nariz, pisca momentaneamente e sempre para o espectador procurando construir uma ponte por cima da ostentação do corpo. Carlitos sofre, se martiriza, como leva pancada! mas como tem esperança no futuro, no homem ou em qualquer coisa de choroso. Carlitos é o judeu que se cristianiza.

Bogart é simplesmente o não judeu (deve ser wasp): é o ator da poupança, ou o ocidentalizado judaizado. É o ator da ostentação hollywoodiana. O aloofness é marca sexual registrada, trade mark. É it, é sex appeal, é glamour. É o exibicionismo individualizado que o torna único dentro do star-system do comércio cinematográfico.

(Você não aguenta mais o meu silêncio:
"Qual é a sua, cara? Como é que você fica diante de tudo isso? do meu cansaço? do meu silêncio, da minha falta de assunto para dar continuidade à reflexão sobre os judeus?"

Lavo as mãos e você me olha furioso, porque sabe que vou te crucificar. Não te respondo por vias certas — e é por isso que te meto medo. Prefiro o silêncio e as vias tortas. Como...

Pelo silêncio vou te dizendo que o importante não é o que eu penso, ou sinto diante do seu fracasso — pausa — passageiro — sorrio, que o importante é que continue a te dar corda para que você vá soltando pelo papel coisas que iam morrer caladas no túmulo com você. É melhor ficar calado do que te dizer que já estava me cansando das suas estrepolias subjetivas, ou do que te implorar para que não se vire para mim sempre que precisa sair do beco sem saída em que se mete.

Não quero intervir no seu trabalho! Não desta vez. Quero que você saia galopando — a palavra aliás é sua — pelo pasto da criação como vaca tonta desembestada. A cabeça vazia é o preço que você paga por ter escolhido um caminho audacioso.

Parece que você foi adivinhando as palavras que foram passando pela minha cabeça, ou então que você tinha compreendido perfeitamente o gesto que fiz de lavar a mão, porque ri na minha cara e me pergunta quem é o mais medroso na aventura da escrita. E continua a rir como se todo o peso do vazio existisse para explodir não em forma de palavras, mas em som de gargalhada.

E penso por um instante muito curto, porque você não me dá tempo, que tem de haver uma maneira de fazer intervir no romance que você está escrevendo esses momentos de silêncio do narrador em que explodem gargalhadas, e a gargalhada do narrador é tão importante para o romance quanto a sua palavra ou o peido do personagem, e que o leitor precisa ficar sabendo dela.

De quantas gargalhadas sonoras e histéricas não é feito na realidade um romance!

Você continua a rir de mim e eu pensando como são falsos os romances que só transmitem a continuidade da ação, mas nunca transmitem a descontinuidade da criação.

Para não perder a guerra te ponho contra a parede branca, dizendo que encontrei a solução para o seu silêncio. "É simples, se você quer continuar" — te digo — "basta que comece a tratar daquele cofre do seu pai, no escritório."

Você fica lívido. Não sabe o que dizer, perde o contato com o ambiente e sente o sangue fugir da cabeça.

Posso te dar o troco da gargalhada, mas acho que devo te respeitar neste momento doloroso: os seus olhos se enchem de lágrimas. Vejo que vira de novo a cara para a escrivaninha e)

Nunca cheguei a ver estrelas no céu de Manhattan. Lua, sim, às vezes ela aparece enorme lá no fundo da rua. Estrelas, nunca.

As pessoas não olham para o céu à noite em país frio. Quando elas saem à rua é com o propósito de ir a algum lugar e o olhar só fareja pelas horizontais. A janela é a coisa mais inútil nas casas dos países frios.

Quando se olha para o céu é porque o tempo está nublado e feio e se quer apenas saber se vai — ou não vai — chover ou nevar naquele dia. É uma precaução que sempre tomei porque não gosto que a minha roupa fique encharcada pela chuva, ou que a neve se deposite por demais nos meus cabelos, trazendo-me mais tarde uma dor de cabeça infernal. É só por isso que olhava para o céu em Nova York quando saía à noite. Só em dia nublado.

Será que o olhar que vasculha a horizontal acaba por conduzir a uma visão pragmática da vida?

Por isso é que os povos tropicais — que se deleitam ao espetáculo das estrelas e da lua, da janela ou de papo pro ar — são tão idealistas e tão pouco práticos no estilo de vida?

A oposição de temperamento com base na oposição entre o olhar para a frente e o olhar para cima já está em Platão num diálogo (me lembro agora) que utilizei para compreender o pragmatismo e o idealismo em Machado de Assis, está numa anedota de Platão, o apólogo da velha e do astrólogo.

A velha que via sempre — olhar horizontal e certeiro — por onde andava e que, por isso, nunca sofria acidente, ao passo que o astrólogo, por muito olhar as estrelas, estava sempre caindo em buracos e se estrepando.

Quero imaginar o que se passa pela cabeça do astrólogo quando, no fundo do poço em que acaba de cair, é obrigado a apenas olhar para as estrelas e isso pelo círculo exterior do poço. Não deixa de ser uma espécie de castigo — no sentido dantesco e infernal da palavra — para todos os astrólogos, todos os idealistas, todos os tropicais, seriam eles obrigados a reproduzir ad infinitum no fundo do poço o gesto que os conduziu até lá.

(Esse tipo de pensamento é por demais suicida, afinal eu também sou tropical — você diz para você mesmo quando termina de escrever a passagem, e já fica disposto a perdoar todos os astrólogos e semelhantes na história da humanidade, porque se deles não é o reino dos céus, é certamente o das profundezas.

E você então, como uma espécie de contrapartida à violência com que atacou os seus compatriotas tropicais, fica imaginando qual seria a moral para a velha que, olhar horizontal e precavido, caminha para a frente, vitoriosa, para a frente, sem ver as estrelas e sem cair no buraco.)

O destino dos povos que seguem o padrão da velha é o de acreditar na evolução da humanidade como se fosse uma linha reta que o homem percorre ad infinitum. Não há a possibilidade de cair fora do trem em marcha do momento em que é dada a ordem de partida. Pa-ra a fren-te, para a fren-te, para a frente, pra frente, e apita na curva.

Os americanos caminhariam e caminhariam para a frente, inventando isto, aperfeiçoando isso, reconstruindo aquilo, buscando sempre uma maneira de avançar o conhecimento, a técnica, de tal modo que o automóvel de ontem não é mais o de hoje, o avião de hoje não pode ser a nave espacial de amanhã, e isso abrange desde a caixinha de embalar ovos até a bomba atômica, e os americanos não parariam nunca de inventar, de mexer no que tinham feito ontem porque ontem tinha de ser jogado fora como se joga fora um jornal depois de lido, ou mesmo que não tivesse sido lido, mas que não fosse mais o do dia de hoje,

pouco importa se o jornal foi lido ou não, pouco importam mil outras coisas na vida cotidiana do americano que vai deixando para trás o que não foi consumido no momento preciso do consumo, dando a impressão de que as mercadorias — como as bombas-relógios quando armadas — vêm com a hora marcada para o sumiço, e até que vêm, basta que se olhe a comida no supermercado que tem de ser consumida até tal data e se você não quiser morrer envenenado you should better throw it in the garbage can,

e os americanos só parariam de olhar o que tivessem pela frente no dia em que o próprio invento se voltasse contra eles e então seria o golpe mortal e final para toda a civilização que eles querem comandar (e estão comandando) a ferro e fogo, e tudo isso porque os homens dos países frios recusam olhar para o alto quando saem à noite.

Estamos chegando à esquina deste dia que certamente virá, pois pela primeira vez o homem constrói armas que não podem ser utilizadas na guerra porque, se o forem, o mundo vai pelos ares

e bye-bye acabou-se o que era doce, that's all folks, como no final dos desenhos animados da Warner. Acabou-se o momento pretensioso — Nietzsche dixit — em que o animal homem acreditou ser o único dono do planeta e da inteligência.

As armas nucleares são pensadas, inventadas, construídas, para que fiquem empilhadas inutilmente em algum depósito subterrâneo, à espera de que haja uma verdadeira ameaça de guerra nuclear do outro lado e, enquanto essa ameaça não chega,
levanto os braços (e os olhos) para os céus e solto um suspiro porque mais do que nunca o sentido da sobrevivência a todo custo bate em mim como um orixá africano e me sinto possuído por uma força de vida que normalmente não é o meu forte,
e, enquanto essa ameaça não chega, os homens podem continuar a respirar, ainda que seja esse ar poluído de Nova York ou de São Paulo ou de Cubatão.

Penso no desperdício em cima do qual se constrói todo o aparato bélico depois da Segunda Guerra Mundial, gastaram só um tiquinho de nada do então incipiente estoque soltando duas bombinhas atômicas sobre o Japão. Penso no desperdício de hoje e concluo que o desperdício que tinha conhecido no Brasil — o dos restos de comida depois do almoço e do jantar, o das roupas não de todo usadas que eram jogadas no lixo — o desperdício brasileiro não é nada
em comparação com o desperdício militar
e não militar dos americanos, e me lembro de quando chegava um brasileiro amigo em Nova York — naquela época eles vinham trabalhar, ganhar uns dólares, muitos, e voltar para o Brasil e construir a casinha sonhada à beira-mar — e alugavam apartamento sem móveis, e saíamos à noite à cata do que era preciso para mobiliar um apê e encontrávamos tudo pelo lixo das ruas, desde que se tivesse um pouco de paciência e muita força para ir carregando os bagulhos nas costas.

Era o lixo mais rico do mundo, o lixo mais rico no país que tem o lixo atômico mais rico do mundo.

Mais do que nunca tenho medo de uma guerra atômica entre as duas grandes potências e, enquanto escrevo esses flashes que me vêm de Nova York, penso que a decadência do mundo por incrível que pareça não é causa dos povos preguiçosos e tropicais, mas da correria pra frente que toma conta dos povos dos países frios e penso em toda a ironia que existe nessa tática da dissuasão da guerra nuclear pelo estoque, quando as duas potências querem nos fazer acreditar que todo o material bélico foi e continua a ser fabricado just for nothing, só pra meter medo no vizinho, alto lá! e então me ocorre que sempre deve haver um general escondido nas dobras de uma instituição, meio perdido por detrás de uma escrivaninha e da própria loucura, ou mesmo vestindo — por que não? — o uniforme de ministro da Defesa, um general que, um dia, não contente com o desperdício econômico do enorme estoque de armas nucleares, tome a decisão de usar as bombas e foguetes e mísseis como se fossem fogos de artifício em noite de São João.

O general quer ver estrelas no céu, as estrelas que não tinha visto quando criança e que agora inventa espocando armas nucleares pelo céu afora.

Terceiro

1.

"Enquanto você estava na rua um rapaz telefonou para você.
"Deixou recado?" pergunta Eduardo, fechando a porta atrás de si.
"Disse que era o Carlinhos, que você não o conhece. Foi o Marcelo que passou o seu número de telefone pra ele. Disse que voltava a chamar mais tarde", o Vianna transmite o recado, enquanto recebe das mãos de Eduardo a sacola de plástico contendo as roupas que tinha comprado na rua 14.
"Roupa feita é roupa feita", avisa Eduardo, acrescentando: "Não reclama, porque se reclamar, vou ficar puto".
"Que é isso, Eduardo?"
"Como é mesmo o nome do cara que telefonou?"
"Carlinhos."
"Carlinhos, Carlinhos... você tem certeza do nome?"
"Eduardo!"
"Não sei quem pode ser."

"Ele mesmo disse que você não o conhece."
"E ele me conhece?"
"Não disse e não perguntei."
"Amigo do Marcelo?"
"Foi o que disse", respondeu o Vianna, constrangido por ter atendido o telefone. "Não devia ter atendido o telefone, mas pensei que podia ser você me chamando da loja."
"Não tem bronca não."
Nisso a Viúva se aproxima de Eduardo e lhe confidencia no ouvido, à voz baixa:
"Tive a impressão de que tinha uma pessoa atrás da porta. Você estava esperando alguém?"
Rickie, Rickie my boy pensa Eduardo por um segundo, mas logo se dá conta:
"Só pode ter sido Lacucaracha. Sabia que não ia aguentar. Bisbilhoteira como ela só."
"Quem?"
"Lacucaracha, Paco, o cubano vizinho aí do lado."
O Vianna abre cara de espanto e medo, Eduardo percebe.
"Gente fina, anticomunista, boa gente ele." Pausa. "Foi com a tua cara. E como foi. Tá rondando aí que nem barata tonta."
"Como é que você sabe?"
"Viu quando você entrou no apartamento e ficou de tocaia pra saber quem era."
"É um louco."
"Uma louca, você quer dizer. Te viu, gamou e ficou com coceira no cu."
A Viúva sorri.
"Se quiser, toco a campainha ao lado. Ele vem correndo. Rapidinho."
Fica pensativo.
"O chato é que não faz o seu gênero. Um tiquinho de gen-

te. Mas não dispensa um brutamontes. Um metro e oitenta pra cima, noventa quilos."

A Viúva caminha para o quarto. Diz que vai trocar de roupa. Já está ficando tarde.

"Vianna, você vai dar queixa à polícia?" Eduardo grita da sala.

Ele aparece no quadro da porta visivelmente aborrecido e apalermado.

"Acho que não. É melhor", diz e fica parado com a sacola de plástico na mão, depois continua: "Como é que vou descrever as circunstâncias do roubo, dar o local, justificar o roubo de tudo, até do terno".

"Tinha de arranjar uma boa mentira."

"Nem machucado estou."

Fica pensativo.

"Começam a investigar e vamos que descubram os filhos da mãe dos terroristas. Já viu o bode. Avenida Amsterdam, quarteirão...", não conclui a frase. Entra de volta no quarto para trocar de roupa.

"E os cartões de crédito?" Eduardo insiste.

"Enquanto você estava fora, telefonei para a American Express e depois para o Diner's", responde em voz alta com a fala entrecortada pelos movimentos que o livram das botas e das calças.

"E os documentos de identidade?"

"Nem fala."

Aparece na sala só de sunga preta.

"Estou muito sujo e suado. Incomoda se tomar um banho?"

"Vou pegar uma toalha limpa."

"Não é o caso. Deixa."

Eduardo vai até o quarto, retira uma toalha do armário embutido e a entrega ao Vianna, que o espera na porta do banheiro.

Eduardo se aproxima da porta do banheiro e diz para o Vianna debaixo do chuveiro:

"Vou juntar as suas coisas e guardar no armário. Posso?"

O Vianna concorda e agradece.

Pega o casaco e o quepe no sofá, as calças no quarto. Esvazia a sacola de plástico deixando calças, camisa e jaqueta em cima da cama. Dobra o casaco, as calças, coloca-os dentro da sacola. Em seguida coloca o quepe por cima. Vê que a camisa de meia ficou de fora.

"Vou pôr a camisa de meia numa bolsa. Você leva ela pra casa. Tá muito suada pra ser guardada."

"Joga ela no lixo", grita o Vianna se ensaboando.

Tudo na sacola, Eduardo procura uma prateleira no alto do armário embutido. Busca uma cadeira na cozinha para alcançar a prateleira.

Na sala, aproxima-se de novo da porta do banheiro:

"Carlinhos, é o nome do cara, não é?"

"Disse que te chamava mais tarde."

Entra de novo no quarto e disca para o Marcelo. Soa a campainha. Ninguém atende.

O Vianna entra no quarto enrolado na toalha.

Eduardo sai. Está inquieto. Começa a pôr ordem nas coisas. Leva os copos sujos e o balde de gelo para a cozinha. Lava os copos depositando cada um no secador. Despeja o resto do gelo na pia. Volta à sala e guarda o balde no barzinho juntamente com a garrafa de White Horse. Põe um disco na vitrola. Jim Morrison canta "I'm the back door man".

"Que é que você vai fazer com o apartamento?" Eduardo aparece no quadro da porta do quarto.

"Ih! já tinha até esquecido."

"O contrato está no meu nome."

"É mesmo."

Silêncio. O Vianna calça as botas.

"A porta ficou aberta?"

"Ficou."
"Por que você não fechou?"
"E como?"
"Não é perigoso?"
"Não tem nada pra ser roubado."
Eduardo resolve.
"Podem dar parte à polícia. Um vizinho vê a porta arrombada e já viu."
"Vira essa boca pra lá."
"Não estou brincando não."
"Eu sei."
Eduardo volta para a sala.
O Vianna aparece todo arrumado, só a barba por fazer. Eduardo lhe pergunta por que não faz a barba.
"Faço em casa" e continua dizendo que encontrou a solução.
"Para quê?" pergunta Eduardo.
O Vianna não responde de imediato. Depois diz que a melhor maneira de resolver o problema é rescindir o contrato na segunda e pagar a multa. Você inventa lá para aquela moça judia uma desculpa, que o estudante ficou doente e teve de voltar para o Brasil. O resto — o Vianna também deixa nas mãos de Eduardo. Buscar um chaveiro, por exemplo. Tem muitos pelas redondezas. É o que não falta. Contratar um hispano para a pintura. O dono do bar da esquina deve saber. Tem também o dono da bodega no quarteirão de cima, um dominicano que ficou muito amigo do nosso pessoal que foi pra lá em 1965.
"Tudo arrumado, você entrega o apartamento."
Eduardo escuta contendo a fúria.
"Você pode fazer tudo isso na segunda. Telefono para o embaixador dizendo que preciso de sua ajuda. Ele te libera fácil fácil."
Eduardo não abre a boca. Se abrisse, as palavras seriam tiros que matariam o coronel. Este tinha dito tudo sem olhar para

Eduardo, como se estivesse despachando com o ordenança de pé ao lado.

"Já vou para casa", conclui. "E bico calado. Conto contigo. Conte comigo."

Eduardo caminha para o quarto. Disca para o Marcelo. A campainha soa soa. Ninguém atende.

Tira os sapatos e se deita na cama de roupa e tudo. Mal se deita, Stella grita: "Me-rrrrr-da! Me-rrrrr-da!" um grito lancinante de quem corta o dedo em faca afiada, ou quebra sem querer louça de estimação (é isso que sente).

Fica com o olhar parado diante do irremediável.

Tem vontade de buscar mercurocromo ou cola-tudo, mas não há antisséptico ou cola que resolva a dor que experimenta. Fica inerte, sem fechar os olhos, sem abrir a boca, apenas a respiração compassada mas sôfrega porque artificial sai das narinas chegando sonora aos ouvidos. Escuta o barulho da própria respiração como outros ficam contando carneirinhos. O sono não chega, nem a intensidade do som vai-se amortecendo. Permanece a claridade como a única alternativa para deixar o dia continuar.

2.

Eduardo e Marcelo foram colegas em letras na Nacional. Depois da formatura em 1963 não se viram mais.

Eduardo soube que Marcelo tinha resolvido ficar pela Nacional e fazer carreira universitária.

Soube que tinha querido ir para a França continuar os seus estudos, mas tinha preferido se casar. Não soube com quem, nem quando. Quando soube, já soube que estava casado.

Soube que se separara da mulher logo depois.

Soube também que ... — isso já era invenção das más-línguas, que no Rio má-língua não falta. Eduardo não deu crédito ao que, no entanto, ficara sabendo quando devia ter sabido.

Marcelo soube que, em conversas, Eduardo castigava estudos, professores e colegas da Nacional. Uma bosta tudo. Perda de tempo.

Soube que apenas poupava o seu nome como amigo. E mesmo assim, tinha dito: "Agora nem sei. Vai se perder por osmose".

Soube que dizia que não precisava desaprender francês porque nunca tinha aprendido.

Soube que aprendia inglês no Brasil-Estados Unidos de Copacabana e já se vestia como gringo.

Depois soube que tinha cabelos e pulseiras de hippie.

Soube que estava trabalhando numa agência de turismo no Copacabana Palace. Nessa agência é que Marcelo foi procurá-lo para ver se descolava uma passagem num preço melhor, e foi lá que soube que Eduardo tinha ido para os States.

Reencontraram-se os dois em Nova York depois de mais de cinco anos sem se verem.

Marcelo diz a Eduardo, por cima do balcão da seção de passaportes, que tinha telefonado para a casa dele no Rio antes de vir. A empregada atendeu e, meio gaguejando, passou o telefone para o seu pai que, desconversando, me disse que você trabalhava no consulado em Nova York — o que já sabia — e neca do seu endereço.

"Demorei a te procurar por isso, pensei que você já estava de saco cheio de brasileiro."

Eduardo virou-se para a Maria da Graça e lhe perguntou se não tinha inconveniente dele sair vinte minutos antes da hora para almoçar com o colega que tinha chegado do Rio.

Marcelo fazia boa impressão sorrindo, isso ajudou a Maria da Graça a dizer que da sua parte não havia inconveniente, que perguntasse à Terezinha, que ela é que ia substituí-lo no balcão. Marcelo sorriu para a Terezinha, dando uma força ao amigo. A Terezinha concordou já se levantando da escrivaninha e espichando os olhos para Marcelo como se o sorriso dele fosse anúncio de peixe e mais do que depressa lançava a rede pra ver se caía alguma coisa nas malhas.

A Da Glória não estava, era a terceira, tinha ido passar as férias de verão em Maceió, informou Eduardo a Marcelo, a pobrezinha, você acredita, não aguenta o calor de Nova York no verão.

Eduardo piscou para as duas em cumplicidade, e acrescentou:

"Você vai querer conhecê-la, Marcelo, a Maria da Graça me dizia antes de você chegar que a Da Glória foi nomeada adido cultural em Nova York." Tomou fôlego e continuou com uma exclamação de Stella: "Vai ser a glória!".

As outras duas riram em sons moucos e poucos: "Esse Eduardo tem cada uma...".

"Vai, Eduardo, vai" disse a Maria da Graça, "antes que a gente vá pro olho da rua. Um depois do outro."

"Vamos almoçar, mas você é meu convidado", disse Eduardo quando reencontrou Marcelo na porta de entrada do consulado.

"Rachamos", propôs Marcelo, "também ganho em dólares. Está pensando que é só você."

Marcelo disse que tinha vindo como lecturer em literatura brasileira para a New York University, a do Village. A coisa estava ficando preta na Nacional desde a transferência da Antônio Carlos. Soube da vaga na NYU por um colega de Nova Jersey. Candidatou-se e recebeu convite por dois anos, até que encontrassem um substituto para um tal de professor Fernández, que tinha se mandado para uma universidade do Middle-West. "Com o dobro do salário", comentou Marcelo, "já que é assim que as pessoas se transferem de uma universidade para outra aqui."

Ganharam a rua sem o incômodo bafo de forno que crestava a pele do rosto tão logo o corpo passava pela porta giratória do prédio. A brisa que soprava do Atlântico pela Quinta Avenida tornava doce o ambiente ensolarado de fim de agosto como se Buckminster Fuller já tivesse construído a cúpula geodésica sobre a ilha de Manhattan e todos vivessem em constante, contínuo, perfeito e estável ar condicionado, dentro e fora de casa.

O corpo de Eduardo caminhava pela Quinta Avenida de paletó e gravata sem o incômodo do suor. Marcelo, com jeans e bata indiana estampada de verão carioca, calçava ainda sandálias mostrando sua adaptação fácil aos novos costumes, ao Village, onde morava.

"E essa barba, pra quê?" perguntou Eduardo.

"Não tem pra que nem por quê."

"Olha que mulher gringa não gosta de barbudo. Fica logo pensando que você é um dirty communist, querendo saber se é ou não é espião de Fidel."

"Falta o charuto na boca, e é com ele que fico", brincou Marcelo.

Eduardo entendeu.

"O casamento pifou, fiquei sabendo. Me conta."

"Só se você me disser que tem ouvido de padre."

"E não é que tenho."

"Não tinha."

"Ganhei com a idade."

"Com a idade ou com a vida?"

"Com a vida, acho."

"Mudou a especialidade da casa?" ironiza Marcelo.

"Mudou não, mudaram."

"Agora você só gosta do gênero jovem, desprotegido, à procura do pai —"

"E dá outra coisa por estas terras?"

"Não sei. Você é que é o dono da cidade."
"Quem te vê falando."
"Não vê o coração despedaçado e estrangeiro que soçobra só pelas águas do Hudson —"
"Aula de retórica não te faltou na Nacional."
"— e pede socorro ao amigo. Socorro!"
"Vai ou não vai contar?" retoma Eduardo.
"Só depois que você me der todas as dicas de Nova York. Detalhes, quero detalhes."
"Meu departamento é outro. Diferente do seu."
"Quem sabe se não?" insinua Marcelo.
Eduardo fingiu que se assustava.
"Você também? Mais uma para o time?"
"E não somos os campeões do mundo?"
"De futebol, espero. Só de futebol."
"Ou de libertinagem. Na falta de liberdade —"
"Olha que sou funcionário pago e a serviço da repressão", brincou Eduardo.
"E amiguinho do adido militar, unha e carne", Marcelo continuou no mesmo tom, esfregando um dedo indicador no outro.
Eduardo se assustou, ficou pálido, parou de andar, se virou para Marcelo:
"Como é que você sabe?"
"Que é isso, Edu? Que neura!" Marcelo se intranquilizou com a violenta reação de Eduardo. "Foi um primo dele que me disse, ainda no Brasil. Essas coisas de conhece fulano, não conheço, precisa conhecer, é amigo de beltrano que é amigo seu, procura ele, procura os dois, não deixa de procurá-los que são gente fina, vão te ajudar, se vão."
Eduardo se acalmava, mas a conversa tinha murchado.
Caminharam em silêncio por alguns metros, e foi Eduardo quem deu sinal de vida indicando o restaurante onde iam almoçar, na rua 53 entre a Madison e a Park.

"Comida francesa", define Eduardo o restaurante, com a aprovação de Marcelo.

O captain do restaurante era brasileiro e já conhecido de Eduardo, que ali ia quando tinha convidados. Conseguiu logo uma boa mesa para os dois. "Se tivéssemos chegado uns dez minutos mais tarde, íamos ter de ficar mofando meia hora no bar."

Quando reataram a conversa foi de maneira festiva e amiga, brincalhona como antes, só que agora diante do cardápio. A nuvem tinha desaparecido no horizonte, nuvem de verão passageira.

Marcelo pensava que tinha feito bem em dissociar Eduardo do adido militar quando em conversa com o pessoal da organização. "Eduardo espião? vocês só podem estar brincando ou enlouqueceram de vez." *Pela reação dele*, pensava então Marcelo, *não vai aguentar a prensa que estão preparando para o adido. E eu que vim pensando que era possível adverti-lo do perigo que corre. Por pouco queimo a mão, de bobo.*

Se alertasse Eduardo, corria o risco de se trair, dando a saber que estava a par de tudo. Das relações entre Eduardo e o adido, dentro e fora do consulado, relações que eram interpretadas como cumplicidade política e ideológica, os dois a serviço ou do SNI ou da repressão. E da ligação dele, Marcelo, com o grupo guerrilheiro que se organizava em Nova York. Foi então que optou por um outro plano para poupar a si e a Eduardo, para poupar a amizade. Na época oportuna, pediria ajuda a um companheiro, terceiro na história toda. Ele é que alertaria Eduardo.

Não foi ainda dessa vez que Marcelo confidenciou aos ouvidos de Eduardo as razões da sua separação. Eduardo insistiu algumas vezes durante o almoço, mas Marcelo tirava a língua da brasa de maneira bem-humorada, de tal forma que Eduardo podia voltar à carga e voltava sem ser inconveniente.

Alguns dias depois, quando se encontraram pela quarta vez,

Marcelo se abriu, e Eduardo já tinha esquecido de que um dia mostrara interesse pelo final do casamento.

Foi Marcelo que o relembrou do interesse.

A comporta se levantou num estrondo e a massa d'água extravasou toda a força comprimida numa, apesar de tudo, delicada e sinuosa torrente que foi tomando Eduardo de contida reserva e silêncio. Então já tinham reatado a boa amizade dos tempos da faculdade. Tinham saído duas vezes na noite de sábado para fazer a peregrinação pelos bares do Village, e na terceira, tendo ambos terminado a noite de mãos e braços vazios, foram para o apartamento de Eduardo para o night cup.

"Cris era da zona Norte, você já vê, Eduardo, mulher que acredita que, se casou, é pra ter filhos. Gênero ser mãe é desfiar fibra por fibra... A culpa não era dela. A avó foi assim. A mãe foi assim. A filha também tinha de ser assim. Bastava escutar a conversa em família, na casa dela. Mas esse papo de maternidade não me pegava. Uma coisa que me brocha é a maldita procriação. Não quero me pôr de volta no mundo. Por nada nesta vida. Com mulher vai tudo bem enquanto fica na perfumaria. Sou o contrário dos bissexuais que conheci; os outros preferem a perfumaria com homens e foda com a mulher. Na hora de enfiar o sarrafo na xoxota vou perdendo o interesse, a bandeira fica a meio pau, desconverso, daí a pouco a piroca está mole mole que nem manteiga derretida. Se puder, tiro o time de campo. Na maior. Sem complexo e sem aflição. O noivado até que foi legal, legal demais. Os anos mais felizes da minha vida. Ela, zona Norte, só dou, bem, depois do casamento. Não insisti. Comigo tudo bem, lhe dizia, e eram uns atracos no cinema, uns chupões no sofá, na rua, em banco de jardim, debaixo de poste, contra a amurada da casa vizinha. Por tudo quanto é canto da Tijuca. Chupão pra lá, chupão para cá. E o dedinho aqui, ó, também funcionava. Dedo não me incomoda. Veio o casamento, e aí."

Pausa.

"Ia tudo bem na lua de mel até o momento, o exato momento em que ela me disse, pedindo, implorando, suplicando bem no meio duma trepada homérica: 'Me faz um filho, benzinho, me faz'. O de-sas-tre! você nem imagina. Quis saber se estava tomando direitinho as pílulas e os outros babados todos. A mosca caiu na sopa. Daquela não queria tomar mais. Quanto mais oferecida, mais a rechaçava. Os dois anos de casamento foram a mesma merda, o mesmo suplício. Eu sempre querendo saber se. Eu desconfiado que ela ia deixar de evitar, só pra ter o filho, ela querendo trepar, eu não querendo, a desconfiança roendo — não culpo ela, coitada! depois do ritmo do noivado, era o mínimo que podia desejar. Aí, você já pode imaginar a história, o resto da história."

Pausa.

"Se não tivesse havido esta maldita frase entre nós, 'Me faz um filho, meu bem, me faz', acho que ainda estava com ela. Estava tudo bem em casa, conosco. O problema foi a desconfiança em que fiquei. Cris ia fazer um filho nas minhas costas, sem que eu percebesse. Me traindo. Foi me dando um treco esquisito, não podia ver garrafa vazia que não quebrasse. Quando ia comprar cerveja no boteco da esquina, sempre tinha de deixar o depósito pro casco. Em casa não sobrava casco vazio. Um dia, cheguei em casa e a jarra estava sem flores. Na certa ela não tinha podido ir à feira e tinha jogado no lixo as flores murchas. Não raciocinei assim naquela hora. Só sabia que a jarra estava vazia. Pedindo implorando flor. Sem água. Olhei e olhei a jarra lá no móvel no canto da sala e parecia que ela me olhava de volta morrendo de rir, soltando a maior gargalhada na minha cara. Não deu outra: plaft! no chão. E para explicar como é que explicava, móvel de canto de sala, já viu a dificuldade. A mentira correu com pernas compridas. Tinha uma diarista que vinha fazer a

limpeza uma vez por semana, já tinha dito pra ela que não entendia por que tinha tanto caco de garrafa no lixo. Que aquilo era perigoso. Outro dia quase que tinha cortado a mão quando ia fazer o pacote com jornal pra jogar no buraco do incinerador. Ficava olhando pra Cris olhando a novela, e via como que uma coisa oca: queria que enchesse ela, me pedia para encher ela, sei lá, de porra, de bebê, de foda, de pica, de tudo o que podia imaginar então. E como ela nunca se enchia, fui ficando com a sensação de que ela ia perdendo a vida, a luz, o brilho. Que estava lhe fazendo mal. Cheguei a lhe dizer que estava perdendo a juventude comigo. Não me entendeu, porque me respondeu que não estava perdendo, estava é ganhando. E aí, depois de me assegurar que a barra estava limpa, dei a última. A última. Gloriosa. Trepamos adoidadamente a noite toda. De manhã, olhei pra cara dela e parecia anúncio luminoso, desses pisca-pisca em noite escura. Tinha acendido gás neon na cara dela. Brilhava brilhava."
Pausa.
"Pra ela a felicidade era ficar cheia, do meu caralho, da minha língua, da minha saliva, do meu amor, da minha porra, do nosso bebê. Fiz com o nosso casamento o que tinha feito com a jarra: plaft! no chão."

3.

Soa a campainha da porta.
Paco.
"Já foi?"
"Já. Graças a deus."
O rosto de Paco, parado na soleira da porta, arde com os olhos faiscando de curiosidade.
"Não me manda entrar?"

Eduardo se desculpa. É que não estava nem aí.

"Cansado?"

"Um pouco, mas não é isso."

Eduardo manda Paco se sentar e pergunta se lhe serve alguma coisa. Paco agradece passando a mão pela barriga, diz que acaba de almoçar. Eduardo não sabia que tem fome. Agora sabe e diz para o amigo.

"Sobrou comida lá em casa e ainda não pus na geladeira. Vamos lá", diz Paco.

Eduardo aceita a comida e pede um favor, se não se incomodava de trazer num prato a comida porque está esperando um telefonema. É coisa importante.

Paco chega com arroz moro, e mostra no prato o arroz que foi cozido no caldo de feijão e mais os grãos pretos, em seguida mostra ao lado os tostones, que são rodelas fritas de banana-da--terra, plátanos como chamam os hispanos, e no canto inferior do prato aponta para unos chicharones de cerdo, que são pedacinhos de carne de porco fritos.

"Não vou conseguir comer tudo isto."

"Vas a comer, y ahora! Por la sencilla razón que tú lo necesitas. Mira a tu cara de hambre, chico."

Eduardo come sob o olhar vigilante da Lacucaracha que sente falta da amiga Stella na conversa dos dois. *O homem de preto e mau matou Stella* pensa Paco tentando compreender a infelicidade do amigo que mastiga arroz moro e os tostones e morde os chicharones como que obrigado, semelhante ao convalescente que se alimenta por instinto depois da operação. Paco não sabe o que dizer e acompanha a mastigação em silêncio.

Eduardo engasga, tosse, e deixa o prato pela metade na mesinha do centro. É o sinal de que quer parar.

Paco vai até a cozinha e lhe traz um copo d'água.

Eduardo agradece com um sorriso e recusa abanando a cabeça.

"Qué es lo tuyo?" Paco insiste impondo o copo às mãos do outro.

Eduardo cede segurando o copo e o levando até a boca. Molha a garganta.

Eduardo se levanta do sofá. Caminha para o quarto. Paco vai atrás.

Eduardo se senta na cama e tira os sapatos.

Paco o vigia da soleira da porta atraído pela distância que o outro cria, agindo como se estivesse só no apartamento.

Eduardo se deita na cama de costas, olhando (Paco observa) para o infinito do teto pintado de branco onde sobressai o aro metálico em torno, do globo também branco.

Paco quer que ele consiga ver o que deseja ver. Os olhos parados e infelizes fazem Paco crer que a visão lhe está sendo negada. Paco se aproxima da cama e se senta ao lado do corpo estirado de Eduardo. Levanta o braço direito e deixa que se estenda até a cabeça de Eduardo e os dedos se enlacem nos caracóis dos cabelos escrevendo a história da amizade de dois aventureiros que, mais se aproximam do tesouro, mais o sentem fugir para regiões inatingíveis, perdidos corpos caminhantes e trôpegos que procuram então o descanso como única alternativa para continuar uma caminhada cheia de armadilhas e inútil. Paco encaracola os cabelos.

Eduardo cerra os olhos, a respiração se acalma e o corpo vai perdendo as vibrações do descontrole emocional.

"Ay, chico, qué lástima!" fala sussurrando.

Eduardo abre os olhos e o vê.

Paco sorri de volta, satisfeito com a reação do amigo que resolveu finalmente quebrar a distância.

Eduardo descruza os braços e estende a mão esquerda até a boca de Paco exigindo-lhe silêncio.

Quando Paco compreende o pedido, o telefone toca no criado-mudo.

Eduardo se desvencilha da mão de Paco e levanta o corpo para encostar o tronco no espaldar da cama. Tira o receptor do gancho.

"Aqui fala o Carlinhos. Você não me conhece, Eduardo. Foi o Marcelo que me passou o seu número. Queria conversar contigo um minuto. É coisa rápida. Dá pé agora, ou quer que te chame mais tarde?"

"Tudo bem."

"Você conhece um tal de Valdevinos Vianna?"

Paco vê Eduardo que sorri e se emociona. *Ela está de volta, a Stella* pensa Paco.

Eduardo sorri do nome. *Por isso* pensa como se tivesse encontrado um objeto que nunca tinha procurado porque não podia imaginar que existisse.

"Alô? Porra! Você está me escutando?"

"Calma, meu chapa."

"Conhece ou não conhece?"

"Conheço um tal de Vianna, não sei se é o Valdevinos."

"Adido militar no consulado, seu colega."

Paco vê que o rosto de Eduardo ganha uma luminosidade de beato. *Está salvo* pensa Paco.

"Valdevinos..." sorri de novo Eduardo, fazendo com que os olhos de Paco se molhem de emoção. "Valdevinos... Por isso é que ninguém chama ele pelo nome. Coronel Valdevinos."

"É sério, porra!"

"Se você conhecesse a pessoa, cara, você estaria rindo também. Que nem eu."

"Conheço demais, só que de longe. Você de mais perto."

Eduardo não quer escutar mais. Quer desligar o telefone. Desliga. Logo fica apreensivo, aguardando. *Oh God, please, don't let me be misunderstood.*

Paco vê que Eduardo aguarda e não entende. O telefone soa de novo. *É agora ou nunca* pensa Paco vendo Eduardo que tira o fone do gancho mal termina o primeiro tilintar.
"Desculpe. Foi sem querer."
"Escuta o que vou te dizer, porque depois sou eu que vou desligar o telefone na tua cara."
"Dando uma de terror. Qual é?"
O outro não dá confiança e continua:
"O Valdevinos é uma pessoa marcada."
"Eu sei."
"Como é que sabe?"
"Adivinhei. Deixa pra lá. Manda brasa."
O outro muda de tom e a fala sai pausada como para que não haja dúvida de que se trata de uma ordem:
"Não ande com ele. Evite sair com ele."
Eduardo ouve o clique do telefone.
"Alô? Alô?", ouve o zumbido no fone. "Filho da mãe, desligou."
O corpo de Eduardo escorrega pela cabeceira da cama voltando à antiga posição.
Eduardo diz para o Paco estou vendo uma navalha. Uma navalha que se abre e se fecha contra a opalina branca da pia. Ela se abre e se fecha como que por encanto, fazendo os movimentos de uma tesoura mágica que vai cortando papel sem o comando humano. Subitamente uma mão forte agarra a navalha, vem de um longo braço branco peludo sem corpo. A navalha levanta voo, voa que nem pássaro de asas negras e brilhantes que cintilam sob a luz do sol. A lâmpada está acesa por detrás da cabeça do homem, por detrás do rosto ensaboado de branco onde sobressaem dois olhos e um bigode negro. A navalha vai passando pela pele ensaboada do rosto e desce como trem limpa-trilhos, é isso mesmo, o barulho de um trem que ouviu apitando ao

longe quando foi passar as férias em Minas, o trem vem apitando pra avisar da sua passagem. O trem mata. O trem passa. A navalha desapareceu.

"Que alívio!", diz Eduardo para o Paco. "Estou vendo agora água correndo, escorrendo, água que sai duma torneira e vejo também que a lâmina da navalha sai da água brilhando." Eduardo diz que o pescoço está no espelho. Está no espelho, e portanto não é um pescoço de verdade, vivo. Pode ser até um pescoço de fotografia. "Não pode ser de fotografia", diz, "porque a pele do pescoço mexe com o movimento de quem engole alguma coisa." A navalha se aproxima demais da pele como se quisesse fazer um sulco.

Diz para o Paco é a minha mão que agarra a navalha e quer fazer sulcos no pescoço do espelho como os amazonenses fazem sulcos nas seringueiras que via no *Tesouro da Juventude*, sulcos de onde escorre o fio branco do látex. Vê uma tigelinha de metal com alguma coisa branca dentro que cresce. Diz que é látex, depois corrige, se corrige, parece mais espuma. A espuma derrama pelas bordas da tigelinha. Leite fervendo numa caçarola de alumínio.

"Ai!" grita de dor, e diz queimei a mão. "Alguém me pergunta", diz, "por que tinha metido a mão no leite quente." Eduardo quer ver um rosto chorando, mas não consegue. Faz esforço e até pede a ajuda de Paco. O rosto não aparece. Aparecem as suas caretas para o Paco, que se assusta. Diz para o Paco que se ele visse agora lágrimas escorrendo pelo rosto, a maldita visão chegaria ao fim. Só consegue ver a navalha que se abre e se fecha contra o mármore rosa de uma prateleira. Ela se abre e se fecha sem o comando humano, como as asas negras e brilhantes de um pássaro voando. Eduardo estica o braço como que para agarrá-la, estica o braço e não consegue apanhá-la.

Paco lhe diz que é uma ilusão, logo passa. Que a navalha não existe.

Eduardo não acredita e se senta na cama ainda de braço estendido, se põe de pé querendo agarrar o globo branco fixo no teto do quarto.

Paco fica de pé na cama e com cuidado traz o corpo do amigo para o repouso.

"Estou conseguindo", diz Eduardo, "estou conseguindo ver o rosto que queria ver."

Paco se alegra e passa a mão pela testa de Eduardo que arde como que de febre.

Está vendo o rosto que flutua pelo quarto como um decapitado pelos ares, está vendo o rosto mas não enxerga os detalhes da fisionomia: é um rosto anônimo, feito dos contornos exteriores: todos os traços da face foram borrados para esconder a personalidade do rosto.

Eduardo diz para Paco vejo o rosto dum homem que não é a face duma pessoa.

A mão que saía do longo braço branco peludo reaparece com muitos lápis de cor que joga para um canto e ficam flutuando à sua disposição. A mão se aproxima do rosto para lhe desenhar a face. O trabalho é rápido.

Aparecem as sobrancelhas. Os olhos. Os lápis são de cor mas o rosto continua branco e preto, fixo como se desenho ou escultura. A mão trabalha o nariz, as narinas. Eduardo diz não é o rosto que queria ver. "É rosto de adulto", diz, e pede a Paco para que repare as rugas na testa e as sombras escuras debaixo dos olhos. Dos olhos empapuçados de bêbado. A boca. Eduardo repete não é o rosto que queria ver. Cabelos. Orelhas. A mão do longo braço branco peludo desaparece e os lápis de cor continuam flutuando. Eduardo vê uma mão coberta de espuma, não está coberta de espuma, se corrige, está envolta em gaze. A mão pega um lápis e põe cor nos olhos, pega outro e põe cor nas faces, outro mais, e assim vai num trabalho rápido e insano. O rosto está vivo: pisca e respira, olha e quer balbuciar uma palavra. Eduardo faz esforço para escutá-la. Distingue:

"... fiz... nada..."

Fica mais atento. A mão apanha o lápis vermelho e lhe fecha a boca. O rosto torna-se fixo como antes, colorido como não estava antes.

"Passa a navalha", diz Eduardo para o Paco.

Paco não entende.

"Te pedi pra passar a navalha", a ordem vem enérgica dessa vez.

"Não posso. O gato comeu", responde Paco.

"Cadê o gato que estava aqui?"

"O cachorro comeu."

"Cadê o cachorro?"

"O lobo comeu."

Paco se deita ao lado de Eduardo.

"Cadê o lobo?"

"O rato comeu."

"Cadê o rato?"

"O gato comeu."

A cabeça de Paco se inclina para o rosto de Eduardo, recitando mentalmente *Caperucita, la más pequena de mis amigas, al viejo bosque se fué por leña*. Olha o rosto do amigo, perto, que se tranquiliza. *Por leña seca para amasar*. Passa-lhe a mão pelos cabelos. Levanta a voz: "Decidme, niños, qué és lo qué pasa? Qué mala nueva llegó a la casa?". Enxuga o suor frio que brota em gotinhas pela testa de Eduardo. "Tras ella todos al bosque han ido pero ninguno se la encontró." Os olhos de Paco se fixam nos olhos de Eduardo. "Dicen que un lobo malo se la comió." Paco dá-lhe um beijo na boca. Solta um grito de horror. Não está beijando Eduardo. Está beijando a própria imagem refletida num espelho. Apavorado, fecha os olhos e balança a cabeça como que para jogar fora a imagem. Perde o fôlego. Reabre os olhos e já não sabe quando e como o corpo de Eduardo tinha desaparecido, evaporado da cama diante dos seus olhos. Olha para todos os cantos do quarto. Pra cima, pra baixo. Embaixo da cama. Não o vê. Fica com medo. Pensa que o raptaram. "Los comunistas hijos de la chingada, fueron ellos. Those fucking communists. Fueron ellos. They did it. Damn it." Se tivessem raptado, teria visto alguém entrar. Teriam feito barulho. Ninguém entrou. Ninguém fez barulho. Eduardo não foi raptado. Sumiu. Voou. Mais seguro de si, vai se levantando para abandonar a cama. Abandonar o quarto. Abandonar o apartamento. Fechando a porta atrás de si.

Da porta do banheiro, depois de ter vomitado no vaso o almoço cubano, Eduardo vê Paco que sai do apartamento, batendo a porta atrás de si. Eduardo não tem força para ir saber por que já ia. *Mais tarde vou lá* pensa. A cabeça zune, enquanto o gosto azedo e amargo na boca serve de isca para que o estômago sublevado reaja com uma nova golfada de vômito. Controla a ânsia, respirando ruidosamente enquanto dá voltas em torno da mesinha do centro. Caminha até a cozinha. Deixa um alka-seltzer se dissolver no copo d'água. Toma. A água efervescente quieta o estômago. Volta para o quarto. Deita-se na cama.

Eduardo dorme.

4.

Quando Eduardo acorda, Stella está irrequieta.
"Move, man, move" diz para si antes de dar um salto felino da cama.
Quer sair, dar uma volta, espairecer, tomar o ar fresco da noite que desce, que ninguém é de ferro. *Ô dia brabo!* pensa constatando, *uma espairecidazinha pra trazer o equilíbrio, que*

senão esta cabecinha linda linda da mamãe ex-plo-de. Certamente irá em busca de Rickie, reencontrar Rickie e uma boa trepada pra aliviar a alma. "Rickie for Richard, that's for sure. Richard deve ser o nome dele. Richard, dear Richard, since you have not called, I'm obliged to look you up. I hope you don't mind, do you?" diz sorrindo enquanto escova os dentes e olha a cara amarrotada no espelho do banheiro. *Não telefonou. Acabou não telefonando. Ainda não telefonou. Será que telefona? Se não telefona hoje, telefona amanhã. Na dúvida, sim. Na dúvida.* "À luta, Stella, quem pode, fode, quem não fode, se sacode." Instiga o seu rosto no espelho a abandonar o ar pasmacento e a se mexer: "O futuro ao homem pertence".

"Não vai ficar esquentando cama, que quem esquenta cama os seus males não espanta." Não é difícil adivinhar onde pode estar o Rickie, a não ser quê. "Não seja cínica, Stella. A não ser que o quê? Que encontrou um mais rico, mais generoso e mais bonito. Michê é michê. Bofe é bofe. Bicha é bicha. Dê um lance mais alto. Façam o seu jogo, senhores. Com a hecatombe que tem pela frente, não é hora de ficar contando pennies", diz enquanto volta à sala e fica sentado no sofá como jogador de futebol em concentração, assim pelo menos é que se convence a si que deve ficar quieto e em silêncio por pelo menos uns dez minutos, equilibrar a cuca, se não ela se funde. Ao cabo de poucos minutos dá um salto:

"Merda, ainda não falei com o Marcelo", e caminha para o quarto.

Disca o número de Marcelo.
Marcelo atende.
Eduardo bravo:
"Marcelo! Quem é o Carlinhos?"
"Já te telefonou?"
"Já, e dando uma de terror. (Emposta a voz, imitando o ou-

tro:) Para o seu bem, Eduardo, não anda com o coronel Valdevinos, Eduardo. Evita sair com ele. O coronel é uma pessoa mar--ca-da."

"É isso aí, bicho, o recado foi dado."

"Como que o recado foi dado!? Porra, isso não vai ficar assim não."

"Vai, Edu, vai, não esquenta a cuca não. Cuca fria."

"O outro me funde a cabeça e você me diz pra não esquentar, quem que te entende, Marcelo?"

"E é pra entender?"

"Legal, Marcelo, veja só: estou caminhando de cabeça fria fria na rua e pum! pum! dois tiros no coração. (Muda de tom imitando Lacucaracha:) 'Te gustan las flores?' 'Sí, me gustan.' Pum! pum! 'Mañana las tendrás'."

"Te conto outra, se quiser: 'Cómo te llamas?' 'Eduardo.' Pues... pum! pum! 'Llamabas'."

"Não brinca com fogo, Marcelo. Vamos, desembucha os nomes dos implicados em nome da nossa amizade. Quem é esse Carlinhos? Por que me telefonou? Como sabe da minha ligação com o adido militar? Por que está a fim de sacaneá-lo?"

"Esqueça, Edu. São coisas muito complicadas e, além do mais, perigosas. E quem sabe se já não estou falando demais. Sei lá, o Valdevinos pode estar aí escutando, pode ter mandado grampear o seu telefone, com essa gente a gente nunca sabe, você..."

Eduardo bate o telefone.

Marcelo disca de volta.

"Stella está histérica hoje."

"E é pra não estar?" (Pausa.) "Desculpe, Marcelo, não fiz por mal, mas a sua amiga Stella está com os nervos à flor da pele. Perdoa ela, vai, perdoa."

"Está histérica porque quer, porque é boba, porque é neurótica, já que ninguém quer fazer mal a ela. Muito antes pelo contrário."

"Então, conta. Que que tem demais?"
"Não vamos voltar à mesma lenga-lenga?"
Os dois ficam calados.
"Esqueça", insiste Marcelo.
"E dá pra esquecer?"
"Dá, Edu, dá, é só querer."
"Sádico! Stella hoje amanheceu com o pé esquerdo. É sádico pela manhã, é sádico pela noite."
"Tá aí, pra mostrar que não sou sádico, vamos dar uma saída. Estou também de saco cheio, passei a tarde toda num papo barra com o professor Aníbal. Uma barra! Você não pode imaginar."
"Quem que é esse professor?"
"Não está lembrando? É aquele do manual de história. Acho que você nunca mais abriu um livro desde que saiu da Nacional."
"Acertou, mano de guerra. Quero mais é rebolar. Esse negócio de ficar sentado o dia inteiro lendo não é comigo. Já era."
"Já era pra você, não mistura."
"Não seja tão antigo, Marcelo."
Marcelo debocha:
"Muito sooom, muita tran-sa, muito seeexo, curtir o outro numa boa, numa legal, é isso é que é ser gente, gen-te, entende?"
"Porra, você está a fim de me destruir. Primeiro, manda o puto do Carlinhos me telefonar, nem sei quem é o cara, o sacana, e agora o deboche. Para, Marcelo, para, você não conhece Stella. Põe a boca no mundo e amanhã até o reitor da NYU sabe quem é a sra. Marcela Carneiro da Rocha, mais conhecida como a Marquesa de Santos, destruidora de corações imperiais, ou você não sabe que fiquei sabendo tim-tim por tim-tim da sua transa com aquele nobre alemão que arribou no Rio pelo carnaval."
"Está com a corda toda."

SEGUNDA PARTE

Quarto

"A porta está aberta. Pode entrar."

Marcelo, no corredor do oitavo andar, ouve com nitidez a voz empostada de barítono que vem de dentro do apartamento, atrás da porta fechada. A presença de Marcelo no prédio nesta tarde de sábado tinha sido comunicada ao professor Aníbal pelo interfone. Pela maneira como o porteiro o acolheu, percebia-se que o aparecimento do jovem na portaria por volta das duas horas lhe tinha sido comunicado com antecedência.

Marcelo abre com cuidado a porta do apartamento, obedecendo à ordem.

O professor Aníbal recebe Marcelo sentado em cadeira de rodas, com a cara risonha e matreira de um diabólico Jerry, precavendo-se das avançadas do atrevido Tom.

(*Não sabia que o professor Aníbal era...* pensa Marcelo ao ver o homem sentado à sua frente.)

Antes de estender-lhe a mão para o cumprimento formal, o professor rola estabanadamente a cadeira de rodas até a porta e passa todas as chaves de que dispõe nas sucessivas fechaduras alinhadas em vertical.

"Perdoe-me pelo excesso de zelo, estamos em Nova York, e com fogo e assalto não se brinca nesta cidade. Ainda bem que no Brasil optamos pelo caminho da ordem e da segurança."
(Não é assim tão velho. Tão velho quanto imaginava. Pelas coisas que escreve dá a impressão de ser um velho caquético. De costas parece
"Estou sozinho em casa. Minha mulher saiu para fazer as compras da semana."
parece tão frágil. A voz bem colocada serve para esconder as pernas inúteis e a cadeira de rodas. Me ofereço ou não me ofereço pra empurrar a cadeira? Quando bato. Porta aberta. Quanta gentileza! Aqui dentro. Fogo. Assalto. Mil grilos e mil fechaduras! O porteiro avisou lá de baixo pelo interfone, abriu correndo todas as fechaduras enquanto eu subia pelo elevador: "A porta está aberta, pode entrar". Cheio de mumunhas o malandro. Vai morrer de velho, se vai. Me ofereço ou não me ofereço pra empurrar a cadeira? Se sabe se cuidar tão bem, que se cuide sozinho.)

Ainda na pequena área de entrada, o professor dá uma perfeita meia-volta com a cadeira de rodas. Estende finalmente a mão a Marcelo e diz com voz menos empostada:

"É um prazer recebê-lo em casa. Tinha sabido já da sua presença em Nova York. A gente fica sabendo de tudo logo. É como se estivéssemos numa fazenda do interior. Somos uns vinte. Se tanto. Quem chega já é logo de casa."

O professor ganha controle da situação e continua a dar ordens:

"Pode dependurar o sobretudo no cabide. A casa está aquecida."

(*Abro logo o jogo? Digo-lhe que isto não é um sobretudo. This is not a topcoat, sir. É uma japona e das mais michas, comprada num sale da Macy's, ali no subsolo da rua 34. Devia ter posto camisa e gravata pelo menos. Essa gente, nunca se sabe. A situação*

exigia. *Vamos lá, compensemos a gravata: sorriso nos lábios e vaselina nas palavras:*)
"Muito gentil da sua parte recebendo-me em casa. Os professores aqui só recebem colegas e alunos no próprio escritório da universidade. Sorte minha que a tão decantada cordialidade brasileira ainda tem lugar nesta selva de asfalto."
(*Pluft! Caí no seu jogo como um patinho. Azar meu. Agora é tarde. Não dá pra voltar atrás.*)
"Nada de agradecimentos. Como dizia, somos uns vinte nesta cidade, e isso possibilita que as relações humanas sejam mais cordiais entre nós. Mais afetuosas."
Aníbal olha de maneira professoral para Marcelo e continua:
"Mas não critique tão apressadamente os americanos caindo no vício infeliz dos nossos compatriotas de esquerda. Enxergam tudo menos os próprios defeitos. Temos muito que aprender com os americanos. Têm hábitos de privacy e, se não temos condições culturais para imitá-los, devemos pelo menos admirá-los e respeitá-los por isso."
(*Viro ou não viro o jogo? Não vou conseguir. Maneiro.*)
"Não tinha a intenção de criticar os americanos. Estava expressando a minha alegria por reencontrar hábitos que são nossos. O senhor poderia —"
"Não estou tão velho assim. Trate-me por você."
"— poderia ter-me recebido na Columbia. Mas não. Me recebe em casa. Reconheço as suas qualidades de brasileiro; não critico os americanos."
"Ainda bem, porque não gostaria de ficar decepcionado tão cedo. Já é característica do brasileiro no estrangeiro de só enxergar o errado dos outros e ficar cego diante do que fazem de melhor."
"Como assim?"
"A maioria dos brasileiros que chegam por aqui reconhecem como bom o que os Estados Unidos têm no momento de

pior e como mau o que têm de melhor. Enxergam as coisas de cabeça pra baixo, e macaqueiam — por isso, é claro — o que há de pior. Só o que há de pior, o lixo da sociedade americana."

(*Direta pros meus cabelos compridos, pra bata indiana e pra esses tênis brancos?*)

"Com essa velha cegueira dos nossos compatriotas", continua o professor, "acabamos importando apenas o mau e não o bom. Falta-nos educação, falta-nos discernimento. Sentimento cívico. Vivemos ainda como os selvagens de Caminha deslumbrados diante de qualquer miçanga estrangeira e insensíveis ao que verdadeiramente importa na história da humanidade."

(*Fecham o país no Galeão e, agora, aqui no Village. É o velho espírito alfandegário que nem d. João VI transferindo a corte para o Rio conseguiu quebrar direito.*)

A conversa se passa no vestíbulo. O professor se dá conta da inconveniência estampando uma expressão de surpresa no rosto: "Estou sentado, e você de pé. Vamos entrar. Passe, por favor."

Guia Marcelo até a sala, como que por controle remoto, seguindo-o atrás e de perto com a cadeira de rodas.

A sala do prédio moderno é ampla e toda envidraçada, dividida em duas partes, o salão propriamente dito e a sala de jantar. Cortinas de cor neutra substituem ou deixam ver o lá fora cinzento do outono nova-iorquino. A chuvinha gelada, quase tão fria quanto neve derretida, deixa respingos que se espicham como teias de aranha nas vidraças aquecidas pelo calor interno. As vidraças parecem estilhaçadas. A disposição confusa dos móveis no salão incomoda e se choca com o equilíbrio encontrado para a sala de jantar. Em flagrante dissimetria, as poltronas estão dispostas em torno de duas mesinhas laterais e de uma terceira, maior, no centro.

Marcelo senta na poltrona indicada pelo professor. Já sentado, levanta os olhos e vê a cadeira de rodas ser conduzida para o lugar de estacionamento. Estacionada no lugar próprio, a arrumação dos móveis no salão ganha surpreendente simetria. "Confortável o seu apartamento. Muito confortável. Cada coisa no seu lugar."

O professor Aníbal não escuta; dá prosseguimento à conversa interrompida.

"Como dizia, o Brasil é um país de olhos voltados, totalmente voltados para fora. Carecemos do sentimento de autorreconhecimento dos nossos legítimos valores e por isso não temos identidade própria ou maturidade. Somos como o jovem que ainda não sabe quem ele é e fica procurando modelos de comportamento fora de casa. Bastava olhar para a geração dos pais."

(A bênção, papai. Deus te abençoe, meu filho e... juízo, meu filho, muito juízo! Cuidado com as más companhias, principalmente as alienígenas. Fuja do mau amigo como o diabo da cruz! Depois não vai dizer que o seu pai não te preveniu, mal-agradecido.)

"De fora", continua o professor, "o brasileiro só traz atos de rebeldia e até mesmo de vingança para com os mais velhos. Não há respeito pela voz do passado e da experiência. Os brasileiros só importam o que bagunça mais a incipiente cultura que criamos à dura pena."

(Com tapetes persas no chão, gravuras de Albers pelas paredes, louças e cristais em exposição pelos móveis de época, até eu estaria trancando as portas com mil fechaduras e combatendo a rebeldia dos jovens a qualquer preço. Puxo de volta o tema do conforto no apartamento? Ou faço o elogio da rebeldia?)

"São gravuras de Albers, não?"

"Escolha da minha mulher, ou do decorador seu amigo. Por mim, teria as paredes brancas. Acostumei-me às letras impressas, ao contraste das palavras pretas no papel branco e ver cores me incomoda. Quanto mais viva a cor, mais distrai a atenção, mais induz ao devaneio abstrato. (Nada de abstrações. O *poder é concreto e palavroso.*) Como a música. Também abstração. Gosto de ler, passo o tempo todo lendo. A palavra induz à ação. Pintura e música são artes do ócio, para os preguiçosos. Os indolentes do espírito — e são legião. Sinto que estou perdendo o meu tempo quando vou a um museu, ou sou levado a escutar um disco."

"Já penso que perco o tempo é lendo. Acho a palavra — sobretudo isso a que chamamos de palavra literária — tão desligada das minhas preocupações de todo o dia. Com as palavras não vivo, transcendo —"

"Sei que as novas gerações, acostumadas à estridência da música —"

(*Não vou deixar que me interrompa assim sem mais nem menos. Calma, you son of a bitch. Now it's my turn.*)

"A música movimenta o corpo, bole por dentro da gente como se fizesse ligeiras massagens nos músculos, por detrás da pele. Nos dá ritmo. O ritmo dum corpo em movimento traz maior prazer e lucro ao nosso dia a dia do que a paquidermice rinocerôntica do leitor sentado horas a fio diante dum livro. O ritmo é essencial porque nos leva a agir segundo forças não racionais, mas que são tão imediatas e necessárias quanto as que nos levam a nos alimentar ou a tomar água."

O professor olha para Marcelo em silêncio e impaciente na cadeira de rodas. O dedo indicador fica batendo no braço acolchoado da cadeira, como um relógio que marcasse com barulho a passagem dos segundos. Desculpa-se pela falta imperdoável que estava cometendo: tinha esquecido de oferecer algo de beber ao jovem colega. Falta que a sua mulher fazia em casa. É tão atenta para essas coisas, essas pequenas e importantes coisas. Sem ela aqui pareço mais um selvagem.

"Nem pareço o bom anfitrião de que você falava antes. Mal a gente bate na porta, o americano já vem com o seu 'May I offer you something to drink'."

O professor emposta a voz de barítono e repete a frase visivelmente satisfeito com o achado:
"May I offer you something to drink?"
"Agora, não, obrigado. Talvez mais tarde."
(*Qual é a dele? Está querendo dizer que tem um inglês impecável? Pudera, está aqui desde que Jango subiu ao poder. Começo a me sentir preso nesta poltrona. Me levanto?*)
"Posso ver aquela gravura?"
"Claro, por favor."
Aníbal não movimenta a cadeira de rodas.

Escuta de longe os comentários de Marcelo em aparente descaso, como um marido que, de repente, é obrigado a ficar escutando imperturbável a conversa entre a mulher e o convidado.
"Gosto de Albers. Me lembra coisas de Lygia Clark. Só que, na sua série dos Bichos, Lygia foi mais longe, misturou a precisão geométrica de Albers com a sensualidade orgânica das bonecas de Bellmer. Albers ficou sempre nos jogos tridimensionais dentro da superfície bidimensional. Lygia descobriu a dobradiça que deixa as superfícies planas se movimentarem com a ajuda das mãos do espectador. Os olhos veem depois para apreciar a combinação que foi conseguida. Que cada um conseguiu."

Estacionado no mesmo lugar, o professor finge desinteresse pela divagação de Marcelo. Fixa os olhos num ponto misterioso do espaço como se lá estivesse acontecendo o que importava. O resto era circunstancial e portanto desprovido de interesse.

"Lygia requer primeiro o tato do espectador", continua Marcelo, "só depois a visão. O sensualismo do contato do corpo com a obra de arte, do desejo com o objeto para poder melhor compreendê-lo. O ideal é que a obra de arte seja consumida por todos os cinco sentidos ao mesmo tempo."

Virando-se para o professor acrescenta:
"Quero fazer um poema, um livro, onde a apreensão pelo

tato seja o que importa. Pedir ao leitor que pegue as palavras com as mãos para que as sinta como se fossem vísceras, corpo amado, músculo alheio em tensão. Que as palavras sejam flexíveis, maleáveis ao contato dos dedos, assim como antes, na poesia clássica, elas eram flexíveis e maleáveis quando surpreendidas pela inteligência. Quero que a polissemia poética apareça sob a forma de viscosidade. Que não haja diferença entre apanhar uma palavra no papel e uma bolinha de mercúrio na mesa."
"Ai, meu jovem, tudo isso que você diz é uma imensa futilidade! Não perca tempo. Séculos e séculos de tradição nos legam o livro tal como ele é, e a leitura tal como ela é. Atos isolados de rebeldia e anarquia intelectual já nascem mortos, ou são aborto de uma inteligência doentia ou malsã. (*Está engrossando agora. Easy, man. Pergunto-lhe pela cordialidade?*) Melhor artista é o que canaliza com mais propriedade as suas respostas à história da cultura. Caso contrário, faz qualquer coisa que dura vinte minutos, e pronto! desaparece no ar como bolha de sabão. Dura vinte minutos porque ninguém entende, ninguém incorpora essa, digamos, coisa à sua vivência como a gente incorpora um grande livro que foi apreciado através da leitura tradicional. Aquele que, como você diz muito bem, foi lido com a inteligência."

"A ousadia do artista não tem compromissos com a tradição, com o tempo nem com a burguesia protetora eterna da sua própria história. A ousadia não quer que os seus produtos durem para o outro."

"Se não é para que durem para o outro, qual a sua utilidade social?"

"Dizer que qualquer pessoa, qualquer, pode ser ousada, se quiser. Qualquer um. A poesia pode ser feita por todos e por ninguém. O mundo seria melhor. Qualquer um pode ser capaz de um ato ousado, desde que não o corte pela raiz com o bom senso. No momento em que todo e qualquer homem se manifestasse, acabaria a distinção entre criador e leitor. Todos seriam criadores, criadores trabalhando os materiais da vida e da arte numa festa de grandes afirmações. Eis o nosso futuro. Ou a nossa utopia."

"Isso é anarquismo."

"Que seja, embora não o seja."

"Já vem com paradoxos."

"Não é um paradoxo", se exalta Marcelo. "Que o senhor julgue que seja anarquismo, o que que eu posso fazer? Nada. Absolutamente nada — é direito seu. A boca é sua e as palavras também, para não falar das ideias. Mas que seja anarquismo, isso não é. Por que as formas do encontro social, do contrato social, têm de passar pelos partidos políticos, pelos seus dirigentes, ou pela república centralizadora? Por que os homens, quando se encontram na comunidade, têm de abafar as suas diferenças pessoais? Os homens podem se congregar também através das ações individuais."

"Seria o fim da divisão de trabalho, da profissionalização. O homem se profissionaliza para servir ao próximo, para ser útil à cidade, ao país, à humanidade."

"Por ação ousada, não excluo o exercício da profissão. Só que esse exercício não deve ser feito de maneira mecânica ou arrivista, com o homem jogando pra dentro do campo o dinheiro e pra escanteio o corpo. Qualquer profissão exige o todo do homem, cérebro e corpo, adestramento e tato, disciplina e prazer, numa integração que leve ao desejo de fazer o que se está fazendo. A gente tem mais a impressão, hoje, nas sociedades capitalistas, que alguém estuda pra ser médico porque quer ficar rico. Ou decide estudar aquilo outro pra poder trabalhar pouco."

"Você estaria criando uma sociedade de homens tensos e que logo se cansariam", adverte o professor.

"Isso pensa o senhor."

"E tenho o direito de pensar assim?"
"Direito tem."
"Ainda bem que não se veste com as roupas de pequeno ditador vermelho..."
"As minhas roupas são largas, multicoloridas e desbotadas. Uniformes verdes sob medida, e engomados, só servem para os grandes —"
"Está insinuando que —"
"Eu? Nunca."
"O que me incomoda no anarquismo, nos anarquistas, é que querem impor um comportamento modelar e igual para todo e qualquer homem. É um autoritarismo disfarçado de jiboia durante a digestão. Utopia de quem já tem o estômago cheio e pensa de papo pro ar, de quem vive de sombra e água fresca."
"É exatamente o contrário."
"Como? O contrário? Você não disse, foi você mesmo quem disse que todos precisam ser capazes do ato ousado. E quem não for? O que é que você faz com ele? Manda para o forno crematório? Você quer destruir o homem fraco de uma vez por todas, e varrê-lo da superfície da —"
"O homem fraco em si não existe", interrompe Marcelo, "pode haver o homem doente, mas isso é outra coisa. O homem fraco é um produto. Um produto da nossa —"
"Vocês não querem deixar o homem fraco viver. Hitler se esconde por detrás da sua teoria, da sua utopia. E depois dizem que somos nós os nazistas. Temos compaixão do homem, cuidamos dele para que não morra à míngua. Essa é a função, a legítima função do Estado: proteger o cidadão que não é capaz de se manter com dignidade, ou que não é capaz por esta ou aquela razão."
(*Te conheço, velho safado. Trapaceiam, proíbem, prendem, batem, esfolam e até matam — tudo isso para o bem do cidadão*

comum. São os fortes que precisam proteger os fracos, e por isso precisam ficar cada vez mais fortes.)

"E a gente vê o quê?" pergunta o professor, "Marighella incitando os mais fracos a se rebelarem contra o Estado, usando armas que nem sabem usar. Querem fazer um vasto matadouro do país, uma chacina em praça pública. Falta à esquerda terrorista compreender que não é mandando para o matadouro o pobre que ela vai acabar com a miséria do Brasil. Não precisamos de carnificinas; precisamos de programas de assistência social que —"

"O pobre é um cordeiro e deve continuar cordeiro nas mãos de alguns poucos lobos que o protegem, é isso?"

"Você deturpa as —"

"Não, não deturpo. Só quero mostrar como o homem fraco só existe na consciência do ditador, assim como o cordeiro só existe na do lobo. O fraco existe pra ser feito cada vez mais fraco, mais inútil para a sociedade, para que seja desclassificado, declarado incapaz de exercer a sua cidadania, de votar, de tomar decisão, e aí então o forte fica cada vez mais forte, mais poderoso. E até mesmo mais caridoso, por que não? Como sobra — e sobra demais — o poderoso pode distribuir o supérfluo para os necessitados."

"Você fala da caridade cristã como se fosse um exercício de hipocrisia."

"E esse tipo de caridade não é?"

"Tartufos são vocês. Tartufos que se escondem por detrás da miséria para poder chegar ao poder fazendo de conta que não o querem."

"Tartufos somos nós!?"

"Como você está equivocado!" De repente o professor muda de tom, adotando uma voz paternal. "É o perigo de cidades como Nova York ou Paris. O jovem chega aqui. Não sabe. Ignora. Expõe-se. Não analisa. Não tem senso crítico. Fica dono da

verdade. De uma verdade que é galhofa. É por isso é que é preciso fechar —"
"Abrir", grita Marcelo.
"Fechar", o professor imita-o.
"Abrir as portas, os olhos, os ouvidos, a boca, todos os buracos do corpo. É preciso vir aqui para poder ver o que fizeram e fazem com o negro americano. Um estado rico de brancos que aceita no programa de welfare tantos negros quanto os que apareçam. E haja negros! E haja esmola! A indolência do negro é um jogo político do branco que não o quer trabalhador, cidadão de primeira categoria. Porque, se o negro ficar forte, vai querer disputar o poder em Washington. E isso nunca. Que o negro seja fraco e que tenhamos piedade dele, coitadinho."
"É você quem chama os negros americanos de indolentes, porque eu os chamo é mesmo de velhacos. Pelo menos, esses que se aproveitam do welfare para ficar se drogando —"
"Mas é isso —"
"— para ficar se drogando pelas esquinas e fazendo filho um atrás do outro. Descobriram uma brecha no sistema de segurança social generoso e começaram a tirar proveito pessoal do sentimento de culpa do branco."
(É um velho *white trash* quem está falando — será que o nosso erudito historiador não está lendo nem os bons autores liberais do momento?)
"E o pior", continua o professor, "é que o negro está ensinando o truque para os novos grupos étnicos que chegam, como os hispanos. O sonho americano da vitória pelo próprio esforço tornou-se uma nuvem cinzenta na aurora do país."
"Para o senhor, o hispano tinha de passar primeiro pelo que o negro passou, para só então poder se beneficiar do welfare. Só tendo sido escravo é que pode também se valer da generosidade do sentimento de culpa do branco..."

"Não é bem isso, mas é quase. O negro pelo menos capitalizou alguma coisa pelo trabalho escravo dos antepassados. O errado é querer do dia para a noite o lucro. Em outras palavras: o cheque do negro tem fundos. O problema é que nenhum branco, nenhuma economia, ocidental ou não, aguenta uma corrida de um vasto segmento social. O hispano quer chegar, se fazer de vítima do americano, só para aproveitar. Está mamando à custa do negro."

Marcelo se sente cansado. Quer falar e não quer da situação da América Latina. Há um silêncio que oprime o professor e deixa Marcelo como que desprovido de desejo.

Marcelo olha as vidraças estilhaçadas e vê o anoitecer intempestivo que entra pela sala.

O professor percebe que a sala escureceu. Acende um abajur que está na mesa lateral. Olha Marcelo como se o estivesse vendo pela primeira vez desde que chegou.

Marcelo não se perturba com o olhar. A imagem que vem à sua cabeça é a do seu corpo numa cama de hospital com uma enfermeira ao lado que tira cuidadosamente o paletó do pijama para o curativo diário.

O olhar do professor o desnuda. Começa a incomodá-lo.

Leva a mão até o botão superior da bata como que para se assegurar de que está dentro da casa. Marcelo se sente perturbado pelo olhar do professor. Fixa a vista no cinzento lá fora como que para perder o sentido da atmosfera que o rodeia. Nisso escuta a pergunta:

"Você é filho de papai rico, presumo."

"Presume errado, não sou."

"Se não é, comporta-se como tal, e não há diferença."

(*É mesmo um filho da puta reaça e autoritário. Classifica a gente e pronto. Estamos dentro da sua razão por equívoco, embarcamos em bonde errado, não tem jeito de saltar no meio do cami-*

137

nho, e tudo isso porque a verdade está sempre do lado dele. Não tem problema não. I'll see you later, alligator. Pode ir em frente.)
"Todo filho de papai rico", continua o professor, "não pode compreender o sucesso econômico como consequência de uma vida — de *toda* uma vida de trabalho. Como já tem o dinheiro desde o berço, quer também que todos o tenham ao mesmo tempo. Mesmo sem trabalhar, sem provar que merecem ser ricos."
"Com isso o senhor justifica tudo, até uma nova forma mais caridosa de escravidão. Todo novo imigrante nos States, pra poder satisfazer a crueldade do sonho americano, tem primeiro de provar que aceita, sem se rebelar, a condição do trabalho escravo —"
"Não se trata de trabalho escravo, você deturpa tudo como sempre. O que eu quero dizer é que a condição de realização econômica pessoal depende exclusivamente do trabalho. Só dele. Sem a equação tanto-trabalho/tal-salário, qualquer sociedade vai pros brejos, desculpe a expressão. Mesmo a mais rica. Como aliás é o caso desta."
"E se as contas da equação", pergunta Marcelo, "forem injustas?"
"Para isso existem os sindicatos, a segurança social, o welfare —"
"Está dizendo que sindicato só deve discutir a equação tanto-trabalho/tal-salário?"
"É, é isso mesmo."
"Nada de política."
"Nada. Você não viu o caos do Brasil no governo Jango?"
"A classe empresarial é a classe dirigente, e estamos conversados", conclui Marcelo com a voz do outro.
"Quem tem, governa."
"Quem não tem, obedece."
"O socialismo é uma invenção de meninos ricos com re-

morso pela fortuna dos pais", disse o professor como se já tivesse a fórmula pronta na ponta da língua e desde o início da conversa. Marcelo olha as horas no pulso, *como escureceu cedo* pensa, e acredita que o papo engrossou demais e que é melhor tirar o time antes do pau começar a quebrar. Isso nunca, pensa nas admoestações de Falcão.

O professor o observa com o rabo dos olhos, visivelmente preocupado com o silêncio, porque lhe sorri com um sorriso amigo de tudo bem comigo. E com você? Marcelo tenta em vão adivinhar a razão do sorriso. Não há, mas deve haver. Por que o outro provoca provoca insulta, e depois põe panos quentes? De uma coisa está certo: a provocação visa a um fim. O problema é saber qual. Talvez provoque porque quanto mais provoca, mais se revela o provocador. *Mais me revelo* conclui em silêncio e com temor Marcelo. Lembra que tinha chegado armado até os dentes, desconfiado com o convite, mas Falcão lhe disse que o convite vinha mesmo a calhar, que aceitasse, chegou medindo as palavras no início da conversa e, de uma hora pra outra, começou a exprimir com sinceridade e clareza a sua maneira de pensar. *Me entreguei.* Marcelo admite que está ali para preencher uma lacuna no conhecimento do professor. Daí o convite. Mal sabe ele, professor, que também está preenchendo uma lacuna na nossa organização. Troca de favores. Dá lá, toma cá. Preso à cadeira de rodas e aos amigos conservadores no Brasil, apenas tendo acesso a jornais censurados, o professor Aníbal não sabe o que o outro lado pensa de tudo o que acontece. Marcelo sorri com o achado, e o professor pensa que o jovem finalmente sorri ao seu sorriso e que a trégua de paz está sendo estabelecida.

O professor pergunta-lhe se está satisfeito com as aulas e com a universidade.

Marcelo responde que ainda não tem opinião formada, que

são tão diferentes os sistemas e está dando aula há apenas mês e meio. Pouco pra se formar uma opinião.

Se trabalha muito; o normal, responde Marcelo. Três cursos. Se algum avançado; não, um curso de língua e outro de civilização e mais um que é uma espécie de leitura comentada de textos. Vamos ler quatro peças de teatro, aproveitando uma antologia feita por Wilson Martins e Óscar Fernández. Três cursos no total.

Se os alunos são bons. Marcelo não sabe dizer ainda se são bons ou não, trabalhadores são. Esforçados, quanto a isso não há dúvida. Lamenta que a New York University não seja um campus. Tinham-lhe pintado a vida universitária num campus como qualquer coisa de idílico, e a NYU se assemelha bastante ao modelo brasileiro de universidade integrada à geografia da cidade.

O professor lhe diz que a direção da universidade trabalha na direção de um campus.

Soa a campainha.

"Deve ser a minha mulher. Não ouvi a chamada do interfone. Com licença."

Marcelo se assusta quando a poltrona começa a se movimentar de novo. Tinha esquecido das pernas do professor e das rodas da cadeira.

O professor se encaminha para o vestíbulo, refazendo um caminho cuidadosamente planejado, de linha reta entre móveis.

Vendo-o de costas, Marcelo pensa nos grandes centauros da história humana e se entristece com o espetáculo atual do defensor da classe dominante brasileira. Sem pernas para andar, encerrado num apartamento como se fosse uma trincheira, com medo de inimigos prováveis mas impalpáveis, cercado pelos seus livros e tapetes persas e o sonho de grandeza dos outros, só lhe compete naquele momento fazer indagações supérfluas à porta, indagações de coronel e de sentinela:

"É você, Leila?"
Marcelo escuta a pergunta, dita no magnífico tom barítono. Não escuta a voz feminina. Ouve o som sucessivo de várias fechaduras que vão sendo abertas como o ribombar de pequenos canhões. Festiva salva de tiros para a personalidade que chega. Ele não tivera a mesma cerimônia na recepção. Encontrara a porta cerrada mas sem chaves. Finalmente ouve o clique seco e curto da lingueta movimentada pela maçaneta.
Ouve suspiros de respiração arfante. Interjeições de frio e cansaço, de alegria também. Também o ruído de um beijo dado com alarde, como o espocar de um foguete nos céus.
Leila.

Quinto

Nenhum passa daqui, sem que das bocas
Nos ouça a melodia, e com deleite
E instruído se vai.
Homero, Odisseia, Livro XII
(Tradução de M. Odorico Mendes)

Tudo é perversamente anacrônico pensa o professor Aníbal nessa mesma noite de sábado se fazendo caramujo diante de Leila que como uma mariposa fica rodando rodando rodando ameaçadora em torno dele sentado, em torno dele sentado na escrivaninha que fica no centro do escritório com as paredes — as quatro — recobertas de estantes de alto a baixo, cheias de livros, e Leila fica rodeando o marido como lutador de boxe no ringue procurando a brecha por onde atacar, dar o soco seco e fulminante, Leila se movimenta ágil, feroz e furiosa, gesticulando, até se arrebentar em palavras, em gritos, e se arrebenta: "Miserável! Frouxo! Babaca!" grita e levanta arrogante e desafiante a cabeça jogando os cabelos negros para trás. "Miserável!" repete com a respiração já ofegante, levantando agora também o busto como passarinho prestes para o voo, e a voz começa a ficar embargada pela emoção: "Você quis uma mulher pra fazer de gato e sapato, e conseguiu, não foi? Conseguiu — olha a boba que caiu na armadilha. Olha! Olha se você for homem. Boba que fui. Boba! Toma! Você merece" — e dá uma forte bofetada na cara já desfeita pela emoção e o sangue sobe mais às faces enrubescendo-as de vez. "Olha!" Leila se recolhe a um canto do escritório e esconde o rosto nas mãos. Crispa os dedos, os músculos e nervos do braço se retesam, e volta a cara afogueada e ameaçadora para o marido perdido nos labirintos de si mesmo, da própria imaginação solta.

"Um dia ainda vai acabar este doce de leite. Que vai, vai, é só esperar. Continua aí sentado com os seus livros, sentadinho, e quando um dia abrir os olhos já voei pro Brasil. Não perde por esperar. Ri melhor quem ri por último."

Aníbal: o corpo imóvel e impassível na cadeira, os ombros caídos sem mostrar desânimo, antes relaxamento, as mãos se cruzando sobre as pernas sem vida, o olhar vago e decidido. Aníbal entrava — tantas vezes antes e agora de novo nesta noite outonal de sábado — para um estado de silêncio e de recolhimento intelectual tão absolutos, tão nirvânicos, que era o momento em que saíam do seu cérebro as máximas definitivas do seu modo de pensar. Por ele essas farsas sexuais nunca acabariam, eram o tônico de que precisava para ir levando adiante a sua compreensão dos homens e do mundo, as suas reflexões mais íntimas e mais descompromissadas com o mundo acadêmico. Nesses momentos era ele, só ele, quem pensava.

Um dia anotou numa folha de papel:

"O lugar-comum é o definitivo do homem. Veja metáfora da pérola, que muitos julgam ridícula e desprezível, e na verdade não o é. A busca da originalidade a todo custo significa a perda do sentido do absoluto."

Não conseguiu refrear o que tinha de pessoal e intransferível nessa constatação, e continuou escrevendo, agora para justificar o seu mal-estar entre os pares:
"Por que o homem moderno tem medo de pensar os grandes temas? Ao contrário de Atlas, o homem moderno não suporta os grandes pesos sobre os ombros. Por isso é que a nossa idade — de imaginação bárbara e rasteira — passará como medíocre, a mais medíocre da história do homem. Inapelavelmente. À medida que o homem branco foi perdendo o seu fardo, cansado de levá-lo sozinho, a barbárie começou a se impor por todos os cantos. O homem moderno desviou-se do definitivo seduzido pelo provisório e menor. Ele não sabe suportar as grandes dores, não sabe nem mesmo como tratá-las. Ao menor sinal de tragédia à vista, recolhe as velas do seu navegar pelo conhecimento. Cede diante de qualquer apelo sentimental. É fantoche nas mãos do destino. Até a História que se escreve hoje apela para as lágrimas dos vencidos e os bons sentimentos da piedade, e não para o destino estoico e sublime do homem. Não suporto a humildade."

Leila se exalta ainda mais diante do marido silencioso e impassível. Tentando transpor a distância entre os dois, gesticula como atriz de cinema mudo em tragédia grega e fecha e abre os braços com o mesmo ruído com que fecha e abre a boca, e quando cala mostra para Aníbal a boca, ahnnn! os dentes, nhão! e depois contorna com a língua os lábios pintados escandalosamente, fazendo trejeitos de puta de zona convidando os passantes, Leila esfrega os peitos, esfrega o rosto lambuzando a maquilagem, lambuzando a blusa com a maquilagem volta a esfregar os peitos, e Leila tira os sapatos e os joga para um canto do escritório acertando os livros que estavam na prateleira de baixo da estante, e Leila tira as meias, e levanta a saia, mostrando a calcinha sexy preta transparente e rendada de sex shop, e gira as meias em torno da mão direita, fazendo-as se enrolar como novelo, e o braço com a mão enluvada pelas meias se adianta ao corpo e se dirige para o rosto do professor, para no meio do caminho, é recolhido para perto do corpo, e Leila começa a dançar sensualmente, agitando descalça com as mãos os cabelos negros, a movimentar o corpo como que inspirado por música silenciosa e lasciva, e grita mais, reclamando agora, rebelde, dizendo que não nasci para ser animal de estimação, flor de estufa, boneca, que não sou livro nem folha de papel, sou de carne e osso, e se belisca toda, de carne e osso, repete, que não me contento com macho só olhando de longe, não basta só olhar, viu? que gosto é de uma caceta (e abre a mão medindo o tamanho), uma caceta bem dura, "Uma ca-ce-ta, me escutou?", gosto é de espernear e gritar na cama, fode, bem, fode, gostoso, assim, agora, vai

Aníbal imperturbável pensa *O homem nada conquista no campo prático, ele apenas se rebaixa à condição animal. O trabalho com as mãos tem de ser considerado aviltante. Julgar aviltante o trabalho manual, eis a única condição para que o homem se redima — no seu destino histórico — do animal que existe nele. A decadência do Brasil começou no momento em que não conseguimos transformar a escravidão num outro sistema tão produtivo e tão rentável quanto aquele. Cedemos depressa demais às pressões e às forças estrangeiras, e com isso nos atropelamos. Não soubemos* e Leila fica diante do olhar cego do professor, e Leila tira a blusa dançando sereia, faz uma trouxinha com ela enquanto as cadeiras continuam a gingar, e joga a trouxinha sobre a escrivaninha, e Leila fica só de sutiã empinando mais os seios e gira a cabeça de boca aberta e ofegante, de olhos acesos e narinas de fogo, e Leila agora se aproxima de Aníbal, com o dedo em riste, dizendo que não adianta fingir que não me vê, que não me ouve, que não estou aqui dançando e falando como uma louca, tentando te seduzir, sei que você pensa que sou louca, e Leila dá uma risada estrondosa, "Louca fui me casando com um louco, você!" e diz isso cuspindo na cara do marido, cuspindo de longe, e continua agora sei que estou sã. Sã. "Você é que é o louco. Só você, seu frouxo!" e com o dedo em riste de Leila diante dos olhos abertos e cegos, e com as palavras de Leila agredindo os tímpanos abertos e surdos, Aníbal pensa *Deus não imaginou para fazer o mundo. Deus fez o mundo sem pensar. Daí o estado de caos de uma humanidade que foi concebida sem a inteligência de deus, concebida pelo trabalho das mãos divinas, certo, mas sem a intervenção criativa da cabeça. Se deus tivesse pensado um pouco antes* e Leila atraindo e repelindo o marido, não consegue tocar nem mesmo com a unha a pele branca do seu rosto, inatingível, e se dirige sonâmbula para uma estante já preparada para essa finalidade, segue de costas para a estante sem tirar os olhos de Aníbal, na estante o professor punha os livros que recebia de graça das editoras e dos autores e que não tinham valor para ele, e Leila se aproxima de costas da estante e vira o corpo, abre as garras, rebola que nem cigana, como se continuasse a olhar o marido pelas costas, e Leila sedutora e agressiva, mãos de bruxa e de fada, terna e violenta, mãos de costureira e de açougueiro, abre os braços e as pernas e todo o corpo se espalma contra a estante como diante de outro corpo, e todo o corpo roça o outro corpo inerme, sentindo as saliências e as reentrâncias dos livros empilhados, e depois vai pegando os livros e os jogando pelo chão, sem perder o ritmo da dança, e de repente Leila apanha um livro no chão e começa a rasgar a capa, virando-se então para o marido, e rasga mais folhas, mostra, passa a boca por um punhado de folhas rasgadas que ficaram nas suas mãos, e mais rasga mais vai acalmando, e de repente Leila diz que não adianta fingir que não me vê, eu sei, eu sei que você está me vendo.

"Olha! É isso que devia fazer com você", é isso que devia fazer com o seu pescocinho delicado de galinho garnisé. Devia. Assim — e rasga o caderno de folhas dum livro, e põe a língua de enforcada pra fora, ri, e depois dança e rebola pisando os livros, e tira a saia e fica só de calcinha sexy negra e rendada e sutiã, fica de calcinha e sutiã já agachada relando os livros com a xota, roçando os livros, passando a bunda neles, se contorcendo, se encharcando nos livros como se tivesse entrado numa piscina e estivesse se debatendo dentro d'água, e de calcinha e sutiã olha para Aníbal ameaçando mijo neles, cago neles, mijo e cago neles. Não valem de nada pra mim, de nada,

e Aníbal nem mesmo chegou a virar o seu olhar, continua imóvel e cego e surdo, e quando vê alguma coisa vê uma estante de livros, a sua preferida, em que os clássicos da filosofia e da história estão encadernados primorosamente, com as lombadas avermelhadas e as letras douradas, o conjunto enquadrado pelo negro da madeira envernizada, e Aníbal pensa *Onde estão os heróis do nosso tempo? São esses homens de avental branco que ficam dias e dias, anos e anos dentro de um laboratório, com a imaginação presa ao desejo de adiar a morte do homem. A que ponto de degradação chegamos! Onde você se escondeu, Ulisses? Esses homens de avental branco querem salvar da morte o homem, injetando, cortando, amputando, acrescentando, substituindo. Vencer a morte para poder salvar o homem comum que nada merece e melhor fora que estivesse na cova o mais cedo possível, peso morto que é para toda e qualquer sociedade. No dia em que o homem inventou o micróbio num laboratório estava dando o golpe de misericórdia na sua grandeza. Os novos heróis, os heróis do nosso tempo, não valem uma epopeia. Valem alguns trocados. Alguns tostões que a Suécia anualmente lhes dá de presente*

e Leila esperneia pelo chão e já tira a calcinha e o sutiã e fica o corpo nu fazendo poses em cima dos livros, e Leila, lânguida e nua, pernas esticadas e seios levantados, pega um livro e passa ele pela boceta lentamente, vai subindo com ele pelo corpo e passa ele pelos seios, vai subindo com ele pelo pescoço e leva ele até a boca, beija e morde, mostra a língua, lambe e fica olhando, esperando qualquer palavra, qualquer sinal de vida do marido, e vai perdendo o antigo furor e se encontra consigo mesma, como se não lhe restasse em toda essa história que se aproximar mais e mais de si, do prazer do seu próprio corpo já que dele deveria tirar alguma coisa balde após balde água de poço

e Aníbal pensa *Na verdade o homem fez com que a Terra ficasse mais feia ainda*

e Leila mija nos livros esparramados pelo chão

com o trabalho o homem repete deus, a insensatez de deus, faz com as mãos, sem a imaginação.

a urina escorre fazendo um rio por entre os livros esparramados pelo chão, rio que vai encontrando o seu caminho pelo soalho encerado do escritório, se empoçando ao redor da escrivaninha de Aníbal

Todo trabalho é inútil. De nada serve.

e depois de mijar, Leila procura com a mão direita a xota, o grelo, enfia a mão na boceta

Teria sido melhor que o mundo fosse só pensado, que existisse o primeiro homem ainda em estado paradisíaco e que o mundo — este, o nosso — fosse apenas produto da imaginação, o homem seria concebido pela imaginação do primeiro homem e não pela insensatez de deus.

e Leila olha fixamente para o marido e agora começa a pinçar o bico dos seios com a mão esquerda, pinça com força dando beliscõezinhos, pinça depois amorosamente carinhosamente, e a mão balança o seio, mostrando-o, e de repente as duas mãos se encontram na boceta e entreabrem os lábios vaginais, "Olha!" mostrando-os para Aníbal, e com a boca vermelha aberta Leila incita o marido, olha, seu bobo, olha, põe a língua de fora como que para lamber o rosto do ar e fica se contorcendo com as pernas arreganhadas enquanto a bunda fica raspando os livros molhados de urina

A imaginação do primeiro homem compensaria a preguiça mental de deus.

 e Leila se levanta e caminha passo a passo para a frente dos olhos do professor, se colocando na frente dos livros como se eles tivessem virado cenário, obstrui a visão de Aníbal e começa a se apresentar como se num show de sexo ao vivo, e Leila com a mão direita na xota e a mão esquerda acariciando os cabelos e a nuca começa a perder a transparência

 e Aníbal percebe que Leila começa a ganhar corpo na sua frente e que Leila está nua e que Leila está acariciando os cabelos e a nuca e que Leila está se masturbando como uma degenerada depois de ter rasgado os livros e mijado neles

 "Olha, seu bobo, não tenha medo. Me dá a mão, me dá. Encosta a mão, vê que gostoso. Que gostoso! Não sabe o que está perdendo" — e Leila se aproxima do marido com a escrivaninha entre eles, estende o braço como ponte e a ponta dos dedos, as unhas quase tocam o rosto do marido

 o pau de Aníbal começa a latejar

 e Leila percebe que os olhos de Aníbal começam a brilhar, "Vem", diz ela, "vem", e fica mais possuída, começa a ganir baixinho como cadela em cio, e os movimentos das mãos são mais agitados, descompassados

 "Não se aproxime mais. Fique onde está!", ordena Aníbal com os olhos completamente acesos

 Os olhos dele estão brilhando pensa Leila

 com os olhos acesos, Aníbal descruza as mãos sobre as pernas e as mãos começam a ganhar vida sentindo o pau que reage por baixo da cueca.

Sexto

1.

Leila não é apenas uma mulher, é um potro selvagem indômito e domado que nasceu no sertão de Minas e foi educado pelas freiras no internato do Colégio Santa Maria, na Floresta.

2.

Aníbal não pôde estudar no ginásio com os seus companheiros de idade. Ainda no grupo primário fora atacado de paralisia infantil. Com receio da camaradagem masculina perniciosa, seu pai conseguiu que fosse matriculado num colégio dirigido por freiras e para mocinhas. Era o perfeito bendito é o fruto entre as mulheres.

3.

Leila tinha trazido do sertão para o internato do Santa Maria um nariz sensível a cheiros, cheiros que embriagavam a sua memória com recordações infindáveis, como o sabor incômodo que vem ao respirar a poeira depois que a chuva cai, salpicando a membrana nasal como cozinheira espalhando farinha de trigo pela massa ainda úmida. Catinga de chiqueiro (os porcos se encharcando no barro fedido) e de bode (pacato, amarrado a uma mangueira no quintal), catinga trazida pela brisa da tarde e incomodando o calmo descanso lá fora e fazendo que Leila mudasse para mais perto de um canteiro de rosas.

4.

Todas as manhãs Chiquinho empurrava a cadeira de rodas de Aníbal até o colégio das freiras e ia buscá-lo ao meio-dia quando terminavam as aulas. Chiquinho, moleque filho de uma antiga lavadeira dos Paes Leme, começou a empurrar a cadeira quando tinha doze anos. Foi despedido pouco antes dos patrões mudarem para a capital quando já tinha dezesseis. Nunca mais Chiquinho viu a família de Aníbal ou o próprio Aníbal.

5.

Certas noites Leila ficava com insônia e se entregava sonâmbula ao perfume de dama-da-noite que subia do jardim até a sua janela no internato e vinham com ele os aromas de manga, goiaba, banana e mesmo o das maçãs importadas que chegavam em caixa da Argentina, e a caixa ficava na despensa até o dia de

Natal quando então o pai abria a caixa e o cheiro de maçã invadia toda a sala, todo o quarto, toda a rua, toda a cidade, e Leila andava como que dentro de uma nuvem perfumada como, depois, se deixava envolver pela densa e espessa fumaça cheirosa da dama-da-noite. Atmosfera inebriante, adocicada, luxuriosa, semelhante à das maçãs, que entrava pelos poros e deixava o corpo flutuando esquecido de acontecimentos e de histórias, um corpo que fosse só memórias de sensações. Vinha-lhe o úmido das noites de chuva, tão úmido que sentia gotas d'água pelo corpo porejando como se fosse suor, vinha-lhe o frescor da aragem que irrompia noite quente adentro arrepiando pele e pelinhos, escamando a pele nos braços e nas nádegas (sentia com o tato das mãos espalmadas), transição de uma temperatura para outra, vinha-lhe o calor insuportável que deixava o corpo enrolado numa viscosa camada de suor engordurado — e era tão insuportável a presença do sujo se colando à sua pele que era a única circunstância em que saía do torpor perfumado para correr até o banheiro — com grande espanto da sua mãe que, despertada pelo barulho no quarto da filha, gritava o nome de Leila para se certificar de que era ela que fazia tanta bagunça de madrugada — correr até o banheiro para tomar um banho e lavar com esmero e espuma a gordura gordurosa que tomava pegajosamente conta da sua pele.

6.

Chiquinho perguntava por que você não brinca com os seus brinquedos. Aníbal não respondia, continuava com os olhos abertos e serenos perscrutando o caminho que ia sendo ganho pela cadeira de rodas empurrada por Chiquinho. Chiquinho dizia se fossem meus ficava o dia inteiro, a noite inteira brincando com eles. Aníbal percebia que as casas tremiam à sua frente quando a cadeira atravessava a rua e a cadeira ficava batendo com as rodas no calçamento imperfeito tentando encontrar um caminho entre o desnível dos paralelepípedos e as falhas entre eles, as casas tremiam à sua frente e ele ia se aproximando perigosamente delas e Aníbal pedia que Chiquinho andasse mais devagar, isso pedia para que pudesse apreciar mais longamente a perda de estabilidade do mundo, o iminente terremoto, e Chiquinho lhe respondia brabo que não podia ir mais devagar, porque pode vir um automóvel correndo desembestado e o seu pai me recomendou que todo cuidado é pouco ao atravessar a rua, e Aníbal procurava alongar a presença das casas que se contorciam à sua frente como se estivessem refletidas na água que se agitava em pequenas ondas concêntricas quando Aníbal atirava uma pedrinha só para ver as casas e as árvores se mexerem, se contorcerem como corpos que dançam, como casas que, uma após a outra, também dançavam ao som dos solavancos da cadeira que ia sendo conduzida com habilidade e com pressa medrosa por Chiquinho.

7.

Leila gostava de ir sozinha passear pelo campo, dizia vou até a casa da Mariana. "Pode ir, filha. Mas não se atrase para o almoço. Você é mestra." Ia caminhando pela rua principal, dobrava à esquerda e logo abandonava a rua calçada e o passeio e andava na terra batida e vermelha e respirava o cheiro de bosta e mijo de cavalo e de boi que ácido invadia as suas narinas e fazia que caminhasse mais depressa em busca não sabia do quê, do cheiro de capim-gordura atiçado pelo vento, misturado ao cheiro de beira de rio, misturado ao cheiro de bosta de vaca, e então diminuía o ritmo dos passos, ia parando, parava, sentava no chão

("Onde você sujou o vestido desse jeito? Não me diga que foi conversando com a Mariana. Essas duas... não sei não."), deitava no chão e ficava olhando o céu, nuvens brancas e céu azul, nuvens brancas, elefante, cachorro latindo, rosto sorrindo, tigre, não, é pantera, paisagem de neve, e o cheiro ardido da natureza ficava mascando mascando o seu corpo como se estivesse sendo massageado por mil mãos competentes e o cheiro ácido depois de mascar o seu corpo cuspia ele pelo chão como o velho nhô Campeiro cuspia o fumo depois de ficar mascando ele horas e horas sentado no banco do alpendre, e Leila se aproximava se agachando dos joelhos do nhô Campeiro, ficava com o rosto colado às suas pernas para poder sentir de mais perto o cheiro dolorido e espumante do fumo fermentado pela saliva que jazia pelo chão, encardida, para sentir o cheiro do fumo que exalava da roupa, das mãos, da pele do nhô Campeiro.

8.

Aníbal perguntava a Chiquinho por que você não estuda, Chiquinho respondia não sei. Aníbal: "Como não sabe?". Chiquinho: "Não sei".
"Seu pai não te manda à escola?"
"Não."
"E você não tem vontade de ir?"
"Tenho e não tenho."
"Tem ou não tem?"
"Não sei."
"Você não precisava empurrar a minha cadeira."
Chiquinho calado.
"Você gosta de empurrar a minha cadeira?"
"Foi a mamãe que me pediu."

"Te pediu ou te mandou?"
"Não sei. Acho que mandou. Disse que ia ser bom pra mim, no futuro."
Uma colega se aproximou de Aníbal e lhe perguntou se dava cola pra ela na prova de geografia. Não tinha estudado. Aníbal não respondeu. Disse Chiquinho, toma cuidado com o degrau. A menina disse antipático, virando a cabeça e o corpo para a frente, e caminhou mais depressa deixando os dois pra trás. Chiquinho fez com que a cadeira subisse sem solavanco o degrau de entrada do colégio.

9.

Cedo, cedo Leila perdeu o jeito de se aproximar das meninas da sua idade. Para ela a conversa era alguma coisa de bobo, de infantil, de perda de tempo. Conversa fiada. Ninguém escuta ninguém. Você só diz bobagem quando conversa, diz bobagem o tempo todo, nunca diz coisa com coisa, nunca diz alguma coisa que seja realmente importante para você. Quando você fala com os pais, mente. Quando você fala com as coleguinhas, mente. Quando os outros te falam, também mentem. Para que conversar? Ninguém diz o que lhes passa pela cabeça, o que sentem e o que desejam. Se eu quero alguma coisa, não posso dizer que quero, se digo, aí é que não ganho mesmo. Até com ela mesma Leila conversava pouco. "Menina calada", comprovava a mãe, pensando que talvez preferia se abrir com as amiguinhas da cidade. Já o pai não sabia que ela existia, só queria que ela fosse estudar na capital. "Você está perdendo o seu tempo no Colégio Madre de Deus", repetia sempre o pai, Leila pensava que ia mudar de vida no Santa Maria, não ia perder mais tempo. Ia poder conversar de verdade com as colegas. Isso de conversa fiada deve ser coisa de cidade do interior.

10.

Chiquinho queria saber se Aníbal tinha pau, se pau de aleijado subia e ficava duro também.

11.

Leila deitada na terra à beira do rio, com o corpo tomado pelo cheiro selvagem da natureza ao seu redor, passou a mão pela vagina e sentiu uma sensação gostosa.

12.

"Você tem muita sorte, Aníbal", disse Chiquinho.
"Sorte, por quê?"
"Cercado dessas meninas o tempo todo. Te adulando. Te tratando como se fosse príncipe. Cada uma mais bonita do que a outra."
Aníbal se sentiu vaidoso.
"Tem aquela de cabelo preto, meu deus. Só falta te comer com os olhos."
"A Margarida?"
"É ela mesmo."
"É uma boba."
"Pra boba, bobo e meio."
Aníbal disse para o Chiquinho que estava com pressa. Tinha coisas para fazer em casa antes do almoço.

"Se fosse eu, dava de cima."
"Cuidado, Chiquinho, olha por onde você empurra a cadeira. Quase quebra a roda."
"Foi você que disse que estava com pressa."
"Pressa, mas nem tanto."
"Tacava a mão nos peitinhos dela. E depois tacava uns beijos na boca dela, daqueles que ela não ia nem poder respirar."
"Só nisso é que você pensa, Chiquinho — sexo."
"Não sou de ferro, sou?"

13.

Leila não sabia por que tinha de ir à escola, assistir às aulas, tomar nota no caderno, comprar livro, ler, decorar passagens, aprender, fazer provas, passar de ano. Não sabia, mas também não fazia força alguma para saber. Ia à escola, como tomava café pela manhã ou almoçava ao meio-dia. Entre o café e o almoço uma outra obrigação: o grupo escolar, onde aprendia língua pátria, aritmética, geografia e história. Aprendia, tirava boas notas, passava de ano, escutava o seu pai que dizia ser o Madre de Deus perda de tempo e acreditava que tudo o que ia aprendendo não valia de nada, que só valia o que ia aprender na capital. Vai ser diferente. E Leila fazia os exercícios, estudava para as provas, passava de ano, e continuava sem saber para que fazia tudo aquilo, para que aquilo podia servir.

14.

"Deixo, mas com uma condição: deixa eu ver primeiro o seu", disse Chiquinho a Aníbal.

"Mostro depois", insistiu Aníbal.
"Assim não vale."
"Vai ser desconfiado assim na China."
"Te conheço, Aníbal."
"Só uma olhadinha pra ver se o meu é igual", insistia Aníbal inseguro e ainda medroso.
"Eu sei que é só uma olhadinha. Mas é que também quero ver o seu. Mostra primeiro."
"Assim não dá pé, Chiquinho. Pensei que fosse meu amigo."
"Amigo, eu sou."
"Então, deixa. Mostra, Chiquinho. Poxa!"
Chiquinho abriu a braguilha e mostrou uma linguicinha preta esticada e dura.
"Tá tinindo", disse.
Aníbal olhou e não acreditou no que viu.
"É fininho."
"E o seu, não é?"
"É grossão quando está duro."
"Já te mostrei, agora é a sua vez", e Chiquinho dizendo foi avançando com as duas mãos para abrir a braguilha das calças de Aníbal.
"Tira a mão!" gritou Aníbal colérico. "Não toca, que chamo o papai."

15.

Leila sabia do olhar do farmacêutico da cidade, saindo de dentro da loja e indo até a porta para cumprimentá-la e ficava olhando para ela de boca aberta, sorrindo, olhando para os peitinhos a desabrochar debaixo da blusa de voal, saltando como botão de flor, empinadinhos e já marcando com os biquinhos tenros o tecido da blusa. Leila não sabia que estava sendo seguida pelo farmacêutico da cidade, completamente tarado pelos seus peitinhos que gritavam lá de dentro da blusa me acariciem, me apertem. Quando Leila se aproximou da beira do rio, deitou-se no chão e, narinas abertas, era tomada pela obscura densidade do ar que a rodeava transportando-a para um lugar sem gente, sem conversa, sem casa, sem rua, só verde cheiroso, só água correndo correndo e de repente cheirou um cheiro desconhecido.

Virou-se para trás e viu o farmacêutico meio atrás de uma árvore coçando uma coisa enorme e dura que saía das suas calças, e seus olhos gritavam quando Leila se virou para ele e ficou olhando entretida querendo saber o que estava acontecendo e o farmacêutico começou a coçar a coisa com mais força e a coisa foi ficando vermelha mais vermelha e o farmacêutico relinchava como se fosse cavalo e mais relinchava mais ia perdendo o fôlego e de repente começou a esguichar uma água da coisa e Leila riu e o farmacêutico bendisse o riso de Leila.

16.

Aníbal sabia de cor e salteado o nome de todos os portos das Américas. Ia desfilando os nomes de norte a sul, ou do sul para o norte, do oceano Atlântico para o Pacífico, ou do Pacífico para o Atlântico e ainda por cima dava a lista de maneira duplamente cruzada: um do extremo norte, outro do extremo sul, um do Atlântico, outro do Pacífico, e assim por diante até que as metades se tocassem.

17.

Quando Leila se levantou para ver de perto a coisa do farmacêutico da cidade, ele saiu correndo espantado e Leila tentava compreender e não compreendia aquele avental branco correndo pelo meio do mato, se distanciando da beira do rio e já alcançando lá embaixo a rua batida de terra. Leila viu onde tinha caído a água que a coisa tinha esguichado. Abaixou e passou o dedo na terra molhada, *não é xixi* pensou, pegando na terra gosmenta e pensou *sapo, catarro*, e não teve nojo. Cheirou e pensou *quiabo*. Caminhou até o rio para lavar a mão.

18.

Aníbal pediu: "Pai, este ano quero fazer retiro durante o Carnaval".
O pai: "Você não acha que já está exagerando, meu filho. Não é preciso tanto. Fica em casa aproveitando o tempo, descansando".
"É preciso mais, pai."
"Não estou te entendendo."
Para Aníbal tudo estava tão claro e límpido quanto uma paisagem depois da chuva.
"É o esforço espiritual que conta. E o corpo e a mente precisam estar em condições ideais."
"De que esforço você está falando, meu filho?"
"Do esforço espiritual de um em favor da maioria. São poucos os que se isolam do mundo da carne e do pecado, mas são eles que contam, que podem salvar. A vontade concentrada de um pode redimir o mal dos outros, pode redimir os outros do mal. O convento lá no alto da serra fica sendo o lugar de deus e do Espírito na Terra durante os três dias de orgia."
O pai aproximou-se bondoso da cadeira de rodas em que estava sentado o filho e puxou uma cadeira para sentar-se em frente a ele:
"Meu filho, não se zangue não. Preciso de ter uma conversa

com você. Você não acha que está levando a sério demais as palavras das freiras? Isso é coisa delas que escolheram ser servas de deus. Você, não. Você tem outro futuro. Queria tanto que você fosse advogado. Já pensou, filho, defendendo as causas nobres diante da justiça dos homens. É claro que inspirado por deus, porque sem Ele, sem a inspiração divina, o homem não sabe como usar a sua inteligência."
Aníbal calou-se diante da incompreensão do pai. Tinha uma missão espiritual e social a cumprir e iria cumpri-la. Custasse o que custasse. Uma missão muito maior do que aquela que propunha o pai. A outra, perto da dele, não representava nada. Tinha uma missão. Pensava poder cumpri-la com a aquiescência do pai. Não deu. Agora, ele era um obstáculo. De que lado estava o pai?
"Sou eu que não te entendo, pai. De que lado está o senhor?"
"Lado? De que lado? Eu? Pra mim você está falando grego."

19.

Leila não gostava de animais. Fazem barulho demais. Como era harmonioso e agradável o barulho da natureza sem os animais. Cachorro para ela era praga. Os cachorros deviam ser todos esganados. Assim! Um dia de madrugada descem do céu duas mãos fortes e enormes e pronto, vão esganando pescoço atrás de pescoço dos cachorros que ladram. Canto de passarinho, vá lá. A gente pode sair de perto. Basta a gente querer. E depois é diferente. Cachorro quando ladra é pra meter medo. Passarinho, não, parece agrado. Na casa de Leila quase nunca tocava música no rádio. A mãe não gostava. A empregada gostava, mas não podia. O pai escutava a *Hora do Brasil* e depois o *Repórter Esso*. O rádio ficava na sala de estar e parecia enfeite. Só funcionava depois do jantar. Leila não gostava de ver o pai escutando tão entretido e pensativo o rádio. Leila tinha inveja do rádio e da sua voz. Um dia sozinha em casa se esgueirou por detrás do móvel do rádio e com uma faca quebrou uma válvula. Bastou dar só uma pancadinha de leve. À noite o rádio não funcionava. O pai arredou o móvel e viu logo os caquinhos de vidro pelo chão e a válvula espatifada. Virou-se para a mulher e disse: "Explodiu a válvula. É só trocar".

20.

"É para você, Aníbal", disse-lhe a mãe entregando-lhe nas mãos a carta que tinha chegado pelo correio. A primeira que Aníbal recebia. Leu emocionado no envelope o nome dele e o endereço. Viu o selo carimbado. Depois leu, nas costas, as iniciais do remetente, M. R. C., *é da Margarida* pensou. A Margarida tinha ido passar as férias em Belo Horizonte na casa das primas. Aníbal rodou a cadeira até o quarto. Abriu o envelope e leu que Margarida estava com saudades mas gostando muito da vida na capital. As primas se desdobravam. De manhã, piscina do Minas Tênis. A maior da América do Sul. Precisava de ver, azulzinha azulzinha a água, punham cloro, era isso que dava a cor tão bonita. A praça Raul Soares — a do Congresso Eucarístico, lembra-se? — tem uma fonte luminosa que é um amor. Já tinha ido à Pampulha onde o prefeito estava construindo um imenso lago artificial. Fora de carro a Ouro Preto. Cidade histórica. Aníbal ia gostar de estar lá. Subindo e descendo as ladeiras parece que a gente ainda escuta os passos dos inconfidentes. À noite ficava conversando com as primas. Eram inteligentes e vividas. Se sentia uma roceira. Embora ninguém lhe tenha dito que se vestia como caipira, era assim que se julgava a si mesma — uma caipira. Pena que Aníbal não estivesse em Belo Horizonte. Ia gostar de conhecer as primas, principalmente a Leila, uma outra prima que viera para ser internada no Colégio Santa Maria. Leila era bem diferente de todas. Conversando com ela, pensava que estava conversando com ele, Aníbal.

21.

Leila tinha uma boneca guardada no armário, presente de Natal ainda quando era pequena. A boneca morava no armário e Leila tirava ela de lá quando tinha muita raiva, muita mesmo. Tirava ela de lá e arrancava as duas perninhas e os dois bracinhos e também degolava o pescocinho dela. Jogava cada parte para um canto diferente do quarto. Ficava só com o tronco da boneca na mão. A boneca era toda de pano e insensível aos remendos de linha e agulha. Ficava como nova de novo. Só com o tronco da boneca na mão, Leila se transformava, ficava com muita dó, muita mesmo, e começava a chorar. Não chora, boba, não adianta chorar. Chorar nada resolve (dizia para si mesma). Baixava então uma ternura imensa sobre ela. Seria capaz de pedir perdão a quem tinha feito ela ficar com raiva. Catava cada parte da boneca no seu canto e, tudo em cima da cama, tentava refazer a boneca. Os olhos da boneca eram insensíveis à dor. O rosto da boneca ficava sempre o mesmo. Quando recebia carinho dela, ou quando era maltratada. Os olhos. O rosto. A boca estava sempre fechada. Pra que falar, se nada se consegue com palavras. Mesmo se a boneca gritasse, esbravejasse, chorasse, esperneasse, a dona dela continuaria a arrancar os bracinhos e as perninhas e a degolaria no pescoço.

22.

Ricardo era o seu único amigo rapazinho como ele. Chiquinho não era amigo. Era empregado. Empregado é mentecapto. Chiquinho deixou de existir no dia em que ele quis ver o pirulito de Aníbal. Aníbal já não podia ver o crioulinho na sua frente. Só nas costas, empurrando a cadeira. *Pra isso é que é pago, não pra conversar comigo* se justificava Aníbal. Ricardo vinha visitar Aníbal pelo menos uma vez por semana. A mãe de Aníbal fazia muito gosto com a visita do Ricardinho. Menino ajuizado. Bom. Muito diferente dos rapazes de hoje, que só querem fazer baderna. Mandava a empregada fazer lanche para os dois e era ela mesma quem levava a bandeja no quarto de Aníbal. Ricardo tinha a mania de querer interpretar as expressões feitas ao pé da letra. O que não desagradava Aníbal. *Vida de cachorro.* Seres humanos que andam com as quatro patas no chão. Não conversam. Quando abrem a boca é pra latir. Aníbal complementava: pessoas que só falam por monossílabos, au au au. *Saltar a folha do livro.* Pular de olhos fechados e de pés juntos um obstáculo construído de palavras. *Armar uma bagunça.* Levantar uma tenda no meio da praça para que as pessoas possam fazer o que bem entendem debaixo do toldo sem que ninguém amole. Aníbal discordava dizendo que era como armar uma arapuca sendo que nela caía quem tinha armado. *Conta de chegar.* Duas pessoas, uma detrás do balcão, a outra na frente. Uma dizia chega pra lá, a outra respondia chega você pra cá. Aníbal riu. Ricardo não tinha nada a ver com o Chiquinho. Cabeça sadia e espirituosa. Queria ser professor quando crescesse, o Ricardo.

23.

"Você tem um pendor, filha, para matemática", isso constatava a mãe e repetia sempre a constatação quando examinava o boletim com as notas de Leila. Desde o primeiro ano do primário, os números e as suas combinações não tinham mistério para Leila. Os problemas de aritmética pareciam brincadeira e zombava da professora quando precisava explicar as operações não usando apenas os números, mas valendo-se de objetos ou coisas que buscava à sua volta. Certas pessoas, lendo um romance ou vendo um filme, vão adivinhando as cenas subsequentes antes que o autor as desenvolva no papel ou o diretor na tela. Leila adivinhava com exatidão as aulas subsequentes de matemática. Nunca tomou nota em aula. Uma após a outra, as professoras quiseram implicar com ela. Mas diante da evidência da nota dez em todos os para casa e provas, fechavam o bico e se entusiasmavam por alguém que nenhum entusiasmo especial manifestava pelos seus feitos. Leila não tinha amigos entre os meninos e as meninas da escola. Quando a mãe a recriminava pela falta de amizades, Leila sempre inventava um nome e situações muito precisas. "Essa eu não conheço. É filha de quem?" Leila invencionava com ardor convincente e a mãe se entristecia silenciosamente ao ver a filha sempre se aproximando de pessoas humildes e dos cantos da cidade. Era a tática de Leila, assim não tem jeito dela averiguar. Bisbilhoteira como ela é. A mãe de Leila pensava que Mariana morava numa pocilga, porque sempre a filha voltava com a roupa suja de terra.

24.

Chiquinho era um mentecapto. Por qualquer coisa, Aníbal mandava ele lamber sabão ou plantar cará, quando não lhe pedia para ele ir ver se Aníbal não estava na esquina. Chiquinho se entristecia com as maldades e as constantes humilhações e foi pouco a pouco perdendo a fala e a espontaneidade. Começou a se descuidar da conservação e limpeza da cadeira de rodas. Aníbal embirrava na hora de ir para o colégio e não se deixava transportar para a cadeira, nesta imundície eu não vou. Saía a mãe do quarto em busca do pano úmido, flanela e cera, e Chiquinho se abaixava para uma geral, enquanto Aníbal, da cama, ia-lhe indicando as tarefas. A mãe ficava impaciente: "Depressa, Chiquinho, que o Aníbal não pode perder a primeira aula". Chiquinho não sabia a quem atendia. Entre, os dois, Chiquinho ficava mais e mais desgostoso. A roda esquerda da cadeira entrou numa falha do calçamento e tombou para o lado. Aníbal foi ao chão. Estavam defronte do colégio. Foi um deus nos acuda, Aníbal pondo a boca no mundo e dando murros no indefeso Chiquinho que procurava endireitar a cadeira e o corpo pesado de Aníbal nela. Aníbal exigiu a presença do pai à saída das aulas. Foi acidente, não foi, foi. Não foi, meu filho. Isso acontece. Foi, e de propósito. Maldade, vingança, o monstro. Venceram a indignação e os berros de Aníbal.

25.

Leila gostava de mastigar folhas, sentir o gostinho amargo e verde explodindo clorofila na boca, ensopando a saliva, encardindo-a, os dentes se sustentando nas nervuras que descarnadas e enroladinhas se solidificavam num minúsculo novelo embranquecido que depois ela cuspia no chão.
Nhô Campeiro mastigava fumo.

26.

Aníbal, ao centro, sentado na sua cadeira de rodas, ao lado do velho vigário da paróquia também sentado. Os outros de pé, em escadinha, compondo uma espécie de flor cortada ao meio ou leque aberto. A fotografia fora tirada no adro da igreja tendo a porta de entrada como fundo e mostrava o grupo de novos congregados marianos. A fita de congregado era azul. A medalha pendente era cor de prata com a efígie de Maria no seu esplendor de mãe de Cristo. Aníbal era fiel devoto de Maria. Tinha medo de falar diretamente com deus. Fora deus quem o tinha castigado. Não conseguia perguntar-lhe o porquê do castigo, tal o pavor que tinha de ver prolongado por vingança o castigo com outro pior. Deus podia fazer com que perdesse o movimento nos braços. Escolheu Maria para interceder junto a Ele. Maria, a Compadecida, rogai por nós que recorremos a Vós. Desde a doença ficara com antipatia de Cristo. Era igual, também punido por deus. O terceiro lugar na Santíssima Trindade era ocupado por Maria. Sonhos, premonições, visões, ilusões — a sua imaginação fabricou infinitamente a mesma imagem dele levantando-se da cadeira de rodas e voltando a andar. Caminhava diretamente para os braços de Maria que o esperava a alguns passos com os braços abertos na Sua infinita bondade.

Sétimo

1.

Pouco depois das dez, conforme o combinado pelo telefone, Marcelo toca a campainha do apartamento de Eduardo.
"Quem é?"
"Sou eu — Marcelo."
"Vai entrando. A porta não está trancada."
Depressa Eduardo se coloca ao lado das dobradiças, de tal modo que, quando a porta fosse aberta, estaria escondido dos olhos de quem entrasse.
Marcelo pergunta por Eduardo, onde está, se no quarto.
Do esconderijo Eduardo dá um bote traiçoeiro em Marcelo, surpreendendo-o pelas costas, e já está esganando o seu pescoço:
"Te enforco, seu traidor, corno, veado, filho da puta."
Marcelo totalmente imobilizado pela surpresa e pelas mãos vigorosas de Eduardo, asfixiando-o, Marcelo:
"Me larga! Tira as patas de cima de mim! Você ficou doido de vez, Edu."

"Só te largo depois que você me contar tudo. Tim-tim por tim-tim. Promete! Se prometer, te solto. Caso contrário —"
"Contar o quê?"
"Promete ou não promete?", as mãos de Eduardo pressionam com mais força.
"Prometo", o rosto lívido e aliviado de Marcelo respira fundo, de costas ainda para Eduardo que tinha exagerado no realismo da peça que estava querendo pregar.
Eduardo relaxa as mãos de vez. Marcelo se liberta do peso do corpo de Eduardo às suas costas e passa as mãos pelo pescoço, "Você me machucou", constata, e depois dá uma ajeitada no cabelo e na roupa.
"Você está ficando louca, menina. Parecia uma bicha histérica da Cinelândia. Nem Madame Satã nos áureos tempos da Lapa."
"Madame Satã é a mãe."
"Para, Edu, assim não dá."
"Não dá mais é pra aturar você, Marcelo. Fica aí me pondo em cada enrascada. Um dia destes ainda cortam o pescocinho de Stella e você nem te ligo."
"Mandei o Carlinhos te avisar, Edu. Você não deu ouvidos. Pensou que tudo era papo furado, que estava te passando trote. Avisado você foi. Quem avisa amigo é."
"E você não podia me dar um toque, sei lá: Manera, Eduardo, que a barra tá pesando pra Viúva Negra. Mas não, manda um tal de Carlinhos, que nem sei quem é."
"Se te contar que, quando cheguei do Brasil, a barra ainda estava mais pesada pra você, você acredita?"
Eduardo se acalma assustado, como criança que se imobiliza aterrorizada na cama ao menor ruído suspeito na noite.
"Fui eu quem limpou a sua ficha", continua Marcelo.
Eduardo foge dos olhos de Marcelo, dando-lhe as costas e caminhando até a janela. Entreabre a cortina e, pela vidraça,

enxerga lá embaixo o asfalto iluminado e o tráfego de sábado à noite. Uma ligeira bruma envolvendo os postes da rua, resquícios do chuvisco gelado que tinha caído pela tarde, dá à paisagem ar de mistério.

"Pensavam que você fosse espião infiltrado a mando do coronel Valdevinos."

Eduardo sorri, ao escutar uma vez mais, no mesmo dia, o nome do adido militar.

"Você disse *espião?*"

Marcelo se aproxima de Eduardo e lhe põe a mão no ombro, delicadamente.

"Espião, es-pi-ão, Eduardo. Acho que foi o Carlinhos que criou a sua imagem de espia a serviço da repressão."

"De novo o veado do Carlinhos."

"Carlinhos é busboy no restaurante onde você almoça todas as quartas com o coronel."

"Como é que você sabe que almoço —"

"Sabendo, Eduardo."

"Sabendo, como? Se não te falei."

"Pelo Carlinhos, se você quiser mesmo saber. Toda quarta vocês dois lá, no cantinho, na mesma mesa, de ti-ti-ti secreto. Pensaram —"

"Pensaram o quê?"

"O óbvio, Eduardo. Espião. Você frequentando ao mesmo tempo os brasileiros exilados em Nova York. Se fazendo de amigo de todos, do Mário, do seu xará, o do cinema. Pensaram."

"Pensaram errado."

"Foi exatamente isso que disse pra eles. E você me acusando de traidor."

"Não foi por mal", Eduardo vira-se para Marcelo e retoma: "Mas por que que você não me disse antes?".

A cortina se fecha às costas de Eduardo. O rosto dele fica como que acuado contra a estamparia do tecido, pronto para uma foto 3×4 de arquivo.

"E podia? Tentar até que tentei."
Eduardo fixa os olhos estatelados em Marcelo.
"Você não pode imaginar a quantidade de recados — entre aspas, é claro — que te deram pra você transmitir para o coronel."
"Recados?"
"Re-ca-dos, Edu. Você também parece que vive no mundo da lua."
"E eu de palhaço?"
"Escolhe, Edu: você ou eles? Quem ficou de palhaço no fim da história não sei. Você? Eles? Todos. Quem sabe. De qualquer forma, agora é tarde."
"Tarde uma pinoia. Ainda ponho tudo em pratos limpos, você vai ver."
Marcelo pela primeira vez ríspido:
"Não convém. Não convém. E principalmente — escuta bem o que vou te dizer, Eduardo, escuta bem — e principalmente não põe o adido militar nessa história."
"Ponho! Que ponho, ponho. Você vai ver, vocês vão ver."
Eduardo se retira da sala, vai até a cozinha apanhar gelo. *Não está sendo legal comigo* pensa. Não pode perdoar Marcelo por não o ter alertado pessoalmente do complô que estava sendo armado contra o adido e que o envolvia demais. *Legal até que foi, disse pelo menos que eu não era espião. Amigo é que ele não é. Lacucaracha é que tem razão. Não se pode confiar em comuna, não se pode.* Quando põe os cubos de gelo no balde já não tem mais confiança em Marcelo. *E eu pensei que ia poder me abrir com ele. Panaca que fui, panaca.*
"Pensei que você não ia me oferecer aquele uisquinho que só Stella sabe oferecer."
"E tinha razão para não oferecer?"
Eduardo retira a garrafa de uísque do barzinho. *Tá tão tranquilo, tão seguro, tão calmo. Já deve estar a par de tudo, que a Viúva esteve aqui, trocou de roupa, até que o apartamento da*

Amsterdam está no meu nome. Resolve jogar maduro para colher verde. *Vamos, Stella, é a sua vez* pensa mudando de voz e gestos.
"Aiii, tive uma tarde... insana. Você nem acredita."
"Põe um pouquinho de água. Tomei uns dois antes de vir para cá."
"Traindo Stella; não me diga que já tem ou-tras!"
"Amigos, Stella, amigos, nada mais."
"Carlinhos?"
"Acertou. Carlinhos e mais uns outros."
"Dando o balanço?"
"Do mês ou das finanças?"
Eduardo firme:
"Não estou brincando, Marcelo. Da operação Viúva Negra. O balanço da operação."
"Acertou de novo."
Marcelo fica pensativo. Resolve:
"Como é que você adivinhou?"
"Não adivinhei. Fiquei sabendo."
"O Valdevinos?"
"Digamos que sim."
"Eduardo, não brinca com fogo."
"Por quê? Vou fazer xixi de noite na cama?"
"Você está sabendo que deram uma geral na Amsterdam durante a noite passada?"
"Pig, fascist, torturador, vendido para os americanos, pra CIA, inimigo do Brasil, quer mais?"
"Chega."
Marcelo está perplexo.
"Foi praqui que a Viúva veio fardada de sadomasoca na hora do almoço?"
"Ela se sentou aí mesmo onde você está sentado. Só que um pouquinho mais nervosa e suada. De barba por fazer também."

"Não podia pensar que estavam tão amigos assim."
"Unha e carne."
"Então você já sabe de tudo."
"Tudo, tudinho."
"Foi você que foi comprar roupa pra ele na rua 14?"
"Foi."
"Você me assusta", se corrige: "Você me surpreende".
"Tenho também o direito, ou não tenho?"
O telefone toca no quarto.
"É pra você, Marcelo", grita Eduardo lá de dentro.
"Tomei a liberdade. Dei seu número —"
"Para o Carlinhos?"
"Para o Carlinhos."
Eduardo volta para a sala, enquanto Marcelo diz alguns monossílabos espaçadamente.
Posso até adivinhar pensa Eduardo quando vê o rosto pela primeira vez transtornado de Marcelo.
"Já sabem que foi você."
"E daí? Vão me seguir? Botar bomba no meu apartamento? Explodir o consulado? Vão me raptar ou vão começar a me enviar cartas anônimas dizendo que sou espião da CIA, do FBI e do escambau?"
"Quer parar, quer. Escuta, me escuta. Têm certeza de que você é inocente em toda a história, foi isso que me disseram."
"Quem descobriu que sou inocente foi o Carlinhos. Veja se adivinho: foi o Carlinhos que descobriu, vejamos se acerto, gravando as nossas conversas no restaurante. Adivinhei?"
"Você deve estar certo." E em seguida: "Me pediram —".
"Te pediram o quê?"
"Recebi ordens para —"
"Para me matar." E como Marcelo não diz nada, Stella: "Escolhe as armas. Brancas ou de fogo?".

"— ordens para conversar com você, fazer uma sabatina sobre a situação atual no Brasil, no mundo. Acham que você ignora tudo. Que sendo bem informado, pode até ser útil. Confiam em você."

"E eu? Será que confio em vocês?"

2.

Marcelo Carneiro da Rocha codinome Caetano, quando veio para Nova York ensinar veio também com uma outra missão, a de se juntar a um recém-constituído grupo de guerrilheiros liderado por Vasco (codinome). Em torno de Vasco foi-se formando, a partir do início de 1969, uma célula composta na maioria por estudantes brasileiros já residentes em Nova York, alguns trabalhando, e ainda por artistas que tinham se transferido para os Estados Unidos pelas mais diversas razões.

Vasco, que esteve ao lado de Marighella na reunião da OLAS em Cuba, conseguiu entrar com passaporte falso nos Estados Unidos, via Canadá. Ficou alguns meses em Montreal, transformando o seu bom francês em canadien para não despertar desconfiança na travessia da fronteira. Veio para Nova York com a função de articular as futuras relações (a nível ideológico e também a nível econômico) entre a guerrilha brasileira e os movimentos contestadores das minorias raciais norte-americanas. Na sua mira estavam o Black Panther Parry, cujo ministro da defesa era Huey P. Newton, e mais o movimento de Cesar Chavez na Califórnia, La Huelga. Mais recentemente soube da formação dos Young Lords, jovens porto-riquenhos do Spanish Harlem liderados por Felipe Luciano.

A cúpula cubana ficou impressionada com o plano de Vasco que, segundo o próprio autor, era apoiado por Marighella.

Vasco também poderia canalizar informações dos Panteras e de Chavez para Havana sem que as forças policiais do FBI e da CIA fossem ativadas. Vasco veio portanto devidamente credenciado por Cuba (seria importante que os contatos de Cuba nos Estados Unidos — explicava a mensagem em código que devia utilizar como carta de apresentação — não soubessem da sua existência. Vigiados como estavam, logo também o nome de Vasco seria computadorizado pela crescente repressão ianque).

A célula começou a se formar de maneira mais formal só depois de muitas reuniões da Brasil-US: People's Fraternity. A associação se reunia no salão de uma igreja protestante da rua 46 entre a Nona e a Décima avenidas. Como logo a coisa podia ficar manjada, o disfarce da People's Fraternity foi abandonado. Além do mais, a existência concreta de uma associação podia ser um dado negativo tão logo o grupo passasse à ação. Com grande estardalhaço (para espantar inclusive os brasileiros reticentes ou inconvenientes) desfizeram a People's Fraternity, alegando mil impossibilidades legais e dificuldades econômicas. Ficaram com local de reunião flutuante. Os participantes ativos (não mais do que oito no final, segundo a seleção rigorosa de Vasco) eram avisados com antecedência pelo telefone do horário e local.

O acaso fez com que a tarefa de aproximação dos grupos norte-americanos se desse de maneira a não chamar a atenção.

O maestro Leonard Bernstein, seguindo de perto a atitude de amigos influentes seus, resolveu também dar um coquetel na sua casa para os Panteras, com o fim de angariar fundos para a defesa dos Panther 21, então na cadeia, acusados de "conspirar" para fazer explodir cinco grandes lojas de Manhattan, estações de estrada de ferro, uma delegacia de polícia e até mesmo o Jardim Botânico do Bronx. (As explosões, é claro, nunca ocorreram, pois o grupo foi surpreendido antes das mesmas.) A justiça americana estava exigindo cem mil dólares de resgate — fiança na linguagem jurídica oficial — para a libertação de cada um. De comum acordo com o advogado Leon Quat, que defendia os "21", Felícia e Leonard abriram os salões do seu dúplex na Park Avenue para simpatizantes da causa negra do mundo do show business americano. Seria uma ocasião também para que houvesse um esclarecedor diálogo entre as duas partes, podendo então as pessoas de boa vontade se informar do pensamento dos Panteras sem a costumeira distorção feita pela imprensa escrita e televisada.

O casal Bernstein tinha diante de si um problema: como fazer funcionar o coquetel para oitenta pessoas sem contratar alguns garçons. Pretos americanos, os habituais, seria falta de consideração com os homenageados. Telefonaram para uma agência que lhes sugeriu latino-americanos residentes na cidade e já trabalhando no ofício. Carlinhos soube da procura e informou Vasco. Vasco foi contratado.

Criar uma situação propícia durante o coquetel não foi difícil para Vasco, ainda mais que o ambiente permitia camaradagem entre convivas e serviçais. Conseguiu aproximar-se de Don Cox, field-marshall dos Panteras, se identificou e lhe passou a mensagem dirigida a Newton por Cuba. Cox lhe disse que ia averiguar. Ia levar uns dias porque Newton, naquele momento, estava na west coast. Mas deixava marcado para daí a uma semana encontro noturno num lounge, The Red Velvet, da 125 com a Broadway. Ele próprio não iria. Não se assustassem. Trocaram senhas.

Hoje é discutível a propriedade desse alargamento nos Estados Unidos da Revolução Latino-Americana, da qual a Revolução Cubana foi a pioneira, segundo a palavra de Marighella expressa em documentos de fins de 1967, por ocasião da sua visita a Cuba e do seu desligamento do Partido Comunista Brasileiro, documentos como a "Cartas ao Comitê Central" (datada de 17 de agosto de 1967), ou as "Respostas ao questionário de *Pensamento crítico*" (datadas de 8 de agosto do mesmo ano). Em nenhum desses documentos — o que dificulta a avaliação do alargamento — há alusão à missão e tarefa de Vasco ou aos movimentos da minoria revolucionária dos Estados Unidos.

Ainda não é o caso de se questionar a história da década e dos movimentos guerrilheiros legitimados por Cuba. Corre, porém, a versão — segundo as fontes — veiculada pelo próprio Vasco, de que Marighella foi coagido pela cúpula cubana a não divulgar esse alargamento tático da Revolução nos Estados Unidos, para que não só o aparelho repressivo ianque ficasse ausente da operação, como também para que Vasco fosse o homem de liaison de Castro com os gringos rebeldes.

Segundo outras fontes — estas, diga-se de passagem, menos merecedoras de crédito — Marighella julgava perigoso o envolvimento dos brasileiros com a new left americana, em virtude dos excessos que cometiam, tanto em matéria sexual, quanto no terreno dos narcóticos. O exemplo contestador americano seria mau para os já despreparados guerrilheiros brasileiros. Daí a ordem precisa para Vasco: de modo algum — terminantemente proibido, foi a expressão usada — se aproximasse dos grupos de estudantes brancos, cujo único escopo revolucionário (segundo essa versão, alertamos) era o hedonismo e a libertinagem.

Com os Panteras era diferente. Eles tinham um programa que dava conta da necessidade de um sistema educacional revolucionário. Lutavam contra a repressão ao negro, contra o racismo inerente à sociedade ianque, e também exigiam um plebiscito nos bairros negros, a ser feito pelas Nações Unidas, para que a votação pudesse correr dentro de um clima de liberdade mínima e sem a coação de elementos estranhos à comunidade e pertencentes aos dois grandes partidos majoritários.

De qualquer forma ainda está para ser estudada e analisada

a influência de Vasco sobre o pensamento de Marighella. Uma coisa só fica óbvia: Vasco tinha o espírito bem mais cosmopolita e sintonizado com a época do que Marighella. A visão deste, apesar de ser inspirada por um modelo revolucionário estrangeiro, o cubano, sempre esbarrou numa prática estreita, em que as únicas metas são as impostas por uma guerra revolucionária em favor só do Brasil e dos brasileiros e o contínuo questionamento da estrutura centralizada do PCB.

Vasco chegou mesmo a cogitar (quem informa é Caetano, em recente volume de memórias) que se Marighella não tivesse encontrado Cuba no seu caminho teria sido sacrificado no início de 1967 pelo próprio partido, quando as suas críticas ao comitê central começaram a incomodar as táticas mais rudimentares estabelecidas para a sobrevivência da esquerda no Brasil, isso logo depois da saída de Castelo Branco. De há muito Marighella estava sendo criticado pelo seu individualismo e fascínio exagerado pela figura de Che Guevara. Correr risco, para ele, era sinônimo de revolução — atacavam impiedosos os seus pares.

Com a aproximação de Cuba — e em particular pela redação da "Carta ao Comitê Central" em solo cubano — Marighella ficou a salvo de uma possível represália do partido. Nesse sentido, a primeira frase da carta ("Daqui de Havana, onde me encontro, decidi romper com o Comitê Central do PCB, e é nesse sentido que estou escrevendo a Vossa Senhoria") é clara tanto no rompimento quanto no local onde o rompimento é feito. Ora, todos já sabiam que Marighella tinha sido expulso do partido e sobretudo o comitê central e, portanto, uma carta de rompimento era mero gesto simbólico e tinha certamente outras funções. Uma: não me toquem. Outra: olhem com quem ando e dir-me-ão quem sou.

Pouco rendimento teve o contato com os Panteras. Com La Huelga o contato nunca foi feito. E a aproximação dos Young

Lords se deu em circunstância idêntica à dos Panteras, só que em casa de uma outra socialite, Ellie Guggenheimer. Já então os Panteras atravessavam um período difícil, como exemplo cite-se o caso de Fred Hampton, assassinado por policiais deitado na sua própria cama. Os policiais alegaram legítima defesa. Granted. Para não falar na já mencionada prisão dos "21", ocorrida em fevereiro de 1969, prisão esta que tornou a situação financeira dos Panteras — às voltas com a caríssima justiça americana — próxima do desastre. Da sua entrevista com os Panteras, Vasco conseguiu apenas que fosse apresentado a um pequeno grupo de brancos radicais que atuavam na área. Fizeram, em benefício do pessoal da antiga People's, a expropriação de um banco do Bronx. Já na época — é forçoso dizer — os Panteras se encontravam divididos com relação a Cuba, ao modelo cubano de atuação política, e a figura do comandante Che ia perdendo a aura de modelo acima do bem e do mal. Devido às constantes escaramuças policiais e principalmente por causa dos tortuosos labirintos da justiça (o uso da justiça como arma foi a brilhante descoberta da repressão ianque para conter "democraticamente" os possíveis avanços táticos dos negros), os Panteras optaram por uma linha de conduta mais próxima do american way of life, com o propósito de angariar o mínimo de simpatia do grosso da população. Foi a época em que começaram a citar em profusão trechos da Declaração da Independência no que ela apresentava de democraticamente útil, em que insistiram na necessidade de plebiscitos que escapassem à máquina eleitoral podre e corrupta montada pelos dois grandes partidos, em que questionaram a constituição do grand jury onde o jurado escolhido era sempre o americano da alta classe média e portanto despreparado para a compreensão da Causa, em que organizaram e abriram creches e escolas comunitárias que serviriam de modelo para um novo sistema educacional, e assim por diante.

Vendo que o filão imaginado e planejado em Cuba não renderia, Vasco centrou o esforço do grupo flutuante num interesse também particularmente brasileiro: pequenas e insistentes investigações com o fim de mapear a situação das autoridades brasileiras nos Estados Unidos que estivessem ou houvessem estado a serviço da repressão e da tortura no Brasil. Caetano trouxe uma mensagem do MR-8 aplaudindo a sábia decisão de Vasco, e lhe hipotecava solidariedade.

A orientação do grupo só muda de maneira definitiva com a chegada de Falcão (codinome) a Nova York. Em fins de setembro, Vasco perde a liderança do grupo e uma linha mais de acordo com o pensamento e a ação de Marighella se impõe.

A ficha de Falcão era impecável. Participou de roubo de armas em recinto da Aeronáutica. Foi um dos líderes no congresso VAR-Palmares em Teresópolis. Subchefe de uma casa de guerrilhas instalada em Niterói. Participou de cinco expropriações a bancos e duas a supermercados na área do Rio de Janeiro. Frequentou — enquanto pôde, isto é, antes de entrar na clandestinidade — os campi universitários com o fim de auxiliar no planejamento de atividades como comícios-relâmpagos e manifestações de insubordinação interna.

Falcão foi um dos guerrilheiros trocados pelo embaixador americano Elbrick. No México, Falcão pôs em prática um plano ainda bolado no Brasil e já em andamento quando lá chegou. Conseguiu um passaporte americano falso e foi encaminhado a um grupo de braceros do Norte, que partiam para a Califórnia a fim de trabalhar nos campos de tomate desfalcados pelo proselitismo político de Cesar Chavez. Desceu do ônibus em Chihuahua. Juntou-se ao grupo mexicano de braceros no dia seguinte. Em ônibus especialmente fretado, atravessaram a ponte sobre o rio Grande que liga Ciudad Juárez a El Paso. Já em território americano, desligou-se furtivamente do grupo à noite e voou para Nova York.

Com Vasco ficou a par de tudo e imaginou o primeiro golpe, que seria meticuloso no planejamento, preciso na execução, mas de parca repercussão. Apenas testar a força e a coesão do grupo. O golpe: dar um susto no adido militar, cuja ficha pessoal já tinha sido levantada sob a orientação de Carlinhos.

3.

Porre homérico o de hoje. Necessário, mais do que necessário.

Um brinde à Viúva Negra, aliás Valdevinos Vianna, aliás co-ro--nel Valdevinos Vianna, elemento de destaque (som de corneta) no brioso Exército nacional e também tante emérita com percurso por Copacabana, Paris, Amsterdam, Londres, Manhattan e outros lugares da pesada. Um brinde à glória da bicha escrota, do verme, sanguessuga, chupador, bunda-mole *pensa Eduardo sonoleto com a lenga-lenga político-revolucionária desfiada escolarmente por Marcelo, enquanto Stella já não consegue mais esconder a sua impaciência e esperneia pelo sofá doida pra sair, dar uma voltinha pelo Village (o coração bate um apressado tum-tum--tum e quer sair voando), encontrar de novo Rickie,*

We'll fly down to Brazil.

You bet! *mas Marcelo língua de trapos não para de falar das excelências das guerrilhas urbana e rural no Brasil e pela América Latina, Marcelo não parou de falar a noite toda, enquanto os dois se abasteciam compulsivamente de uísque. Marcelo pergunta agora se Eduardo está a par do sequestro do embaixador norte-americano no Rio e Stella só de chata lhe pergunta*

"Quando foi?"

ao que Marcelo responde

"Assim não dá, você já está de porre",

"Estamos", corrige Stella, "estamos, eu de uísque e você de palavras", e Marcelo engole em seco,

"Um brinde, Marcelo, tim-tim, um brinde à nossa pusilan pu-si-la-ni-mi-da-de uff!" E com o copo procura o copo de Marcelo e continua "Tá na hora de dar por encerrado o filme sobre a Revolução cubana na América do Sul com cast escolhido a dedo entre as estrelas da Atlântida, Anselmo Duarte no papel principal, não podia ser outro, e Fada Santoro, a pérfida boneca dos cabelos negros, interpretando tam-tam-tam-tam a irmã de Fidel Castro, Juanita, a renegada da família, caráter corrupto e detratora dos heróis revolucionários",

"Tou fazendo o melhor que posso para não te chatear e você vem e avacalha tudo no final",

"Um brinde, Marcelo, tim-tim, à santa ignorância dos homens, outro brinde, Marcelo, tim-tim, ao caralho e ao cu do Rickie", e com o copo procura o copo do outro que, visivelmente constrangido, silencia, enquanto Stella de Fada Santoro, franjinha na testa, bem a caráter lhe pergunta

"O silêncio é de ouro?" Ao que Marcelo responde

"Em boca fechada não entra mosquito",

"That's for sure, man, mas que o uisquinho desce aveludado garganta abaixo, que desce, desce, sente, Marcelo", e Eduardo puxa a mão de Marcelo até o pescoço para que sinta o gogó que sobe e desce quando toma um gole,

"Cruz-credo, vade-retro Satanás, Tenho alergia a veado brasileiro, são uns presunçosos", diz Marcelo embarcando já nas bichices de Stella, e deixando de lado a obediência às ordens que tinha recebido da organização de doutrinar Eduardo para que fosse um elemento útil dentro do consulado,

("O coronel pode suspeitar de todo mundo menos dele", prosseguiu Falcão já colocado a par das características especiais que cercavam a amizade de Eduardo com o adido e mais a amizade de Eduardo com Marcelo. "E como trabalha na seção de passaportes" — concluiu Falcão — "poderá ser de inestimável valor para todos nós exilados.")

e Marcelo apruma o corpo no sofá,

"Me sirvo de mais outro, o último", levanta-se Marcelo se aproximando do balde de gelo e da garrafa que estão na mesinha, e cambaleando se serve, enquanto Eduardo lhe diz

"Você já está de porre. Tá doidão. Queria te ver agindo (Stella não esconde o interesse por Marcelo), tesão auriverde pendão da minha terra",

"Quem pode, pode, quem não pode, abana o rabo", retruca Marcelo enquanto Stella doidivanamente e pisca-piscando os olhinhos amendoados se aproxima de Marcelo pelas costas e lhe taca um abraço de tamanduá, Marcelo perde o equilíbrio e o copo voa pelo tapete, estilhaçando-se,

"Culpa sua, you faggot!"

"Deixa, amanhã a Bastiana faz a faxina", e continua atarracado a Marcelo que procura com gentileza se desvencilhar do outro, buscando sentar-se de volta no sofá,

"Vou buscar um outro copo para você na cozinha", se apruma Eduardo,

"Pode deixar, já estava na hora mesmo de parar",

"Quieta-menina-quieta!" fala ríspida Stella e continua "Ainda vamos dar uma volta pelo Village. Quero que você conheça Rickie, the Eighth Wonder of the World, James Dean ressuscitado por Nicholas Ray, tímido caubói lost in the big city", Eduardo passa o copo para Marcelo que se serve de gelo e uísque,

"Lá se foi a garrafa",

"Não seja por isso, tem outra guardada",

"Nada como trabalhar no consulado",

"Pois é, fica dando aí uma de guerrilheiro subdesenvolvido, dá é nisso", solta uma gargalhada que incomoda até mesmo Eduardo,

"Ri melhor quem ri por último",

"Com sete palmos de terra por cima do corpo não vale, não há glória que conte",

"Tudo vale a pena se a alma não é pequena",

"Chantagem não vale!" Arrepia caminho Eduardo diante dos versos de Fernando Pessoa que costumavam citar na faculdade quando os dois eram alunos de letras,

"Sucede que me canso de ser hombre", continua lembrando Marcelo,

"I always depended on kindness of strangers",

"Et un jour j'ai assis la Beauté sur mes genoux et je l'ai trouvée amère",

"Grito, fruto extremo e obscuro desta árvore, galo, mas que fora dele é mero complemento de auroras."

Os dois ficam cismando em silêncio.

"É o último, Eduardo, depois vou direto pra casa, num dia só o professor Aníbal e Stella com a corda toda é dose",

"Quieta, menina, quieta!" Stella de novo um pouco menos ríspida, "ainda vamos ao Village. Você tem de conhecer o James Dean dos pobres, vinte dólares and you have all, uma noite de amor, tudo a que você tem direito, e faz seu tipo", Eduardo insinua procurando convencer o outro a acompanhá-lo, "blond hair, blue eyes, a true wasp, como já não se faz mais nesta terra de judeus, negros e porto-riquenhos",

"Não começa, seu racista, não continua falando mal dos pobres coitados, que acabo contando tudo pro Carlinhos",

"Racista é aqui ó, olha só quem fala, não pode ver uns olhos azuis que fica babando que nem bebê sem chupetinha na boca, e depois vem me falar dos Panteras, dos Young Lords, boca pra fora, tudo de boca pra fora, porque no fundo no fundo mesmo é uma pica de cabeça bem vermelhinha e com pentelho louro que te satisfaz",

"Começo a duvidar da sensatez do Falcão, não conhece a Stella pessoalmente, porque se conhecesse não estaria tão otimista com o Eduardo posando de espião nosso no consulado",

"Que que você tá resmungando aí",

"Nada, nada, só pensando um pouco em voz alta",

"Posso até adivinhar: como sequestrar um embaixador em dez lições sem mestre e sem dor",

"Ou ainda: como torrar o saco numa noite de sábado, ou ainda: como ser bicha escrota até de porre", retruca Marcelo já incomodado pela insistência leviana com que Eduardo procura denegrir a organização,

"Quem fala! Até parece que le gusta el bacallao, como diz a amiga Lacuca",

"Essa cubana aí do lado é de confiança? Você não me disse outro dia que, quando escuta a palavra comunista, cospe no chão e se benze toda?"

"Se viesse aqui hoje, só deixava ela entrar de escarradeira na mão", brinca Stella imitando os trejeitos da cubana quando fica muito atacada. "Não te contei", continua, "que é gamada — gamada sou eu pelo Rickie, é ga-ma-dís-si-ma por um jornalista brasileiro, machão segundo ela",

"Quem é?"

"E ela diz o nome? Ali, meu bem, é boca de siri, mas o pior você não sabe, o tal jornalista aproveitou uma hora em que a louca tinha ido trabalhar pra limpar o apartamento, me disse que levou tudo o que tinha de valor no apartamento, e a outra ainda acha tudo compreensível",

"E ele voltou?"

"Nada, a pobre fica matando o tempo fazendo feitiçaria pra ver se ele volta, e neca, nunca mais",

"Como tem gente safada neste mundo", Marcelo se comove enquanto Eduardo não reconhece mais o amigo,

"Pensei que você fosse dizer, Bem feito! Quem manda ela ser anticomunista, se fosse" — Eduardo se arrepende diante da cara de enfado de Marcelo. "Desculpa, vai, desculpa, sei que estou exagerando, mas é muito pra minha cabeça, a Viúva Negra toda descontrolada tremendo como vara verde e você com o á-bê-cê da revolução latino-americana, foi demais, me perdoa", "A culpa foi minha, o problema é que você estava me acusando de omisso e achei que não podia deixar pra depois, que depois você vinha e me jogava na cara de novo que não era amigo, conheço Stella não é de hoje e sei do que ela é capaz." Eduardo: "Não vai ser nada fácil pra mim me desvencilhar do Vianna", "De quem?"
"Do coronel Valdevinos, como dizem vocês. Sem ele não teria saído do Rio, nesta hora já tinha dado um tiro nos ouvidos", "Para, Edu, que baixo-astral, daqui a pouco estamos chorando, quer que eu vá buscar um lençol lá no quarto, homem preve —"
"Você não pode compreender, Marcelo, você tem uma visão muito lógica e dura da vida, fica casado por dois anos, se separa, e é como se fosse deixar de tomar um trago por uns dias, sabe que vai ficar com sede por umas noites, mas logo na semana seguinte a sede vai ser saciada porque já pode tomar sem remorso o seu uisquinho, você pode, Marcelo, eu não consigo, você posa agora de jovem professor universitário, mas nas costas tá querendo mais é dinamitar a ilha de Manhattan, eu não, comigo é diferente, sou um sentimental, me apego às pessoas que me ajudam que nem carrapato, não desgrudo, não largo, só mesmo se o cara for sacana, safado, e sacana comigo, tem de ter sido sacana comigo, com os outros não vale, e aí então você não pode imaginar como fico puto, como entro numa down, desmorona o mundo, o mundo cai, foi duma dessas que o Vianna me safou e tenho de ser agradecido a ele, é isso que queria te dizer quando

você começou com aquela xaropada de luta armada no Brasil, queria te dizer mas fiquei engasgado, ficou engasgado aqui na garganta, atravessado, queria te dizer mas não consegui, porque quero também te entender, ser seu amigo, e se possível te ajudar, Marcelo, acho que você não pode imaginar como é chato ser sentimental, ter os sentimentos à flor da pele como outros têm os nervos, o dia que alguém não rega os meus sentimentos é um martírio, fico carente, ressabiado, entro numa paranoia doida, com bicho-carpinteiro pelo corpo, corro de um lado pro outro como barata tonta e só me sossego quando escuto uma voz amiga e generosa, você não pode imaginar, Marcelo, a miséria que é ficar dependendo de, dependendo, parece que estou sempre dependendo, antes era da família, agora é do Vianna, e olha que ele vai fazer sacanagem comigo, sacanagem da grossa, chumbo grosso vem aí, não quero nem pensar, nem pensar, não posso e não quero", e a voz de Eduardo foi definhando,
"Que sacanagem que ele pode te fazer?"
"Deixa pra lá, se fizer, pode vir quente que já estou fervendo",
"Não tem mais confiança?"
"Não confunda, Marcelo, não confunda as coisas",
"Depois você me chama de omisso, de traidor e o escambau",
"Esse negócio resolvo eu, só eu, você está muito comprometido pra entrar no jogo",
"Vai ou não vai me dizer", insiste Marcelo,
"Desista, não insista", aconselha Eduardo martelando cada sílaba como se fosse locutor,
"Tá bem",
"Esvaziamos a garrafa?"
"Vai você, já estou numa boa",
"Meiamos?"
"O.k., mas nada de abrir outra",
"Nem eu quero, vamos depois pro Village",

"Vai você, amanhã temos um encontro cedo pra dar um novo balanço na situação, parece que o coronel ficou realmente puto, foi o que informou a empregada que trabalha na casa dele, uma nordestina que está transando com o Vasco",
"Ele sabe dela?"
"Sabe o quê?"
"Que ela é espia dentro da casa dele?"
"Quem disse que ela é espia? O Vasco telefonou pra ela numa boa e ela disse que o patrão tinha dormido fora de casa e que chegou uma onça",
"E você queria?"
"Não queria nada",
"Como que não queria nada!? Não se ponha de santinho agora, a auréola não te cai bem, você sabe que o dourado não combina com cabelo negro, você já viu santo aureolado de cabelo negro? Quando muito castanho-claro",
"Você brinca, Edu, fica brincando, mas nem pode imaginar a ficha que o coronel tem, foi mandado pra Nova York pelos bons serviços nas masmorras da repressão, se eu te disser você não acredita, foi ele que deu início à tortura logo depois da morte do Castelo Branco, um sádico carniceiro",
"Para, Marcelo, que baixo-astral, chega de cartilha por hoje, não?"
"Fez cursos nos Estados Unidos e no Panamá, levou o know--how da guerra psicológica para os milicos brasileiros, pau de arara, choque no saco e aqueles baratos todos",
Eduardo se descontrola e agora é a vez dele deixar o copo cair no chão, "De-sas-tra-da", e sai para a cozinha em busca de outro, quando volta vê a garrafa vazia, olha para o copo de Marcelo, "Meiamos?"
"Claro, irmão",
"Depois saímos",

"Sai você",
"Não agoura, Marcelo, hoje Rickie não me escapa, vou de caniço e samburá, deitou olhos pra mim, abocanho nhão!"
"E me deixa bêbado e sozinho no meio do bar",
Eduardo estica o braço e faz um carinho nos cabelos do amigo, "Como é que você pode pensar isso de mim? Voltamos os três pra casa",
"Nunca transei a três",
"Tudo tem o seu primeiro dia", Eduardo toma o último gole e incita Marcelo a fazer o mesmo, mostrando o copo vazio, "Vamos, vamos",
"Seja o que deus quiser."
Eduardo apaga as luzes do apartamento enquanto Marcelo o espera do lado de fora, no corredor. Eduardo fecha a porta e passa a chave.
"Precisava ver a fortaleza em que mora o professor Aníbal, tem umas cem fechaduras na porta",
"Já sei, é daqueles — aperte o botão do elevador! — daqueles que dizem que dez entre nove nova-iorquinos são ladrões",
"Calcula que horas são?"
"As mesmas de ontem",
"Uma e quarenta",
"Vamos até a Oitava pegar um táxi",
"Nesta hora aberto só o Envil's",
e quando entram no Envil's Eduardo dá de cara com Rickie acompanhado de um coroa, bostoniano na certa, mostra Rickie para Marcelo que concorda em gênero e número com o gosto de Eduardo,
"Mais gostoso não podia ser."
Stella atrevida se aproxima de Rickie,
"Hye!"
"Hye, Eddie!"

"How are you tonight?"
"All right, and you?"
"O.k., fine",
"May I buy you a drink?"
"Not now, thanks",
e Eduardo pede um scotch and soda e paga, enquanto Stella pensa *Hoje embolsa cinquenta dólares. Tá subindo a cotação na bolsa de valores. Desse jeito logo, logo chega a cem.* Servido, Eduardo se aproxima de novo de Marcelo, "Não bebe nada?"
"Pra mim chega",
"Chega que nada", Stella volta ao balcão onde pede um outro scotch and soda e o leva para o amigo, "Saúde!"
"Saúde!"
"Wish me good luck, Marcelo, a competição tá braba, não é que hoje tá de coronel a tiracolo",
"Logo se livra do coroa",
"Deus te ouça, deus te ouça, meu filho", e Eduardo sorve de um trago só o uísque, ficando os cubos de gelo tiritando no fundo do copo, volta trocando os passos ao balcão, e pede mais um, "The same", paga e busca Marcelo, está conversando com um outro cara — em português, *só pode ser patrício*, e Stella resolve ficar inconvenientemente rondando Rickie, *brasileiro hoje nem morta*

Oitavo

Eis que Leila apanha as roupas que tinha jogado pelo chão do escritório e, ainda nua, caminha para o banheiro onde vai tomar uma boa ducha.

Aníbal não se impacienta: fica tranquilo na sua cadeira de rodas estacionada em frente à escrivaninha e não se perturba quando Leila apanha as roupas no chão e sai do escritório e o deixa sozinho acariciando o pau duro debaixo da cueca. O rosto de Aníbal traduz o vazio da espera, como se tivesse de haver entre o pensamento e a realização um espaço-tempo de beatitude, em que o corpo ainda tenso e armado só existe como concreção de energia, mas sem que esta chegue a ser canalizada para um alvo, tudo semelhante a um lago artificial onde o potencial hidráulico da água parada fica inerte até que se abram as comportas. Nervos e músculos de Aníbal adormecem enquanto a cabeça navega pelo vácuo. Aníbal nada vê de concreto ao seu redor. As lombadas multicoloridas dos livros se apagam e as estantes somem enquanto nuvens invadem o ambiente criando um palco imenso em perspectivas que conduzem ao infinito. Na gigantesca sala permanece só o silêncio depois da saída brusca de Leila. É esse silêncio que Aníbal tenta imitar encontrando nele a ausência sensível do caminhar do tempo. Nesse silêncio total e alimentício até mesmo as rosas não murchariam.

Leila joga a roupa pelo chão do banheiro e entra no boxe do chuveiro. Põe uma touca de plástico para não molhar a vasta cabeleira negra. Abre primeiro a torneira da água fria e sente o jato gelado pelo corpo quente e excitado e, no choque, as carnes encontram um amolecimento gradativo que vai retirando do corpo a crispação do combate na arena, fazendo que os traços então ásperos do rosto voltem a se colorir de meiguice e doçuras sem fim. Fecha a torneira da água fria, não inteiramente, e vai abrindo aos poucos a da água quente, até que atinja uma temperatura condizente com o próprio calor da pele. Alimentado pelos desencontros e as frustrações, vai renascendo debaixo da pele de Leila um felino que, agora sob o signo das águas, se recolhe enquanto aguarda o momento da metamorfose completa, momento em que irá perambular pelas ruas o desejo em chaga aberta. Leila não consegue pensar a ferida do desejo, a sua inflamação, não consegue pensar o repentino e inesperado instante da cicatrização, quando então volta satisfeita para casa. Leila reage de maneira felina, esgueirando-se pelas vielas escuras da procura, saltando por cima de obstáculos e latas de lixo, até que possa pular sobre a presa, sufocando-a com carícias de gata.

Aníbal vive intensamente a espera. Conhece todos os meandros e as delícias da espera, como se tivesse morado até hoje apenas na sua geografia e vivido o seu drama. Para ele, a espera é uma forma de ruminar silencioso, um saara luminoso e monótono por onde a alma transita sem barreiras e sem limites, buscando as graças do fluir (o fluir natural do rio pelo seu leito previsível), do flutuar (a folha seca questionando a gravidade ao ser acolhida e envolvida pelos braços ásperos do vento), do levitar (os objetos levantam voo instigados pela força do pensamento), as graças de um corpo que se desprende das amarras terrenas e passa a ter como companheiros borboletas e pássaros, gaivotas e pombos, o urubu e o gavião. Na ascensão Aníbal descobre a sensação do deslocamento sem pena e sofrimento. O corpo voa pelo infinito como se num tapete mágico de onde se descortinam paisagens conhecidas e outras insólitas. Sem saber de onde vem e para onde vai, Aníbal viaja deslizando pela neve do espaço no seu impossível trenó.

Leila se deixa guiar pelo cheiro do sabonete que entra narinas adentro fazendo vibrar a recordação de água solta e corrente de rio, cheiro de flores silvestres, acre e doce, perfumado. Cheiro de pés que trilham um caminho de terra batida e de um corpo que súbito encontra o relaxamento de água solta e corrente de rio. Leila pega o sabonete e vai ensaboando o corpo. Retira primeiro a parte superior de debaixo da água e com mãos ágeis e decididas lava os ombros, as axilas e se demora mais pelos seios, deixando que a espuma do sabonete chegue a se corporificar num espesso véu branco. Volta o corpo para a água e, com as mesmas mãos que agora friccionam, ajuda a água na sua tarefa. Caminha para o fundo do boxe, evitando completamente o jorro de água sobre o corpo, e ensaboa a vagina e depois as nádegas e no mesmo ritmo desce pelas pernas até chegar aos pés. Então o corpo arma um quatro, primeiro com base na perna esquerda e depois na direita, para que fiquem bem lavados os pés.

* * *

O corpo de Aníbal vai baixando baixando como paraquedista até que os seus pés pousem na areia quente do saara. O corpo de Aníbal caminha pelo deserto e as plantas dos pés já sentem comichões como mil e uma agulhadas que despertam uma sensibilidade entorpecida pelo esquecimento, e Aníbal lembra que os pés caminhavam, caminham assim, e quanto mais os pés querem caminhar, maior obstáculo oferece a areia que passa a receber o seu peso com a docilidade das areias movediças, mas mesmo diante do obstáculo as pernas ainda são ágeis e empurram o corpo para a frente. As dunas se confundem com o céu à sua frente na doce claridade do horizonte que permanece inalterável e previsível, apesar dos olhos que avançam e se movimentam na sua direção. Só a sombra caminhante de Aníbal perturba o ambiente de repouso e alheamento, e é nela que se perdem os seus olhos, naquela zona de onde se ausenta a luz e os grãos de areia anônimos perdem o brilho estridente que é a imagem da luminosidade intensa do sol.

Enquanto vai fechando a torneira da água quente, Leila vai reabrindo ao máximo a da água fria, de tal modo que o seu corpo seja violentado pela temperatura baixa que o agride e, atacado, o corpo não rejeita o combate e de novo se crispa em defesa se recobrindo de uma couraça que o insensibiliza na própria entrega às águas inimigas. O jato de água gelada agindo como máquina do tempo recoloca Leila no estado em que tinha entrado para o boxe, como se não tivesse havido o ritual da limpeza e do relaxamento. Leila abre a porta do boxe, apanha rápido uma toalha e se deixa envolver pelo tecido felpudo que, friccionado contra a pele, faz com que perca o tom alvo e leitoso e adquira manchas vermelhas e sanguíneas que vão-se sucedendo ao longo do corpo em infindável vertical. É uma brasa que vai sendo reacesa. E quando Leila começa a se vestir no quarto ao lado é com uma pressa que foge ao ritmo lento e engraçado dos dias comuns. Leila se veste sem invenções. Os gestos são triviais e apressados, como de soldado que veste farda depois das férias em que tinha--se habituado às possibilidades de harmonia do traje civil. O uniforme de Leila se ajusta às suas formas redondas, realçando-as com o contraste entre a pele branca e o tecido negro.

Aníbal vaga pelo deserto como um foragido da Legião Estrangeira, como um beduíno extraviado da sua caravana, como certamente vagou pelo deserto d. Sebastião, o infante d. Sebastião, depois da derrota em Alcácer Quibir, Aníbal vaga como d. Sebastião sabendo que todo o seu ser é lugar de uma espera, de uma hora propícia em que, de novo, os véus do esquecimento se levantam para recompor as glórias desfeitas pelo tempo. Aníbal marcha a ré pelo tempo e caminha a pé prazerosamente pelas dunas, com a alma limpa e serena se fortalecendo dos obstáculos que vão sendo transpostos com a alegria refeita pela areia que, moldando os seus passos, vai-lhe dando a certeza de uma caminhada matinal e despreocupada. Aníbal saltita pelo areal e estende os braços em busca de outras mãos para que se abra a roda da ciranda cirandinha vamos todos cirandar vamos dar a meia--volta volta e meia vamos dar.

Diante do espelho da penteadeira, Leila também tem à sua frente todo um arsenal de maquilagem que vai sendo utilizado pelas mãos hábeis e meticulosas. Os olhos são reavivados pelo lápis que refaz mais marcadamente as sobrancelhas negras e estira o ângulo dos cílios para as têmporas num traço duro e firme. Enche um pouco as bochechas de ar para que o blush se esparrame por igual e com mais poder sobre a pele dando-lhe o rubor de uma colegial fazendo confidências satânicas para a colega. O batom avermelhadamente vermelho acende os lábios, afogueando todo o rosto que, num passe de mágica, se colore com todas as cores da sedução fácil e espalhafatosa. Leila se olha no espelho e sabe que a partir de agora ela é aquela outra, uma imagem criada para ela sob medida por Aníbal e que ela recria para ele quando recebe o sinal. Leila é imagem ambulante perambulante que se fixa na superfície do espelho, amiga e desconhecida dela própria — quem você quer ser e não consegue ser, isso lhe disse Aníbal. Pega o casaco de peles e a bolsa no armário e já está pronta.

Sucumbindo às armadilhas do deserto — à fome, à sede, ao cansaço — Aníbal já não caminha mais, se senta numa duna elevada, estira o corpo pela areia que abrasa a pele, fazendo-o transpirar. No alto só o sol escaldante, indômito e solitário, guia e dominador. Aníbal fraqueja e quer reagir, mas o corpo sentado na cadeira já não pode mais se mover com independência. Está preso ao solo, ao chão, ao assento, descobre atônito quando as mãos tateiam a massa familiar dos braços da cadeira recobertos de couro, nisso o silêncio no escritório é quebrado.

"Já vou sair", lhe diz da porta do escritório a sua Leila, recoberta de um casaco de peles que, mesmo fechado, deixa entrever um audacioso decote onde assomam leitosos os seios.

Aníbal refaz-se da longa viagem pelo saara e coça os olhos como que despertado no meio do sono. Estabanado, afasta ligeiramente a cadeira de rodas para trás, abre a gaveta central da escrivaninha e dela retira um estojo negro.

Leila passa as chaves na porta e caminha para o elevador. Aperta o botão.

Aníbal fecha a gaveta, reaproxima a cadeira da mesa, abre o estojo, retira os binóculos envoltos em flanela vermelha. Com a flanela limpa as lentes de ambos os lados.

Uma densa atmosfera perfumada permanece no elevador quando Leila sai dele. Fecha melhor o casaco de peles ao passar pelo porteiro que, ao vê-la tão bem-vestida e maquilada, adivinha que vai para uma festa e lhe deseja muitas alegrias. Abre a porta de vidro e Leila recebe no rosto a umidade do ar nova-iorquino de outono.

Aníbal segura os binóculos ora como se fossem instrumento cirúrgico, ora como se fossem brinquedo cobiçado: as mãos ficam ariscas e medrosas ao tocá-los, ou então os envolvem carinhosamente como se quisessem trazê-los até o peito para abraçá--los, e então Aníbal pensa *O silêncio, o silêncio, só pelo silêncio as hierarquias e os laços sociais se sustentam, o segredo é a razão de todo mistério religioso, de todo o poder que se quer divino.* Mas logo volta os olhos de novo para os binóculos presos entre as mãos.

Leila desce alguns degraus e caminha pela aleia do jardim que cerca o conjunto de apartamentos.

* * *

Aníbal põe os binóculos no colo e movimenta a cadeira de rodas transpondo primeiro a porta do escritório, ganhando e atravessando o corredor e chegando até a sala. As vidraças estão escondidas pelas espessas cortinas cinzentas. Aníbal contorna o conjunto de poltronas e se aproxima mais e mais das cortinas, estaciona a cadeira de modo paralelo e bruscamente abre as cortinas ao meio e se deixa recobrir por elas como se tivesse cavado por milagre uma toca, onde se esconde agora.

Leila não tem pressa. Desde que desceu os degraus da entrada do prédio, bambeou o corpo, distendeu os músculos, amoleceu os nervos, e o rosto abriu-se em sorriso aberto e postiço. Agora, toda ela se equilibra sem cuidado passando a impressão de insegurança e de incerteza guiando os passos, e sem caminhar de maneira trôpega fica, porém, à espera de mãos firmes e masculinas que possam apanhá-la antes que caia ao chão.

Roçando a cortina, Aníbal vai ajeitando a cadeira em pequenos movimentos para a frente e para trás, até que a roda direita se cole à vidraça, dando-lhe a maior visibilidade possível do exterior. A respiração tornou-se ofegante pela pressa ansiosa dos gestos. Faz calor na tenda armada pelas cortinas e a atmosfera densa e abafada não incomoda Aníbal, pelo contrário, tão confortavelmente está nela instalado que é como se estivesse estirado pela cama em posição agradável.

Os saltos altíssimos dos sapatos de Leila fragilizam o corpo envolto pelo casaco de peles, agora mais frágil porque as mãos deixaram de fechar a gola e os braços paralelos ao corpo forçam o casaco a se entreabrir mostrando uma silhueta esbelta onde só o colo se estufa oprimido pelo corpete do vestido.

Aníbal já não sabe o que fazer debaixo da sua tenda, com o rosto colado na vidraça — não consegue ainda enxergar Leila caminhando encasacada pelo jardim que cerca o conjunto de edifícios residenciais. Fica ansioso esperando que o vulto escuro ganhe uma área de visibilidade e, enquanto não vislumbra o vulto, fica revendo o que não viu quando os dois estavam juntos no escritório: revê o corpo de Leila que, à sua frente, se contorce como serpente afogueando com as mãos os seios, pinçando com os dedos os biquinhos, revê dedos crispados que buscam em descer tortuoso pela pele os lábios vaginais que se abrem com sofreguidão:

"Olha, seu bobo, olha, não sabe o que está perdendo",
"estou olhando, meu bem, você é que foge de mim",
"toca, põe o dedo, a mão",
"você não deixa",
"não deixo? Você ficou louco",

revê o rosto tomado pelo gozo onde as asas do nariz se fecham em profunda e longa inspiração, e Aníbal sente como que todo o seu ser sorvido e eis que Leila para de repente, cata as roupas no chão e sai, "não me deixe agora" — grita Aníbal e se assusta com o seu grito se quebrando contra a vidraça. Olha lá fora e enxerga o vulto escuro de Leila com o rosto branco. As mãos apanham os binóculos no colo.

Leila caminha em direção à Bleecker Street, mas ao chegar a um encontro de caminhos no jardim, para bruscamente, dá meia-volta, o olhar se levanta e procura no edifício que é uma barreira à sua frente as janelas do apartamento. Distingue-as. Aníbal! Procura-o mas não consegue ver o marido sentado na cadeira de rodas, apenas entrevê o brilho metálico e fugaz vindo da parte niquelada da cadeira tocada por algum raio de luz. *Já está lá* pensa *posso continuar o caminho*, abana-lhe a mão e se sente mais segura sabendo que alguém a vigia pelas costas, que um olhar pousa nela, sabe que já não está caminhando sozinha para a Bleecker Street, alguém se interessa por ela, pelo seu destino, alguém lá em cima. Mais ela se distancia de Aníbal, mais se aproxima dele, pronta para encontrá-lo no momento em que as suas mãos tocarem o outro corpo e, naquele momento, estará tocando o corpo proibido de Aníbal, o corpo resguardado lá em cima, inatingível a mãos profanas, a mãos outras que não as suas. *Ele vem atrás e me espera lá na frente. Só eu posso juntar quem me persegue a quem busco, me sentindo imprensada entre um e o outro, entre o olhar de Aníbal e o tesão de um desconhecido que me aborda.*

Aníbal não esconde a ansiedade que o faz girar desgovernadamente o mecanismo que acerta o foco dos binóculos. De repente surge do outro lado nítida Leila, esplêndida e gigante contra um fundo insólito de folhagens. Aníbal se acalma, respira tranquilo o ar viciado da tenda e se recosta no espaldar da cadeira, respira tranquila e compassadamente vendo Leila lá longe e aqui perto, com os olhos brilhantes e o sorriso aberto, Leila, que lhe acena a mão e entreabre o casaco, estou aqui, mostrando todo o corpo para Aníbal que apalpa as virilhas como um cego e sente de novo o calor se agigantando e se emaranhando nos seus dedos. O pau se estufa como que para ser proporcional à gigante Leila que lhe dá as costas e que de novo é um vulto compacto e denso que escorrega pelo escuro do jardim, como que empurrado pelo vento. Leila caminha com o movimento certo mas sacolejado de um brinquedo de corda e, mais se distancia, mais se destaca na atmosfera negra que envolve o vulto, o vulto que brilha luminoso quando passa sob um foco de luz. A pele do casaco ganha nitidez e a tessitura felpuda emite uma luminosidade que cega Aníbal que, com uma das mãos, abre o zíper das calças e deixa que ela se infiltre e busque a abertura da cueca e apalpe o corpo duro e quente do caralho que já não consegue mais se esconder por debaixo das roupas. Tira os olhos das lentes e os dirige para o cacete duro e ereto que sobressai latejando contra o tecido escuro e, ao querer circundá-lo com a palma da mão, tem a impressão de que a vista se turva. Impressão momentânea pois logo vê a cabeçorra vermelha da banana impulsionada para a frente pela mão baixando o prepúcio.

Leila sabe por que busca: tinha recebido ordens para procurar e procura com os cinco sentidos enovelados numa única esfera que, impulsionada pelo destino, vai rolando rolando pelo cimento do acaso de uma caminhada por um jardim residencial do Village numa noite negra de outono. Leila busca. Leila busca não sabe quem. Aquele que encontrar. Naquele que encontrar reencontrará quem sempre busca, sempre buscou. Não lhe interessa quem possa encontrar (só o encontro conta). Basta que ele pare, olhe, converse, ataque esticando as mãos e a boca. Ela está à disposição como que exposta numa mesa à espera de que o anfitrião dê o sinal de começar. *Busco o que posso encontrar, encontro o que não posso buscar* raciocina Leila enquanto espreita como lanterna os lugares por onde vai passando, enquanto abre as narinas farejando no ar o cheiro insosso e enferrujado do ar poluído, distinguindo nele o aroma adocicado e repelente da fumaça expelida pelos canos de descarga. *A natureza aqui não* cheira. *Parece que andaram esparramando pela terra flores artificiais, belas e artificiais* e Leila tem vontade de ver arbustos cobertos de praga e envoltos por mil insetos daninhos voando, arbustos com flores que têm perfume. Leila respira o ar batido e surrado da noite, misturado ao barulho dos automóveis nesta noite de sábado e impregnado pelas diferentes melodias de hard rock que vêm-se engalfinhando pelas ruas desde os cafés da MacDougal com Bleecker, desde os rádios berrantes da Washington Square. Leila sabe que Aníbal a vigia e isso lhe dá segurança para ir deixando a esfera rolar rolando ao sabor do acaso. Leila não sabe o que Aníbal está fazendo e não quer adivinhar. Leila para. Ele não se deixa ver lá de baixo encoberto que está pelas cortinas (mesmo assim quer virar o rosto e ver). Leila sabe que, com os binóculos, ele a espreita da sua tenda. *Aníbal me quer livre, como posso odiá-lo? Aníbal me deu ordem para sair e buscar, como posso ter remorso? Aníbal sabe o que faz, sempre soube o que fazer.*

Continua, meu bem, continua, pensa Aníbal que vê Leila indecisa parada no meio da caminhada. Se pudesse desceria até o jardim e daria um piparote naquela estátua de granito negro e gigante, Leila, que acaricia a cabeça em semicírculo pelas golas do casaco de peles, Leila que permanece indecisa, *agora não, Leila, agora não,* Leila que fica parada e absorvida por si mesma esquecida de que saiu para caminhar em busca. *Não me faça isso, Leila, não agora,* Aníbal com a mão circundando o caralho já não sabe o que fazer. *Leila, estou à sua espera, não me atraiçoe, Leila, estou te seguindo, estou te protegendo, Leila, pode ir, sem susto* quer transmitir a mensagem a ela por telepatia e consegue. Leila dá um passo e continua a caminhada para a Bleecker Street. Aníbal começa a se masturbar. Tremem os binóculos com a agitação do corpo e a imagem focalizada perde a nitidez e se esgarça em rabiscos imprecisos como se fosse um desenho realista que volta à condição de croquis e depois ao negro total (Aníbal entra em pânico), quando Leila, já deixando o jardim, passa por um trecho aonde não chega a iluminação dos postes, caminha por um caminho estreito ladeado por arbustos que se agigantaram durante o verão. Aníbal para de se masturbar e procura distinguir o vulto de Leila, *onde foi que se meteu?* e, quando revê Leila, ela já alcança a calçada e a sua imagem se esbate agora contra um fundo colorido e metálico, o dos carros estacionados na rua, e Leila vai entrando pelas cores adentro como uma banhista que se aproxima do mar. Aníbal envolve de novo o caralho com delicadeza e, em seguida, a mão se firma, contrai-se, apertando.

Leila ganha a Bleecker Street, mas antes de pisar na calçada fica querendo saber se segue ou não o fluxo do saturday-night people que caminha em direção ao oeste da ilha. Espera que passem os retardatários dum grupo ruidoso de rapazes e moças porto-riquenhos, e decide ficar por ali em frente ao prédio, encostada num carro, levanta a vista, *está lá, me olhando, sou uma imagem distante para ele* não sabe se lhe acena a mão ou não — lhe acena, e duas moças que passam ficam confusas diante do gesto súbito de Leila pensando que se dirige a elas, diminuem o ritmo da marcha, entortam o corpo para a direita, "I beg your pardon", Leila não sabe por que as moças se interessam por ela, fecha-se no casaco de peles, acuada, e as duas continuam, "A bad trip", comentam. Desses homens que passam para o oeste Leila nada espera. Chegam aos bandos, andam aos bandos, fazem algazarra aos bandos, comem e bebem aos bandos e depois arrotam e vomitam aos bandos quando voltam pra casa, they all have fun aos bandos. Saem da boca do subway do East Side e, como uma compacta nuvem cinzenta e barulhenta de gafanhotos, passam diante dela com a intermitência da chegada dos trens à estação. Leila não os vê. Leila procura.

Aníbal focaliza com exatidão a imagem de Leila e concentra toda a atenção no gigantesco rosto de outdoor, de tal modo a vê agora a sua frente, tão perto, ao alcance da mão, iluminada pela luz de um poste próximo, luz que deixa Aníbal distinguir os detalhes do rosto de Leila realçados pela maquilagem, seu rosto próximo das mãos, do tato, da boca, da boca que busca a dela, para um beijo, beijo dado no vácuo preenchido pela imagem viva e ardente de Leila encostada num carro que, de repente, se esconde por detrás de uma barricada de passantes, e ei-la de novo sozinha contra o fundo colorido dum automóvel, e Aníbal busca-a para um novo beijo, boca a boca, enquanto a mão fricciona o pau e a inquietação começa a seguir o compasso da respiração que se torna ofegante. *Aquela puta não arranja homem hoje* Aníbal se impacienta com a passividade de Leila quando sente uma ardência na cabeça do pau. Retira os olhos do binóculo e vê que os movimentos descompassados da mão esfolaram a pele. Cospe na cabeça vermelha para lubrificar e retorna ao movimento buscando uma vez mais a imagem de Leila pelo binóculo.

Leila procura um homem. Um homem que possa babujá-la de saliva, babujar a pele do rosto de saliva, do pescoço, do colo, babujá-la de saliva encostada no carro, babujá-la diante da surpresa, do asco, da galhofa e do desprezo dos passantes. Um homem que possa, só protegido pelas abas do casaco de peles, se esquentar de tal forma que a sua caceta vomite porra pelo vestido, encharcando o tecido de luxúria. Um homem que possa acariciá-la com o gosto e a obstinação de quem abre uma porta para o desconhecido. Abre uma porta para uma desconhecida que não entra mas chega. Chega sem entrar. Um homem que possa desejá-la enquanto ela deseja a Aníbal. Um homem que não fique espantado pelo seu olhar que se perde distante, distante, como se estivesse vigiando a chegada iminente de policiais ou de fantasmas. Um homem que a envolva envolvendo no abraço Aníbal que, lá no alto espreitando com os binóculos, sente o calor e o arrepio da luta amorosa. Cada beijo de Leila é para dois, cada sensação e a própria entrega — tudo é para dois ao mesmo tempo. A mão furtiva que desce pela cintura do homem e apalpa a protuberância rija que deseja sente também o duplo da coisa.

Aníbal abre a fivela do cinto e abaixa a parte de cima das calças, abaixa em seguida a cueca e passa a mão pelo saco liberando-o das pernas e acaricia e aperta os colhões que reagem como seixos viscosos espremidos, enquanto a cabeçorra salta vermelha latejando, e só então Aníbal envolve o caralho com a mão e se masturba pra valer,

enquanto Leila olha para um homem alto, barba ruiva, botas e chapéu de caubói, que passa, apreciando-a de alto a baixo e já cobiçando a presa com o brilho dos olhos,

o homem não tira os olhos de Leila e, continuando a caminhada na direção leste, entorta o pescoço para trás a fim de não perder Leila de vista,

Aníbal persegue com o binóculo o homem, *conseguiu* perde-o de vista gritando filho da puta volte, e se alegra com a imagem dele que em seguida volta,

Leila espera e esperando joga a rede,

o homem caminha de volta,

Aníbal se excita mais abafado na sua tenda já perdendo o fôlego,

enquanto Leila faz olhos de ingênua e boquinha de quero mais me dá,

o homem diminui os passos e caminha lentamente, *está no papo, está no papo,*

Aníbal: "O que que você está esperando? Avança que ela é sua. Go ahead. You stupid!".

Leila sente próximo o corpo do homem, o olhar dele sob a aba do chapéu que devassa o mistério que cerca uma mulher com um casaco de peles fazendo pegação numa rua do Village,

É uma ninfo pensa o homem *who cares? I've all she wants, that's for sure,*

Aníbal pressente o gavião que baixa o voo para surpreender com um bote rápido a frágil e desprotegida pombinha que, hipnotizada pelo olhar agudo do gavião, não se encoraja a alçar voo, como que lhe pede proteção,

Leila abre o casaco assentindo e sente tão próximo o corpo do caubói do asfalto que já a roça silencioso,

"Walking around?" pergunta o homem,

Leila não responde, aquiesce com o rosto e com o corpo sendo comprimido contra o carro sem reação,

Aníbal apressa o ritmo vendo

Leila submissa ao avanço

que prova o hálito fermentado de álcool do caubói.

TERCEIRA PARTE

Nono

19 de outubro

A campainha da porta toca insistentemente. O rosto de Lacucaracha aparece na porta entreaberta para espiar quién está molestando a Eduardo tan temprano en el domingo. Deve ser o monstro de ontem. Dois homens estão parados em frente da porta do apartamento de Eduardo. Estão silenciosos e não demonstram impaciência. Vestem-se conservadoramente de terno cinza e gravata de listras coloridas, como James Stewart em filme de Hitchcock. Sapatões pesados nos pés. São altos e atléticos, beirando os quarenta anos um, saindo dos trinta o outro. Não são irmãos, mas se parecem, se parecem mais pelo jeitão do que pela semelhança nos traços fisionômicos. Os dois percebem o vizinho curioso que os espreita por detrás da porta entreaberta. Fingem não vê-lo.
Lacucaracha, não se sabendo visto, não arreda o pé de detrás da porta entreaberta. Quem sabe o que esses dois vieram fazer na casa de Eduardo. Coitado! Deve ser coisa daquela maluca sadomasoquista. Aquela maricona pendeja fantasiada de negro deve ter metido Eduardo en una trampa. Quando Paco se dá

conta de que já tinha sido visto, um dos homens obedecendo à ordem do outro, caminha na sua direção. Já é tarde para fechar a porta. Pode despertar suspeita.

"Excuse me, sir. I hate to bother you, but do you know your neighbor, Mr. Silva?"

"Somos bons amigos."

"Ótimo. Sabe se ele está na cidade?"

"Acho que sim. Vi ele ontem."

"O senhor é também brasileiro?"

"Não. Cubano."

"Thanks a lot for helping us."

Paco fecha a porta depressa possuído de antigos medos (cheiram mais é a detetives, pobre Eduardo!), enquanto o homem mais novo, passando a informação ao mais velho, volta ao lugar primitivo. O companheiro firma uma vez mais o dedo no botão da campainha deixando-a soar longamente.

Nenhum ruído ou voz vem do apartamento.

O subordinado se impacienta e olha para o chefe significando que teriam de voltar mais tarde. O chefe não o vê: olha impassível para a porta fechada à sua frente.

"Vai ver que está passando o domingo fora", aventura o subordinado.

O outro continua silencioso e impassível diante da porta, pronto para a costumeira fórmula de introdução ou para atacar decidido em caso de qualquer surpresa desagradável. A mão direita está no bolso das calças. "One never knows", assim ensina aos subordinados, "nunca se sabe, tem-se de estar preparado para o que der e vier, para o melhor e o pior."

O chefe toca a campainha uma vez mais e sentencia para o subordinado:

"Domingo pela manhã, é preciso dar tempo ao tempo", e brinca para quebrar a monotonia da espera, brinca sem deixar que o rosto acompanhe a brincadeira: "Those latins, you know, that's all they think of".

O mais novo pensa em gracejar perguntando ao chefe se só pensam em dormir ou se só pensam em sexo, mas sorri em silêncio vendo o rosto agora impaciente do chefe e modifica depressa as palavras:

"Não seria melhor lhe passar um recado por debaixo da porta?"

"Para quê?"

"Pode estar com medo de abrir."

"Já teria escutado os seus passos se aproximando da porta."

"Mesmo descalço?"

"Mesmo descalço. Soalho de edifício velho sempre trai", ensina.

"Nunca pensei —"

"É por isso que toda concentração é pouca. One never knows."

"Mais uma, aprendi mais essa."

"Vou tocar pela última vez. Já é a décima. Sempre toco no máximo dez vezes. Meu número de sorte."

"Se não atender", conclui impaciente o subordinado, "voltaremos mais tarde."

"Você acredita que exista número de sorte?"

"E não é pra acreditar?"

"Não, não é."

O chefe faz soar pela décima vez a campainha. Esperam.

"Você venceu!", diz o chefe entregando os pontos. "Voltamos mais tarde."

"Deixamos um bilhete?"

"Ficou louco!?"

"Será que já não está fugindo da polícia?" diz o subordinado se fazendo de espírito de porco.

213

O chefe fica pensativo deixando que uma ruga de dúvida ancore na testa. Mas resolve não desobedecer à ordem de comando que deu: "Voltaremos mais tarde e veremos".

Caminham os dois para o elevador. Detrás da porta fechada, Paco tentou acompanhar como pôde conversas e ruídos. Pouco pôde distinguir porque a porta era espessa e as palavras sussurradas. Além do mais, teve medo da indiscrição daqueles dois que escutavam até o bater de asas de mosquito. Paco agora ouve o barulho da porta do elevador: ela se abre e, em seguida, se fecha. Soa o clique metálico vindo da casa de máquinas. O elevador está descendo. Já se foram.

Eduardo não dormiu em casa, Paco se surpreende com a constatação. Eduardo sempre caseiro e ontem dormiu fora. Paco resolve ficar de escuta o resto da manhã para alertar Eduardo da visita matinal que recebeu. *Digo ou não digo quem são. Unos desconocidos, chico. Parecen más gente del servicio diplomático, pero puede ser también que sean policías. Quién sabe, chico? Se digo, pode ficar muito apreensivo. Mais ainda do que está. Estava uma pilha ontem, coitado!* Paco se lembra da noite em que se conheceram na porta do elevador. E mais revê o rosto de Eduardo se entregando às lágrimas ali sentado no sofá da sala, mais acredita que Eduardo tem um mistério no passado. *Cosas de maricón* pensa, mas não se dá por convencido. Se fosse coisa tão simples e tão corriqueira, não ia ficar abatido como fica. Aquela maricona sadomasoquista conhece o passado dele e agora o tem nas mãos, talvez faça até chantagem. *Cosas de maricones* pensa triste, querendo saber por que son tan malos compañeros las mariquitas. Querem mais é a caveira um do outro. Se dependesse dele, faria um clube, internacional é claro, em que todas se sentiriam como hermanas, onde predominasse o espírito de verdadeira fraternidade. La fraternidad universal. E as bichas más, invejosas, pérfidas, orgulhosas, traiçoeiras, velhacas, maledicentes, desdenhosas, todas seriam punidas, ou então seriam expulsas do clube para o bem da paz no grupo. Já se sente idealizador, organizador e presidente do clube dos maricones, e já se sente como verdadeira queen no trono, vendo ao redor os mil associados que lhe devotam todo o reconhecimento e carinho que merece. De repente, ri do sonho e diz para si que se contasse esse sonho para o Eduardo ele ia dizer que nunca tinha visto uma bicha tão carente. Ele com essas manias de psicanálise. *Por eso y por aquello, estoy paranoica o esquizofrénica o más bien carente. Que tonto soy a dar ouvidos a essas conversas mais sem pé nem cabeça.* Paco não gosta de veado que fez ou faz análise. Acha que tem três defeitos.

O primeiro é que fica solto demais, muito desinibido, como se se pudesse ser veado vinte e quatro horas no dia. Perde o sentido da conveniência. Eduardo diz que isso é ser assumido, e isso é legal paca. São mais é possuídos pelo diabo, contesta Paco. *Mira a esta maricona de negro, como puede vestirse como se viste y salir por la calle como se fuera día de carnaval.* Será que perdeu a vergonha a desgraçada? Para Paco, bicha tem de ter pudor, assim como una mujer que es verdaderamente mujer, una hembra, tem que ser recatada. E Paco não podia nem de longe imaginar que Eduardo o dava como exemplo perfeito de bicha assumida. Já se comporta como alguém que não é homem nem é mulher. Paco tem estilo. Um estilo que não chega a ser individual, só dele, mas um estilo que recobre, que é resumo e síntese dos gestos e comportamentos tão inventivos da classe. Em conversa com Eduardo, Marcelo lhe disse que a principal característica da bicha hoje é a de uma constante busca de estilo próprio. A diferença entre a bicha e o heterossexual é que este — seja homem ou mulher — já tem estilos de vida codificados, e o processo por assim dizer de amadurecimento nada mais é do que o de assumir um dos estilos já perfeitamente realizados pelas gerações passadas. É por isso, continuava Marcelo, que o heterossexual é tão pouco inventivo quando chega à idade da razão, fala a língua de quase todos, enquanto a bicha atinge a maturidade pelo constante exercício da imaginação em liberdade, inventando cada dia o seu linguajar, que por isso mesmo tem necessariamente de ser pitoresco. A bicha tem de criar um estilo que acaba por ser a maneira como se encaixa sem neurose e com sucesso dentro da comunidade que é obrigatoriamente heterossexual. Para Marcelo, passado e história são coisas que só interessam aos heterossexuais. Bicha acredita é no cotidiano, e é nele que planta os pés como se fosse uma árvore. Sugando tudo o que pode e rapidamente durante a sua passagem pela Terra.

O segundo defeito é dos mais graves para Paco. Não pode admitir que se perca o sentido do pecado que existe no ato homossexual. São uns sem-vergonhas esses analisados, fazem tudo como se estivessem bebendo um copo d'água. Saciada a sede, parece que nada aconteceu. Se sentem livres, descontraídos, caminham como se fossem borboletas pelo campo. "Ai! que bicha mais trágica!", lhe diz sempre Eduardo quando Paco lhe fala do sentimento profundo da falta cometida e do subsequente arrependimento. "Não é tragédia nenhuma, Eduardo, é a necessidade que todos temos de religião. Homem e mulher se casam na igreja e têm a união consagrada pelo padre, uma bicha não. Bicha é como prostituta. Tem de se agarrar a um santo." Eduardo sorri quando o outro lhe descreve os prazeres da mortificación, prazeres tão gostosos quanto os prazeres da carne. "Um dia destes você vai trepar só para ter os prazeres da mortificación", brincava Eduardo com Paco que se punha de mala leche, ofendido pela falta de respeito. "Você é um ateu, e não sei por que ainda não se converteu ao comunismo. Ia ver o que é bom ser maricón em regime ateu. Eu que o diga." Paco não conseguia formular o que se segue, que é mais ou menos o seguinte: para ele era por causa da religião que as bichas tinham o mínimo de liberdade num país. Quando falava dos países comunistas era para falar da intolerância sexual. A religião tornava um país tolerante porque para o homem verdadeiramente religioso não há a necessidade de extirpar do homem, de cortar pela raiz a falta, o pecado, a possibilidade enfim do mal. O homem religioso aceita conviver com o pecado, isto é, desde que o pecador se arrependa. Eis como se explica a maneira como entra e funciona a palavra mortificación no raciocínio de Paco. Graças a ela el maricón pode ser recuperado pela sociedade em que vive. Não ser jogado na prisão ou ser levado para um campo de concentração. Paco nunca quis saber se a mortificación era um preço alto demais, tão alto quanto o campo de concentração. Para ele, essas coisas são matéria de crença. A gente pode discutir, mas é para aprofundar. Não para mudar a maneira como a gente pensa.

O último defeito é decorrente do que acaba de ser dito. Bicha analisada é tinhosa, tem a mania de querer destrinchar tudo, tim-tim por tim-tim, só que destrincha é para mudar, para pensar de maneira diferente e às vezes até contraditória. Cada hora, que digo yo, cada minuto mostra uma cara diferente. Parece camaleão. Falta coerência à bicha analisada. Paco não podia supor que essa busca desesperada e trágica de coerência era o que Eduardo chamava de seu estilo. Eduardo dizia para Marcelo que Lacucaracha parecia um romancista, ou pelo menos o que ele pensa que seja um romancista. Persegue a si mesma dia e noite, noite e dia, como um romancista persegue um personagem. É burra ela, completava Eduardo, mas encontrou uma espécie de redenção religiosa na própria limitação intelectual. E se agarra como náufrago à vida e ao prazer. "Fico brincando com ela dizendo que é a maricona mais trágica que já encontrei. Ela fica puta da vida, de mala leche como ela diz, mas no fundo tenho inveja do modo como organiza a sua vida, encontrando um sistema que a vai definindo como uma luva. E faz tudo sem se

inibir, porque para ele tudo é permitido, desde que você se arrependa sinceramente do que fez. Sente tal entusiasmo e tal carinho pelo outro que fico sempre constrangido ou em falta diante dele. Você conhece Stella, Marcelo, você conhece as maldades dela. As crueldades de Stella. Sabe do que ela é capaz quando baixa o santo. E tudo isso em cima do pobre Paco. Stella é impiedosa, e como às vezes a odeio."
Continua o silêncio total no corredor do quinto andar. Eduardo nunca mais que chega e daqui a pouco aqueles dois espantalhos estarão de volta. Paco se impacienta e pensa em bloody saturday night, com desastres, mortes, assassinatos e violência à solta pela cidade, e logo se arrepende por ter deixado maus pensamentos tomarem conta da sua cabeça, *qué cabecita más tonta!* A lo mejor a esta hora está a gozarla e passa rapidinho pela memória um refrão de Tito Puente, "A gozar, muchachos, a gozarla!", cantado em ritmo de merengue com som de bongô e maracas no fundo. Vai ver que está de Rickie a tiracolo; Paco sorri; não falava noutra coisa ontem.
Paco espera Eduardo em vão.
Eduardo está no seu quarto. Deitado na cama. Sozinho. Desmaiado. Consequência ainda do excesso de bebida que tinha ingerido desde o começo da noite anterior. Está vestido. Marcelo conseguiu tirar-lhe os sapatos e o blusão de frio. Deixou-o calçado com as meias e a blusa de lã. Marcelo veio trazê-lo para casa depois que desmaiou no Envil's. Houve corre-corre com o pessoal da casa, que tinha receio de uma overdose fulminante, mas quando o garçom garantiu que conhecia bem o cara e que não transava o branco, só bebida, o pessoal da casa se acalmou. Mesmo assim, Marcelo escutou comentários sarcásticos e malévolos contra estrangeiros. Deixou que entrassem por um ouvido e saíssem pelo outro. O pior nessas circunstâncias é dar atenção a eles, tentar responder ou mesmo contra-atacar. Não

esperava foi pela reação de Rickie que, vendo Eddie esparramado pelo chão do bar, veio correndo e foi dos mais prestativos, exigindo que os frequentadores abrissem a roda, se afastassem para que o cara pudesse respirar, e logo depois carregou os sessenta quilos de Eduardo para um canto onde este ficou dizendo monossílabos incompreensíveis, nem inglês nem português.

"Vou levá-lo para casa", resolveu finalmente Marcelo ao se dar conta de que tão cedo o porre não passaria.

"Posso ajudá-lo, se quiser", ofereceu-se Rickie.

Marcelo aceitou a ajuda do rapaz por muitas razões. Mas lhe perguntou antes se ia deixar sozinho o amigo com quem estava no bar.

"He's not a friend", lhe respondeu Rickie secamente.

Marcelo entendeu. Não é da minha conta.

Eduardo ficou apoiado entre os dois. Um braço rodeava o pescoço de Marcelo e o outro o de Rickie. Por sorte os dois extremos eram mais altos que o meio, por isso Eduardo foi conduzido sem ser arrastado e sem precisar fazer esforço.

Eduardo continuava soltando sons que tanto poderiam ser um esboço de palavra quanto simples interjeições.

Marcelo se dirigia a Rickie dando o comando. O outro obedecia com docilidade. *Nem sonha o coitado, como é que ia poder sonhar, que é a causa de todo o porre* pensava Marcelo, observando o cuidado que Rickie demonstrava para com Eddie.

"Poor fellow! Para beber como bebeu deve ter algum problema. Deve ter lá os seus hang-ups."

"Se tem", adiantou Marcelo.

"Fiquei conhecendo ele ontem. Nice guy."

Marcelo sorriu, mas não disse que já sabia da história toda, até dos vinte dólares. Podia espantar o gringo. Ia pensar que o Eddie, such a nice guy, era um boquirroto e que a sua amiga Stella já tinha espalhado pela metade de Manhattan detalhes da noite.

Pararam um táxi.

Rickie entrou primeiro e acalmou a ira do chofer irlandês que tinha medo do rapaz vomitar dentro do carro.

Marcelo se alegrou com, a presença do outro, porque com o seu sotaque e mais Eduardo de pileque não teria aplacado o ódio do gringo até chegar ao destino.

Rickie puxou Eduardo para dentro do carro que amorosamente se enroscou no seu corpo, e foi nesse momento que conseguiu dizer qualquer coisa que fazia sentido, "Rickie, my love".

"He's saying my name. He's all right now." Rickie não conseguia esconder a satisfação.

Marcelo entrou no carro por último e fechou a porta. Deu o endereço ao motorista.

"Rickie, my love, we'll fly down to Brazil", insistia Eduardo ainda com os olhos fechados e o corpo mole.

"That's what he said to me yesterday. Do you think he does mean it?"

"Claro que sim", respondeu Marcelo para não ser desmancha-prazeres.

A descida do carro e a subida até o quinto andar foram feitas com rapidez e sem atropelos. Os dois controlavam bem Eduardo, que tinha voltado aos seus monossílabos de olhos fechados.

Marcelo tirou o chaveiro do bolso de Eduardo. Abriu a porta. Rickie conduziu o corpo enroscado de Eduardo até a cama dele.

Marcelo ficou com uma duplicata da chave na mão. Trancou a porta quando saíram.

Rickie disse a Marcelo que não tinha onde dormir.

Marcelo lhe perguntou se queria ficar na casa de Eduardo. Tinha certeza de que o outro não ia achar ruim.

Rickie não estava tão seguro quanto Marcelo. Tinha medo do outro quando acordasse. Confessou que, no fundo, era um desconhecido. Não queria que Marcelo pensasse que era amigo de Eduardo.

Marcelo lhe lembrou que ele mesmo lhe tinha dito que conhecera Eduardo na véspera.

Rickie sorri, enquanto Marcelo não quer pensar (diante do sorriso) duas vezes, nem mesmo uma. Tem de ser de supetão. Ou vai ou racha.

"Não quer dormir lá em casa?"

Paco escuta a campainha que soa na casa de Eduardo. Soa insistentemente como antes. *Estão de volta.* Paco perde a posição de descanso e volta à de sentido.

É quase meio-dia. Os dois homens estão de novo em frente da porta do apartamento de Eduardo.

O mais velho diz ao mais novo que nada aconteceu enquanto estiveram fora, ao que o mais novo lhe pergunta como sabe, se virou adivinho.

"É simples", responde o chefe, tinha deixado uma linha quase imperceptível ligando o batente à porta, e a linha ainda estava ali esticadinha.

O subordinado quer saber quando o trabalho tinha sido feito, pois nada vira.

"Quando você conversava com o vizinho, o cubano."

"Malandro", diz o outro.

"Vai aprendendo", aconselha o chefe.

O subordinado quer saber como aprender se não lhe tinham mostrado esse tipo de material no curso. Apenas os aparelhos eletrônicos, cada um mais sofisticado do que o outro.

O chefe vitorioso lhe diz que é invenção sua.

O subordinado quer saber mais e indaga.

O chefe diz que é linha de costura mesmo, branca, a mais fina que se encontra no mercado. Que punha goma nas extremidades e deixava secar, como fazem com envelope. Na hora molhava com saliva as extremidades ativando o adesivo. "É simples, não?"

O subordinado concorda com inveja da esperteza do outro, e pensa que foi por isso que fez carreira tão rápida dentro do serviço.

O chefe pede silêncio ao subordinado. Escuta barulho lá dentro do apartamento, ruídos quase imperceptíveis, depois passos, e logo em seguida resmungos e então claramente uma voz. O chefe nada entende apesar do tom alto e claro com que é proferida a frase, e diz para o subordinado que deve estar falando Brazilian. Conclui que Mr. Silva não tem o hábito de receber amigos americanos em horas inesperadas.

Eduardo procura as chaves que não estão no bolso das calças onde as tinha deixado. De nada lembra. Faz esforço. Não sabe que Marcelo as tinha deixado em cima da mesinha da sala. A ressaca é terrível. A dor de cabeça pior. Parece que a cuca vai explodir. De nada lembra e começa a querer ficar curioso, mas não tem tempo, estão tocando a campainha e tem de encontrar as malditas chaves. Those fucking keys. Tateia por cima dos móveis, já que lhe é penoso abrir os olhos. Quando os abre, instintivamente os fecha, intensificada a dor de cabeça. Finalmente encontra as desgraçadas. Caminha para a porta. Abre a fechadura, a porta. Leva um susto.

"Yes?"

Com a mão esquerda o chefe retira uma carteira negra do bolso superior do paletó e, como por mágica, apresenta-a aberta para Eduardo, enquanto estende a mão direita para cumprimentá-lo cordialmente:

"Good morning, Mr. Silva. We are from the FBI. We will like to talk to you in private", diz o chefe em voz clara e pronúncia pausada com receio de que o outro não entendesse bem o inglês.

Eduardo vê na carteira o distintivo do FBI e fica em silêncio. Não entende nada do que está passando. Deve ser pesadelo. Nisso escuta:

"Is it possible?"

O chefe repara que Eduardo dormiu vestido, está calçado só com meias e ainda sonolento. Não há dúvida de que acordou agora. Sono tão pesado que não tinham conseguido despertá-lo antes. Percebe também que tem dificuldades em abrir os olhos e está muito pálido. Só assustado? Não crê. Sinais óbvios de hangover, conclui, esperando uma palavra de Mr. Silva.

"Come in, please."

Os dois entram e se adiantam, enquanto Eduardo segura, ou melhor, se apoia no batente da porta. Os dois se encaminham para a sala e ficam virados para Eduardo, que demora a fechar a porta porque tem a nítida impressão de que Paco lhe dá força lá no corredor.

Eduardo convida os dois a tomar assento no sofá. Pede desculpas pela mess, pela bagunça em que se encontra o apartamento. Recebeu um amigo ontem para drinques.

O chefe lhe pergunta se está só.

Eduardo responde que sim.

O chefe repara a garrafa vazia de uísque, o balde de gelo. Dois copos vazios. Um outro copo, ou outros, mas só cacos pelo chão, e resolve brincar para pôr Mr. Silva à vontade:

"I see you had a good time last night", diz enquanto busca uma razão plausível para os copos quebrados. Não encontra.

"I need some rest", diz Eduardo para ver se desconfiam e vão embora logo.

"Não importunaremos o senhor por muito tempo", o subordinado entende a indireta, desagradando porém o chefe com a frase inoportuna.

O chefe diz que é melhor ir direto ao assunto e monta um interrogatório em que Eduardo vai respondendo afirmativamente a todas as perguntas sobre a condição de locatário e as circunstâncias do aluguel dum apartamento na Amsterdam Avenue.

O chefe diz que está satisfeito com as respostas que apenas ratificam as informações que tinha recebido de Mrs. Simon, secretária da agência de imóveis. O chefe continua dizendo que há ainda certos pontos obscuros. Se Mr. Silva não se incomoda de tentar aclará-los.

Eduardo concorda.

Aluga o apartamento, por que não mora? Aluga para um estudante brasileiro que não tinha condições. Ele paga? Não, Eduardo é quem paga. Quem é o estudante? Eduardo inventa depressa Mário Correia Dias. Pergunta se Eduardo pode escrever o nome. Faz um gesto para o subordinado que apresenta a Eduardo uma agenda aberta no mês de outubro e uma caneta. Eduardo escreve o nome com a mão trêmula. Pede desculpas e se justifica com a ressaca. O chefe pega a agenda nas mãos de Eduardo. Lendo o nome, pergunta o que faz Mr. Dias em Nova York. Pós-graduação na Columbia University, Eduardo se lembra das palavras do coronel. Está na cidade? Não sabe. Continua morando no apartamento? Há muito não o vê, mas deve estar morando, como é que ia sobreviver numa cidade como Nova York. E por que continua a pagar o aluguel? Não ia deixá-lo na rua. Se quiser Eduardo não precisa responder, qual o motivo da generosidade? Eduardo diz que responde. Um velho amigo do Brasil, não ia poder terminar o curso por falta de grana. Duzentos dólares a menos não era o fim do mundo para quem ganhava bem e levava vida relativamente modesta. O rosto do chefe se descontrai de verdade e deixa entrever simpatia pelo brasileiro, bem diferente dos outros latinos com quem tinha lidado. Especialmente os do Caribe.

O mais novo já acredita na inocência de Mr. Silva. Vão ter que bater noutras portas.

O mais velho ainda não está satisfeito. Tem simpatia pelo rapaz, acha que não está mentindo. As informações são convincentes. Os argumentos para o pagamento do aluguel alheio são plausíveis. Mas não entende por que não lhe perguntou por que estão ali e fazendo um interrogatório. Pode ser que seja porque ainda está tonto de sono. O pior, no entanto, é que as respostas de Eduardo não batem com as palavras pichadas em todas as paredes do apartamento com nítido teor terrorista, e também não batem com as informações que recebeu tanto do bodegueiro dominicano quanto do dono do bar da esquina. Ambos falam de uma bicha louca que mora no apartamento, uma bicha de uns cinquenta anos, que pode ser tudo na vida menos estudante pobre. "É gente rica", diz o bodegueiro, "o cara tem um carrão último modelo e chega sempre num estica brabo, parecendo senior executive working for a big company. Mas quando o cara sai à noite, precisava ver, era una maricona de película. Dessas que frequentam aqueles bares, você sabe, do Village." O dono do bar disse que o cara tinha aparecido no bar sábado pela manhã e que estava muito nervoso. Além do mais, fardado de sadomasoquista, o senhor sabe, aquelas roupas de couro preto. O cara saiu do bar e foi telefonar na esquina. Do telefone público. O subordinado perguntou ao dono do bar se reconheceria o cara se o visse. O outro respondeu claro que sim, há mais de ano que frequenta o bairro.

O chefe resolve mudar de tática no interrogatório. Decide saber quem é Mr. Dias. Pergunta pela idade. Eduardo diz que não sabe exatamente, se aproxima da sua, supõe uns vinte e cinco, vinte e sete anos. Se tinha amigos mais velhos? Não sabe. Um rico executivo, por exemplo? Não, não sabe. O chefe resolve informá-lo de um rico executivo com uns cinquenta anos que frequenta o apartamento. *O coronel* pensa Eduardo, *já sabem*, e faz tudo para não demonstrar a insegurança que começa a ganhar terreno. "Never heard of", insiste Eduardo, enquanto o chefe resolve se aproximar do motivo pelo qual a polícia de Nova York informou o FBI do sucedido. Pergunta a Eduardo se sabe se Mr. Dias tem envolvimento político com grupos de direita no Brasil ou nos Estados Unidos. Que ele saiba, não. Mas essas coisas o senhor sabe, sabe melhor do que eu. Pergunta se Eduardo está a par da depredação no apartamento. Que depredação? Não sabem ainda ao certo, agora é o chefe quem responde, dando detalhes da maneira como encontraram o apartamento sábado à noite. Eduardo finge tudo desconhecer e se assusta. O chefe se arrepende de ter dado com a língua nos dentes, mas já que as coisas estão ditas, resolve prosseguir em confiança ao rapaz: que o big boss em Washington ficou preocupado quando soube que tinha palavras em português pichadas nas paredes do apartamento, mandou dizer que tinha havido problemas sérios com representantes americanos no Brasil. Eduardo lhe informa que foi o sequestro do embaixador americano no Rio. Coisa de jovens guerrilheiros brasileiros. O chefe confessa que não sabia e agradece, continua dizendo que o dossiê completo deve estar a caminho. O chefe não diz para Eduardo que o big boss em Washington ficou mais preocupado quando soube que o locatário do apartamento era funcionário do consulado brasileiro em Nova York. Agora, o chefe sabia a razão para o "Top secret" que começou a aparecer no fim da noite na cabeça dos telex. E sabia por que tinha sido escolhido para um caso aparentemente bobo.

O chefe diz que vai deixar Eduardo descansar. "You were very cooperative." Mas antes de sair aconselha o rapaz a não deixar a cidade, pode ser que precisem conversar de novo com ele. Por ele, Eduardo já estava liberado, mas o problema é que o apartamento depredado estava no nome dele. E se for coisa de terrorismo internacional, sabe como é, o pessoal de Washington fica impossível.

Tão logo saem os dois, Eduardo corre para o telefone e disca o número do Vianna. Ele próprio atende. Eduardo:

"Dois agentes do FBI estiveram —", não pode prosseguir a frase porque o coronel bate o telefone. Fica o ruído de ocupado atazanando a cabeça já confusa de Eduardo. "Filho da mãe!" grita e ia continuar gritando se não soasse de novo a campainha da porta. "Coming, coming. Just a minute."
É Paco com cara de enterro.
Eduardo pede mil desculpas mas não pode recebê-lo agora. Tem de dar um telefonema.
Paco lhe pergunta se é por causa dos policiais.
Eduardo pergunta que policiais? Tá loca, chica. São problemas no consulado. Questões de visa falso. Mas amanhã já estará tudo resolvido. Passa aqui amanhã à noite, saímos para jantar fora. Você é meu convidado.
Paco não acredita, mas decide não incomodar o amigo. Despede-se dizendo que para qualquer coisa está ao lado. Pode contar.
Eduardo liga de novo para a casa do Vianna. *Vamos ver se tem coragem de bater de novo o telefone.* Deixa tocar, tocar, ninguém atende. *Vão telefonar imediatamente para a Columbia pra saber quem é Mr. Dias e daqui a pouco estão de volta. Sorry, fellow, Mr. Dias não existe. Make another try.* O telefone continua a tocar. Eduardo desiste não sabendo o que fazer sem a ajuda do Vianna. *Ele é que deve entender de guerrilheiro, de contraespionagem, de FBI e do caralho. Pior pra ele. Já sabem da existência dele, de que deve ser brasileiro, ah, o sotaque, com sotaque ninguém brinca, o dono do bar pode reconhecê-lo na primeira foto, azar o dele. Posso ser acusado só de mentiroso, You big liar. And Mr. Dias, Mr. Silva? Pós-graduação na Columbia? Ha ha ha. Mr. Silva is joking* e eis que Stella resolve intervir mandando Eduardo escovar os dentes e dar um jeito na cara. *Tá com cara mais é de defunto.* Eduardo dá-se conta de que está calçado só de meias. *Como cheguei em casa? Que pileque, meu deus! Marcelo,*

foi ele quem me trouxe, ou foi o Rickie, that bitch acompanhado do bostonian — é a única imagem de que se lembra do Envil's, o resto é nevoeiro.

Ao escovar os dentes, Eduardo resolve tomar um bom banho para relaxar. Está tenso e sente que as coisas escorregam pelos dedos com o perigo iminente de queda e quebra. É preciso ficar desperto, bem desperto, que a rebordosa está a caminho. O puto do Vianna. A solução: merda no ventilador. Vítima sozinho é que não vai ficar.

Entra debaixo da ducha morna e se deixa ensopar pela água e depois ensopa a pele com a espuma do sabonete. Não pensa em nada, não quer, faz esforço para não pensar. Concentra-se no banho virando-se de costas para o chuveiro e pondo a nuca sob o jato d'água que vai relaxando gradativamente os músculos do corpo. Vai cedendo a dor de cabeça.

Decide telefonar para o Marcelo e apressa os movimentos da toalha. Telefonar para o Marcelo é a melhor maneira que encontra para contra-atacar o desprezo do Vianna, do sacana, traidor, oportunista, aproveitador, sanguessuga. *Bateu o telefone na minha cara, isso não fica assim. Vai ter o troco. Palavra de Stella.* Pega o robe no cabide detrás da porta do banheiro, o telefone toca no quarto.

É o Vianna, se surpreende; antes que possa dizer qualquer coisa, o outro domina:

"Estou num telefone público. Não diga meu nome que seu telefone pode estar grampeado. Preste atenção. Você desliga e depois desligo eu, pelo ruído posso dizer se está ou não grampeado. Fique sem susto, volto a ligar."

Daí a pouco a campainha soa.

"Não, não está", diz a voz radiante do coronel. "Isso quer dizer que ainda não estão levando a sério a investigação. Tanto melhor. Temos tempo."

Eduardo narra excitado e em detalhes a visita e o interrogatório feito pelos dois agentes do FBI, omitindo o fato de que já sabiam da existência dum coroa cinquentão bem-posto na vida frequentando o apartamento. É o trunfo que esconde na manga. Mas repete sempre que foi aquela judiazinha horrorosa, desde o início que não fui com a cara dela, foi aquela judiazinha da agência que dedurou ele. Eduardo termina a narração nervoso e descontrolado e diz que está perdido, não sabe o que fazer, nem pode pensar nos dois voltando e dizendo que não há nem houve Mr. Dias estudante de pós-graduação na Columbia.

"Eduardo, me escuta. Agora, acalme-se. O pior já passou. Relaxe. Não se deixe tomar pela emoção. Sangue-frio. Seja forte. Ainda estamos com a faca e o queijo na mão."

Eduardo recebe bem as admoestações e as interioriza rapidamente. Já é outro.

"Agora, vamos bolar um plano. Preste atenção porque a gente não vai poder ficar falando sempre. Qualquer dúvida que tiver, tire-a agora, temos que acertar os detalhes, todos, como se acerta um relógio, entendeu? Uma diferença de segundo e pronto, ali está o estopim do fracasso. E não podemos fracassar. Não vamos. Pensamento positivo, Eduardo."

Eduardo vai perdendo a segurança recém-adquirida diante da iminência do perigo e das dificuldades que vão sendo pintadas pelo coronel.

"Escuta o plano. Quando os dois voltarem, que vão voltar vão, porque não vão engolir sem mais nem menos o seu amigo estudante, e daqui a pouco não engolem nem mesmo a sua generosidade, então, quando eles voltarem, admita a culpa. Admita a culpa, é o melhor, porque se não, não largam o seu pé. Vão ficar rondando, rondando, até que você exploda. Conheço os métodos deles. Admita a culpa, diga que foi procurado por um agente do SNI, explique pra eles o que é o SNI, o agente te pediu para

cooperar na luta contra uma célula de terroristas em Nova York. Como secretário no consulado você não pôde recusar. Pode até dizer que está sendo vítima da sua boa vontade e inocência. Eles entendem isso, a maior parte dos funcionários civis deles são colocados nas embaixadas, e se não servem ao FBI, trabalham para a CIA. Se você seguir o plano, Eduardo, o máximo que pode ter são pequenas amolações, mas nada de prensa, de jogo psicológico para te pegar em contradição. Nada disso. Só amolações de pequena monta."
O coronel se cala e Eduardo continua em silêncio. O Vianna começa a se preocupar com a fraqueza do outro. Essa falta de resposta imediata, sabe ele, é mau sinal. Retoma o coronel:
"Eduardo, Eduardo! Diga alguma coisa. Não é tão absurdo assim o plano, você vai ver."
"Não vou aguentar, Vianna."
"Aguenta sim, aguenta."
"Me conheço, Vianna, sei que não vou aguentar."
"Pensamento positivo!"
"No próximo interrogatório, me arrebento todo. Você não imagina como são meticulosos, como vão jogando um dado contra o outro e te encurralando."
"Imagino sim. Conheço bem demais o jogo deles. É uma questão de você estar sempre um passo na frente deles."
"Que passo, Vianna, que passo? Eles estão mais é acertando o passo com o nosso, e depressinha. Agora muito mais depressa do que você imagina. Você nem imagina a quantidade de coisas que já descobriram. São umas feras."
"Eu sei, sei até demais como agem, as técnicas, as táticas, os saltos, os ataques, os toques de retirada, conheço o negócio todo na palma da mão. Mas o problema agora, preste bem atenção, Eduardo, o problema agora é descobrir como se safar do tranco jogando a bola para o companheiro deles, brasileiro, que tem de

ficar na moita. É pra esse agente do SNI que você alugou o apartamento, tá sacando? Não tem nada a ver com você. Contato no consulado. E numa semana você estará voando livre que nem passarinho."
"Ou preso na gaiola que nem passarinho."
"Isso se você não obedecer ao plano."
Eduardo fica em silêncio. Vianna sabe que tem de ser persistente. Não é fácil convencer sem o uso da força. Se fosse, sua vida teria sido diferente. A respiração de Eduardo torna-se ofegante, e é mau sinal, já faz barulho com o nariz, pode estar até chorando. O Vianna sabe que tem de esperar, ser paciente, ser persistente. Esperar até mesmo que a crise passe. O que não pode, não pode de modo algum é deixar que o seu nome transpire. Pior que a reação no consulado, pior que a reação dos colegas de farda no Brasil, pior de tudo é a reação dos colegas de serviço na inteligência americana. E se lembra do caso do assessor de Johnson que foi pego com a mão na botija no banheiro da YMCA em Washington, a poucos quarteirões da Casa Branca. São intolerantes paca, parece que são escolhidos como os opostos dos ingleses. Não sabem como os ingleses admitiram tanta bicha no serviço secreto. Deu no que deu, todos comunistas. E como não sabem, tomam todas as precauções. Os ianques perdoam tudo, bebida, mulher, taras, até droga, perdoam tudo, menos bicha. Toda bicha é comunista. Sua carreira, seus contatos nos States, tudo por água abaixo. É melhor apressar a reforma. Eduardo:
"Vianna, não me deixe sozinho, não me deixe."
"Não estou aqui, ao seu lado? Não estou planejando pra que não haja problemas maiores, pra que tudo dê certo, estou, não estou?"
"Vianna, você tem de me ajudar."
"Já não estou te ajudando? O que que você quer mais? Pode ficar sem susto que no consulado e para as autoridades brasileiras, para todos os efeitos você estava e está a meu serviço."

"Não estou pensando nisso agora. Mijo e cago pra o que podem pensar de mim. O problema é que não aguento mais um interrogatório. Vou pirar no próximo, me conheço."

"Não vai não."

"Vou."

"Ora, Eduardo, deixa de lenga-lenga. Seja homem!"

"E como? Com aqueles dois paquidermes espremendo a gente contra a parede."

"Se salvaguardando, tirando o melhor partido das confusões, jogo de cintura. Você entra em cada parafuso, não te entendo. Perde a esperteza, a inteligência, fica lerdo, tapado, pateta, medroso."

"É isso mesmo. Você acertou na mosca."

"Reaja então, concentre-se, firmeza, segurança, não se intimide, não se deixe tomar por pensamentos negativos, autodestrutivos, reaja."

"Vou tentar. Vou tentar, mas com uma condição."

"Qual?"

"Você podia me arranjar uma maneira de me tirar daqui, me mandar de volta para o Brasil."

"É o pior que pode fazer, só você não vê."

"Não quero saber se é o pior, ou se é o melhor. É o que quero, e pronto. É a condição, aceita ou não aceita?"

"Escute, Eduardo, quando te digo que é pior, é porque sei que é pior. Não quero a sua caveira. Antes pelo contrário. Você acha que o pessoal do FBI já não avisou o pessoal de lá? Já, Eduardo, já avisou. E você nem bem aterrissa no Galeão, e brucutu, te põem a mão em cima e não te largam mais. O pessoal de lá é da pesada, confie em mim, é da pesada, não é como o pessoal daqui. Será que você não sabe que está havendo uma guerra civil no Brasil?"

"É isso que me apavora."

"Se você não tem nada a ver com isso, por que o medo? (Pausa) Voltamos à estaca zero. Eduardo, você está inocente, inocente, me entende? E é por isso que o plano vai dar certo, tem de dar certo. Se não, não dava."

"Você tocou no ponto que me preocupa. Quero saber, ter a certeza de que tenho uma saída aconteça o que acontecer, daí a condição, Vianna. Você podia ir arranjando uma maneira de me mandar de volta para o Brasil. Na surdina."

"Como? Se você nem imunidade diplomática tem. Você é um mero funcionário no consulado. Funcionário contratado."

"Mandar de volta."

"É pior."

"Quero voltar. Quero voltar. Quero voltar. Voltar."

Vianna pressente o perigo à vista e resolve jogar duro. Chega de criancice. Respira fundo.

"Voltar pra quê? Vamos, diga."

"Sair daqui, deste inferno."

"Sair pra quê?"

"Voltar para o Brasil."

"Voltar pra quê? Vamos, diga!"

"Voltar pra casa."

Vianna pisa firme, impiedosamente.

"E você tem casa no Brasil?"

"Tenho, isso tenho, tenho pai, tenho mãe, tenho até uma empregada, a Bastiana."

"Eduardo, pra mim pode mentir, tudo bem, pouco me importo, a vida é sua e a loucura também. Faz com elas o que quiser. Mas pra você não, não minta pra você, rapaz. Só você é que sai ferido."

"Agora vem com esse papo de mentira. Não te entendo. Qual é a sua, cara?"

"Sou eu que não te entendo. Ou você me acha com cara de bobo?"

"Bobo você, tem mais é cara de lobo."
Vianna pressente a já conhecida insolência que volta na fera acuada no matadouro. Abandona o jogo gratuito e entra no de verdade pra acertar a canela. Entra pra machucar.
"Que notícia você tem do seu pai? Que carta você recebeu dele desde que chegou a Nova York?"
Eduardo não responde, descontrolado não sabe aonde o Vianna quer chegar, para onde o Vianna o está levando. O outro volta à carga:
"Que notícia você tem da sua mãe? Que carta você recebeu dela?"
"Nenhuma", Eduardo responde baixinho e automaticamente, "nenhuma." E depois acelera: "Nenhuma, nenhuma, nenhuma…".
"Tá vendo, Eduardo. Voltar pra quê? Se você nem casa tem mais."
"Como não tenho, só porque não me escreveram, não quer dizer que não me querem mais."
"Tá esquentando, tá esquentando…"
"Está querendo dizer que —"
"Não sou quem está querendo te dizer."
"Se não é você, quem é?"
"Eu não sou, vê se me entende."
"Quem é, então?"
"O seu próprio pai, Eduardo."
"Meu pai!?"
"Se você quiser chamar o Sérgio de pai, até que pode, não sei é —"
"Tá querendo insinuar que —"
"Não estou querendo insinuar, estou te dizendo que ele não é o seu pai."
Eduardo perde a voz.

O Vianna acha que tem de maneirar. A dose foi cavalar. O rapaz está ficando incontrolável. Isso é mau sinal.
"Eduardo, conte comigo. Sei o que você pode estar sentindo. Não queria te magoar. Não quero. Mas você não entendia que sou eu o seu melhor amigo. Estou querendo só ser realista com você. Só isso, vê se me entende."
Silêncio.
"Se o magoei, peço-lhe desculpas. Mas é melhor que fique sabendo. Se não fosse hoje, seria amanhã. É melhor. Assim você não fica sonhando com o Brasil, põe os pés no chão."
Silêncio.
"Se o Sérgio não te quer mais, problema dele, eu te quero. Você pode ser o filho que não tive. Já te tirei do buraco uma vez, posso te tirar outra. Conte comigo, Eduardo, você tem um amigão do seu lado. Só você não vê."
Vianna ouve o clique e o ruído de ocupado, insistente e monótono. Liga para Eduardo. Deixa tocar. Ninguém atende.
Eduardo põe o telefone no gancho, de maneira lenta e irrefletida. Não quer mais escutar, não quer mais falar. A ligação não tem mais interesse. Cortá-la como se corta o gás depois que a água para o café ferveu, como se fecha a torneira depois que o banho foi tomado. Não há mais a possibilidade de comunicação entre ele e o Vianna. As palavras são supérfluas, exageradas, abusivas. Só contam os sentimentos, e estes se encontram em estado de independência total com o Vianna, com o resto dos viventes.
Eduardo não tem mais. Eduardo nunca teve. Pensou que tivesse, o bobo. Pensou errado. Ninguém tem Eduardo. Ninguém teve Eduardo algum dia. Sente-se tão solto, tão solto que todo o ambiente concreto e pesado ao seu redor parece reduzido a puro ar. Uma pedra no ar. Um avião. Um meteorito. Um acrobata liberado da gravidade. Nada o puxa mais para a terra. Um corpo que não atrai e que não é atraído. Solto.
Eduardo pensa que deve ser isso o sentimento mais profun-

do de solidão. Um corpo desprovido das forças de atração. Passageiro pelo vazio, pelo vácuo, pelo oco do mundo, sem outro destino que o vagar, perambular pela atmosfera rarefeita dos céus, sem reagir à força dos ventos, apenas sendo levado de um lado para o outro como folha seca. Outono. Outono lá fora. Na solidão o homem não tem peso, tem densidade menor do que a do ar, por isso flutua, tem densidade menor do que a da água, por isso voga pelas ondas. Voga, flutua, sem amarras, sem correntes, sem laços, é isso que Eduardo sabe agora que já sabe que não tem mais.

É diferente fingir que não tem de não ter. É diferente, se esquecer do que já teve, de não poder lembrar porque não tem. Eduardo não pode mais querer lembrar, porque nada esqueceu, nada existe que tenha sido esquecido. Nada existe. Existe o nada. Como tocá-lo? E para quê? Como apalpá-lo? E para quê? Como conviver com ele? Como? Como trilhar os seus caminhos? E para onde? O nada lá, eu cá. Eu cá dentro dele. Ele cá dentro de mim. Irmãos siameses para todo o sempre. Ele lá e cá. Eu cá e lá, indissoluvelmente.

Somos nós dois uma pedra, a rolling stone, with no direction home. I'm on my own, like a complete unknown. O doce prazer de existir no nada. O doce prazer de deixar o nada existir. A pluma ao vento não quer saber dos quatro pontos cardeais, e se quisesse, de nada adiantaria.

Eduardo perde o sentido da direção e do atalho. Pensa que sempre quis economizar as suas passadas pelos caminhos da vida e percebe agora como é lamentavelmente inútil todo e qualquer esforço de poupança. Se existe algum depósito na poupança, vai gastá-lo, e rapidinho, de tal modo que a economia dos seus passos esteja em consonância com o caminho percorrido. De nada vale ter no bolso da vida alguns níqueis, se não existem mais coisas para serem compradas. Nada existe e ficam pesadas no bolso as moedas. Jogá-las para o ar e ver como são mais densas do que o ar, e é por isso que não flutuam (como ele), caem pelo chão atraídas pela gravidade. Eduardo tem inveja das moedas que pesam e quer imitá-las. Bambeia o corpo e deixa que se esparrame pelo chão do quarto como se fosse uma moeda. Busca uma densidade maior do que a do ar. Quer existir. Rola pelo chão esbarrando nos móveis, sentindo na pele a marca dos encontros e dos desencontros.

Eduardo quer que as coisas renasçam do nada para onde entraram e inventa com o movimento do corpo pelo chão truques de mágico. E os pés da cama são pés humanos e se aproxima rolando deles como que para beijá-los submissamente. Enrosca-se a um deles como um verme, fazendo semicírculo. Eduardo dobra as pernas. O semicírculo se completa em círculo quando as mãos alcançam os joelhos. É uma circunferência em torno do pé da cama. Em torno do pé humano. Eduardo repousa. Eduardo começa a girar a circunferência do corpo e vai batendo as partes mais salientes contra o estrado da cama. A circunferência gira e liberta a cabeça das dores causadas pelo estrado, mas agora são os joelhos que se sentem machucados. Eduardo cria o movimento do dia e da noite como o mesmo, do medo e da liberdade como o mesmo, do prazer e da dor como o mesmo. A vida e a morte calçam igual. Como distinguir o joelho da cabeça?

Eduardo recria do nada a possibilidade do mundo e, dentro dela, a possibilidade do movimento da vida.

A circunferência do corpo gira cada vez mais com dificuldade. Eduardo se cansa e descansa.

Eduardo redescobre a possibilidade da força e, dentro dela, a possibilidade do cansaço.

Eduardo abre a circunferência e espicha o corpo pelo chão. Vira de bruços e abre os braços em cruz. Levanta a cabeça e bate com a testa no estrado. Brinca consigo que não sabe onde põe o nariz. "Nariz", diz e fareja pelo chão como cão perdigueiro. As reinações de Narizinho. Os reinos do faz de conta. Faz de conta que se levanta e faz de conta que de novo bate com a testa no estrado. Quer lembrar a dor de um galo na testa. Faz de conta. Eduardo redescobre a possibilidade da lembrança e, dentro dela, a possibilidade do presente.

Rasteja o corpo para fora de debaixo da cama, com medo agora de se machucar, e se põe de pé.

Resolve telefonar para Marcelo. Pensa primeiro que é preciso saber por que quer telefonar para Marcelo. Pega um pedaço de papel na mesinha do quarto e enumera com a caneta:

1. Falar de ontem à noite. Saber o que se passou no Envil's.
2. Perguntar se viu o Rickie sair com o bostonian.
3. Perguntar como chegou em casa. Se foi com a ajuda dele, Marcelo, ou se veio por conta própria como que teleguiado.

Isso são assuntos de ontem. Agora os de hoje:

4. Mandar Marcelo se precaver porque o FBI entrou na jogada. Seria bom que comunicasse isso à organização.
5. Queixar-se do Vianna, amargamente, mas tomar cuidado para não entregar o ouro.
6. Perguntar se Marcelo não gostaria de se chamar Mário Correia Dias.

Você estará me fazendo um favor, Marcelo, salvando a minha pele.

Eduardo se aproxima do telefone. Traz o papel na mão. Disca o número de Marcelo. Já está desistindo, quando atendem. Atende em inglês. Eduardo quer reconhecer a voz porque é voz conhecida. Pergunta por Marcelo em inglês. A voz diz que Marcelo is not home. Would like to leave a message. Please say Eduardo called.

"Is it you, Eddie?"

Eduardo reconhece a voz.

"Rickie!"
Os dois ficam em silêncio. Rickie interrompe-o informando que Marcelo saiu para uma reunião e que só atendeu o telefone porque pensou que fosse ele, Marcelo, querendo dizer alguma coisa com urgência. Eduardo:
"O que que você está fazendo na casa dele?"
"Dormi aqui."
"Dormiu?"
"Depois de deixar você em casa ontem à noite. Que porre, hem? Na certa nem se lembra."
"E ele te convidou?"
"Foi."
Eduardo põe o telefone no gancho de maneira lenta e irrefletida. Não quer mais escutar, não quer mais falar. A ligação não tem mais interesse. Cortá-la como se corta o gás —
Eduardo sai deixando a porta do apartamento aberta.

Décimo

1.

Marcelo volta tarde ao apartamento.

A reunião foi pesada, arrastada, dominada pelo baixo-astral. Más notícias vindas do Brasil e transmitidas ao grupo pelo Falcão. O aparelho repressivo militar se armava como nunca. A troica composta pelos três ministros da área militar não tinha botado o vice-presidente Pedro Aleixo pra escanteio à toa. A Aeronáutica chegava a requintes de perversidade na tortura. Estávamos de volta aos tempos da Gestapo. A luta entre as três armas para definir o sucessor de Costa e Silva fazia que cada uma mostrasse os dentes afiados de tigre e as garras prontas para a rapina da presidência. Quem mata, leva. A arma mais dura ganharia o pleito.

Os companheiros começavam a ficar apavorados com os relatos vindos lá de dentro. Pau de arara. Choque elétrico nos colhões, na boceta, no cu ou nos bicos dos seios. Banhos gelados de imersão. Salas com mudança brusca de temperatura. Interrogatórios infindáveis. Violência violência violência. Sede. Fome. Solidão. Chutes, murros, socos, palmadas ensurdecedoras. Corpos lançados de avião em alto-mar. A lista dos desaparecidos aumentava cada dia. Sabiam também que havia espiões infiltrados em quase todos os aparelhos. Como descobri-los?

O futuro governo prometia. Militares liberais denunciavam em cartas abertas as táticas vergonhosas do Exército para fazer vitorioso o candidato Médici, comprometido com a linha mais dura das duras. Só os militares votavam dessa vez, eleições de caserna. O país uma gigantesca caserna. E mesmo só entre eles, não estabeleciam as regras corretas para um jogo limpo, cada ministério constituía o colégio eleitoral interno à sua maneira. O mais vivaldo, o Exército, galopava na frente. Não foi por acaso que desprezaram os civis que se aproximaram deles em 1964 e não foi precipitadamente que armaram a arapuca para fechar o Congresso nacional. Sós no poder. Como queriam, como querem.

A euforia companheira com o sequestro do embaixador americano dava lugar ao medo das sombras e até mesmo da luz. Na hora Marcelo se lembrou de um verso de Drummond e o citou: "O espião janta conosco". Um outro completou: "Tempo de cinco sentidos num só".

Depois foi a vez de ouvir o relatório de Marcelo.

Disse que não via como podiam pregar um susto no professor Aníbal. Tinha tomado todas as precauções com a própria segurança e podia também ter tomado outras medidas além das que tinha conseguido sacar. O homem era uma raposa, não tinha dúvida. Escolheu edifício com porteiro e interfone. O porteiro não deixava nem mosca passar sem se identificar. Na saída, ficou na porta como que esperando por alguém e percebeu como era severo na permissão para subir, não era um porteiro, era um segurança de banco. A porta do apartamento tinha, pelo menos, quatro fechaduras e era muito sólida. Pior de tudo, o professor era paralítico das pernas, só se movimentava na cadeira de rodas.

Eduardo (codinome Rosebud) disse que não lhe incomodava dar uma de Richard Widmark, fazendo a cadeira rolar escada abaixo. Daria depois até a famosa risadinha do vilão. Mais sabia sobre o homem, continuava, mais tinha certeza de que era o verdadeiro filho da puta nos Estados Unidos. Vocês leram o artigo que escreveu para a revista do William Buckley defendendo a troica? Se associa agora aos republicanos da linha gavião.

Ninguém tinha lido ou visto o artigo, e Rosebud prometeu trazer xerox na próxima reunião. Tinha também feito as suas investigações, no que foi elogiado por Falcão.

Marcelo continuou dizendo que, nesse aspecto, Eduardo tinha toda razão. O homem é um pústula mental. Durante a conversa duas ou três vezes tinha perdido a esportiva. Não se arrependia, porque achava que tinha dado mais naturalidade à visita.

Cuidado, alertava um outro, que ele pode te entregar hoje mesmo. O dedo indicador dele já deve estar coçando. É a fama que corre no meio universitário brasileiro.

Marcelo retomou, o ponto vulnerável — o único que detectou — era a mulher dele, Leila, me deu a impressão de totalmente destrambelhada. Talvez até mesmo biruta.

Rosebud lhe perguntou se era loura oxigenada, porque se fosse estava fazendo o gênero americano, gênero Billie Holliday.

Marcelo disse que era morena, até bonita, um morenaço. Coisa boa, papa-fina pro Vasco. A mulher faz o jogo dele e ele a domina completamente. Mas o homem era vaidoso, egocêntrico, narciso, tão, que Marcelo achava que, se a gente matasse ela, ia sofrer tanto quanto com a morte da cachorrinha da vizinha. Bobagem preparar qualquer coisa pra ela. Perda de tempo — era a sua opinião. Talvez até nos agradeça pelo que fizermos de mal a ela.

Vasco não estava de acordo com a visão de Marcelo. Muitas vezes, para um tipo como o Aníbal, o mais duro não é o golpe em si, mas a repercussão dele. Disso é que têm medo, porque são pessoas facilmente pressionáveis, controláveis pela opinião dos que os cercam. Veja o caso do Valdevinos, nesta hora está cagando nas calças o sacana. É a mulher que chega amanhã e vai receber os cartões de crédito pelo correio; é o embaixador que recebe no consulado as carteiras de identidade e pode gozar até fartar com a história; é a polícia que recebe as carteiras funcionais e, no fim, são os companheiros de armas daqui e de lá que vão acabar dando uma prensa nele, e vai por aí.

Um outro quis saber como tinha tanta certeza do que se estava passando hoje com o adido.

Vasco lhe respondeu, estava comendo a empregada dele e ela lhe tinha dado o serviço direitinho. Continuou, a pichação o Valdevinos tirava de letra. Mandava pintar de novo as paredes e nós, ó, de boca aberta comendo mosquito. Agora não, amanhã vai saber que podem saber que é a maior bicha da paróquia. Basta alguém dar com a língua nos dentes, soltar uma fagulhazinha e a reputação dele vai por água abaixo e por água abaixo vão também as mordomias no estrangeiro. Vasco quis saber se Marcelo viu Eduardo conforme o combinado, e se tudo tinha corrido bem.

Bem, bem não correu, tomou um porre homérico. Conseguiu pelo menos balançar a cabeça dele. Não sabe pra que lado cai, pode ser que até caia nos braços do Valdevinos.

Vasco se assustou com a possibilidade.

Marcelo disse que tinha exagerado, queria mais é dizer que Eduardo não era uma conquista fácil. Devia um grande favor ao adido. Foi ele quem conseguiu o emprego para ele no consulado. E essa, só essa, devia ser a razão por que deixou ele trocar de roupa no seu apartamento. Troca de favores. O Eduardo me parece muito ético.

O Carlinhos quis saber o que Marcelo entendia por ético.

Marcelo disse deixa pra lá.

De volta ao apartamento, Marcelo encontra Rickie nervoso. Tinha de ir e já não aguentava esperar mais. Insiste para que ele fique. Só até o fim da tarde. Antes a gente pode ir almoçar por aí. Te convido para o almoço.

Perto da porta, "Marcelo, o Eddie telefonou. Queria falar com você, atendi o telefone porque insistia e pensei que podia ser você. Pensei errado, desculpe. O Eddie parecia muito angustiado (depressed, diz ele). Telefone pra ele, vai".

Marcelo se chateia com o quiproquó já criado e a safadeza já descoberta pelo Eduardo e pensa *antes assim, seria duro dizer pra ele a seco, tínhamos de tomar um outro porre pra valer, só assim*. Só assim é que ia ter coragem pra contar toda a história da madrugada de sábado. Vai já telefonar para ele, despede-se de Rickie.

O telefone está ali na única peça do apartamento. Na mesinha ao lado do sofá-cama. Disca. Espera. Ninguém atende. Espera mais. Desliga. Disca uma outra vez. Ninguém. Saiu, nem adianta passar por lá, foi curtir a ressaca e a fossa dando uma voltinha pela cidade. Fazer uma pegaçãozinha ligeira no Juliu's, fim de tarde, domingo. A casa fica cheia. Uma quickie, como diz ele. Marcelo lembra que pode falar com o cubano (asco) vizinho dele, são amigos íntimos. Na fossa, Stella deve ter ido escutar os boleros do outro, Contigo aprendí que la semana tiene más que siete días, trocar umas ideias com a amiga. Que a cuca dele deve estar fervendo. A mil. Marcelo não quer pensar que atraiçoou o amigo pelas costas. Não quer, mas não deixa de se preocupar com a maneira como será recebido por Stella.

Aquela desatinada põe a mão na cintura, fecha a cara e me passa a maior esculhambação da paróquia. O prédio vem abaixo. Dá escândalo de lavadeira de cortiço. Ladrona! Puta! Roubou o meu homem! Vai ver, pega até vassoura na cozinha, vem varrendo como se não quisesses nada e de repente enxota o ex-amigo, rua! Pra fora! seu verme. Quando Stella perde a cabeça, não fica pedra em cima de pedra. *Não vai adiantar eu dizer que foi só pra experimentar, você falou tanto nele, que quis tirar uma casquinha, você sabe, mas agora pode ficar com ele todo. É todo seu, sua boba!* E se vê com o Rickie nos braços jogando ele, segura! para os braços de Stella que recebe o corpo levantando a cara ligeiramente para a esquerda, com arrogância. Desce as pálpebras e solta aquele olhar baixo de guempe, de desprezo infinito. You scum! E se Eduardo não quiser o Rickie de volta. Tava jogando sinuca, uma nega maluca me apareceu, Toma que o Rickie é teu, Não senhor, Toma que o Rickie é teu, Não senhor. Marcelo sorri e pensa no outro virando peteca nas mãos deles. Tá com lepra, fica você com ele. Não, fica você. Pode dizer que Rickie é uma bo-ba-gem, só Stella, carente como ela só, é que ia pensar que era um tesouro. Como ele, milhares pelas ruas, minha amiga. Milhares, Stella. Parece que você ficou cega. Atrás do trio elétrico só não vai quem já morreu. Marcelo se chama a si de hipócrita. Só não fica com ele por causa de Stella. Já pensou o encontro dos três. Stella tira o sapato e dá nele. Fazer campanha contra o bofe, não há melhor estratagema para desmobilizar o Eduardo. Fedido como todo gringo, um cê-cê que sai de baixo! Nem sei como você aguentou! Pra mim foi um martírio. Nem parece que foram eles que inventaram o desodorante. E quando tira os tênis, você viu, as meias saem andando que nem em desenho animado e as asas do nariz ganham asas reais. Ali é que não ficam. Pedem por misericórdia. Não toma banho. O Rickie é como todos, não tomam banho. Se a gente não mandar tomar banho antes, é aquela porcaria nojenta. Quem que aguenta? Só a sua amiga, a Viúva Negra. A outra até que deve gostar de um cocozinho na hora H. É preciso tocar o Eduardo. Nessa ele cai. Mulato brasileiro, já sabe, na comida é que não pensa, quer mais é um bom banho e muito desodorante. Vai se tocar, acaba dando uma de nega maluca, Toma que o Rickie é teu, enjeitar é que não vou, é questão de dias. Depois ainda agradece, me agradece pelo bem que lhe fiz, já pensou ficar com aquele estafermo dentro de casa, amigão, você me salvou de uma fria. Marcelo não tinha pensado nisso antes. Nem lugar pra dormir o gringo tem. Já imaginou, amigo, se abanca na sua casa como que num hotel e depois é casa comida e roupa lavada, na flauta. Você vira amélia. De dia lhe lava a roupa, de noite lhe beija a boca. E os calos na mão. Enquanto você trabalha no consulado, vai ficar zanzando por aí numa ótima, fazendo das suas, porque a criatura é uma fera, você já viu, já sabe. Bastou uma piscadinha de nada e caiu que nem mosca no mel. Veio com desculpa que não tinha onde dormir. Já era tarde, estava ameaçando chuva. Disse então que não era problema, passava o resto da noite lá em casa. Mas de manhã, rua. Lá, você sabe, só tem uma cama mesmo e no meio da noite, bumba!, deu de cima. Santo Marcelo não era. Nem Eduardo queria que ele fosse, ou queria?

Só por desencargo Marcelo toca a campainha do apartamento de Eduardo. Como o amigo não atende, resolve tocar a campainha do vizinho.

Paco abre a porta visivelmente apreensivo, tinha visto hoje mais do que os seus olhos podiam ver.

Marcelo se identifica.

Paco sente um alívio e diz que Eduardo fala sempre dele. Manda ele entrar e logo depois fecha a porta, olhando antes para os dois lados do corredor. A casa é de pobre, mas é sua. Um amigo de Eduardo é também meu.

Marcelo percebe que o cubano já não está tão tenso, mas mesmo assim não consegue entrar no jogo dele. Se diz que veio para saber notícias de Eduardo, e só. Nada de intimidades com esse reaça. Tem resistência. Sabe que o outro é autêntico no seu linguajar. Mantém resistência, e fica calado ou se exprime por monossílabos.

"Passei para saber notícias de Eduardo."

"Não vai ficar aí parado no meio da sala. Sente-se, chico."

Marcelo não vai se sentar. Reage ao convite do cubano. Sabe que a amabilidade não é forçada, mas reage.

"Nada de cerimônias, por favor. Temos muito que conversar. Estou tão confuso. É bom que desabafe com alguém."

A curiosidade faz Marcelo ceder. Toma assento no sofá indicado por Paco. Diz que não pode imaginar por que está tão confuso. Aconteceu alguma coisa de anormal com ele ou com Eduardo, que se tivesse acontecido, que se abrisse com ele. Estava ali pra isso.

"Tantas coisas tantas! Nem me fala, chico. Já nem sei mais o que pensar, como agir."

Paco está triste, atormentado, desencorajado, Marcelo percebe e fica mais curioso. Esconde o interesse, olhando para a decoração do apartamento. Não a comenta para não desviá-lo do assunto. Paco não acompanha os olhos de Marcelo. Está voltado para si. Desabafa finalmente:

"Não sei o que fazer para salvar Eduardo."

"Salvar?"

"Salvar."

"Alguém está querendo matá-lo?"

"Sei quem é. Só eu sei. Sua vida está correndo perigo. Ele sabe. Eu sei que ele sabe. Mas não pode me dizer nada. Não pode também procurar a polícia. Deve ser, só pode ser chantagem, e das altas", Paco cochicha as últimas palavras como se a parede tivesse ouvidos.

"Não acha que está imaginando essas coisas, só porque o viu de porre pelo corredor?"

"Ele não me disse nada. Fui eu que descobri. Vendo com os meus próprios olhos."

"Descobriu o quê?"

"Que o homem de negro quer matá-lo. Morre de medo do homem de negro."

"Veja se fala coisa com coisa, Paco, que homem de negro é esse? Que arma que tinha na mão para poder, para querer matar Eduardo?"

"Uma maricona sadomasoquista. Desde que ela apareceu ontem por volta de meio-dia que Eduardo não é o mesmo. Ela domina ele completamente. Nem o mesmo amigo ele é mais."

"Todo mundo sabe que ele ajudou um velho amigo que estava em apuros. Foi isso, só isso, Paco. Daí a você falar de morte, assassinato, chantagem e o escambau, não entendo. Não te entendo, Paco. Não acha que está vendo fantasmas?"

Marcelo acha que Paco está biruta. Será quem sempre foi? Ouviu o galo cantar e já imagina o apocalipse.

"Nem eu me entendo mais. Queria ajudá-lo, mas nem ele quer mais a minha ajuda. Não me deixou entrar no apartamento depois que vieram os dois policiais. E eu queria só ajudar."

"Dois policiais, Paco? Você não acha que já está exagerando demais, fazendo tempestade em copo d'água."

"Dois policiais, juro, juro (cruza os dedos indicadores e os leva até os lábios em cruz, beijando-os) juro por mi madre, não estou mentindo. Pra que que eu ia mentir? Vieram interrogar ele, e ficaram no apartamento dele por mais de uma hora."

Marcelo se assusta e muda de tática.

2.

Quando Marcelo sai do apartamento de Paco tem um polícia de guarda na porta do apartamento de Eduardo e na rua um carro radiopatrulha. Pensa do que se salvou. Tivesse tocado a campainha pouco depois, pegavam ele com a mão na massa.

No telefone da esquina liga para o Falcão.

3.

No fim da tarde de domingo, quando lê o artigo "Brazil in turmoil", no *New York Times*, o professor Aníbal recebe um telefonema interurbano de Washington.

Vem dos headquarters do FBI e a voz na linha, depois de se identificar, desculpa-se por incomodá-lo na tarde de domingo, mas o incômodo se justifica, trata-se de assunto urgente, uma batata quente nas mãos. Continua: liga para ele por indicação do SNI em Brasília. Consideram-no um homem de confiança e na certa poderá ajudar o bureau a deslindar um mistério que tem tudo para se transformar em nova dor de cabeça para os dois países irmãos.

O professor Aníbal diz não sei como posso ajudar, mas podem contar comigo, farei o possível (my best, diz ele). Acrescenta: está à disposição do bureau, se assim quiserem.

A voz na linha lhe pergunta se pode receber em casa, daí a pouco, dois agentes destacados pela representação em Nova York. Estes colocarão o professor a par dos acontecimentos e, em seguida, bem, em seguida os senhores verão o que é possível supor. Estamos num beco sem saída, o senhor perceberá.

O professor diz tudo bem. Está esperando-os.

Aníbal grita por Leila, que venha até o escritório. Precisa falar com ela.

Leila aparece na soleira.

Aníbal lhe pede para ir dar uma voltinha, quem sabe pegar um cineminha sessão das seis, quem sabe, em suma que faça qualquer coisa na rua mas não chegue em casa antes das oito, por favor.

Ela diz que já não aguenta mais, nem uma tarde livre em casa pode ter mais. Ontem, foi aquele rapaz, o Marcelo. Hoje você nem diz quem. Não sabe para que tanto segredo. Pode ficar sem susto, continua, que não vou entregar o ouro. Não entreguei até hoje, não vai ser agora.

Aníbal interrompe dizendo pra ela não encher o saco. Não torra!

Ela interrompe dizendo olha, olha, as expressões que ele usa agora. Quem diria, o professor Aníbal da Columbia University.

Ele não se incomoda com o comentário e continua: lhe pede para que seja compreensiva, que ontem tinha feito, não tinha? Todos os caprichos dela em paga de uma bobagem, uma voltinha no bairro enquanto recebia o Marcelo.

"Caprichos meus? Ou os seus?" insiste em tom irônico.

"Não venha com histórias agora. Daqui a pouco a visita chega. É isso que você quer, é? Que vejam a gente no maior bate-boca?"

Leila vai para o quarto se aprontar. Mas resolve fazer tudo; de maneira controladamente lenta de tal modo que não saia antes que a visita chegue.

Rolando a cadeira até a cozinha, onde está o interfone, Aníbal grita histérico, você está demorando de propósito, te conheço. Fazendo cera.

Leila pensa *ele me conhece de verdade*, mas se desmente em voz alta falando que demorou a achar uma roupa que convinha ao horário. Ao sair, a temperatura ainda está suportável, mas na hora de voltar é que são elas, não é você que vai aguentar o vento encanado nas esquinas.

O interfone soa. Aníbal a postos atende. O porteiro avisa que os srs. Marshall e Robins, de Washington, querem subir.

O professor dá a permissão e rola a cadeira até o quarto de dormir onde encontra Leila já pronta se olhando no espelho. Agora já é tarde. Te apresento e, por favor, diga que está de saída. Continua a rolar a cadeira até o vestíbulo, agora seguido de perto pela mulher.

A campainha da porta soa.

Aníbal faz sinal de esperar e, em seguida, dá ordem à Leila para que abra. Leila abre as fechaduras sob o olhar atento do marido. Leila manda os dois senhores entrar, pede desculpas, está de saída, despede-se com um beijo no marido honey. Sai, fechando a porta atrás de si.

O chefe e o subordinado não conseguem esconder a surpresa diante do professor sentado na cadeira de rodas. O chefe quer adivinhar se foi acidente recente ou se é defeito físico. Na dúvida e diante do visível embaraço do anfitrião, "Professor Paes Leme, I presume", e se apresenta como Mr. Marshall, do FBI, ao mesmo tempo que, com a mão esquerda, mostra aberta a carteira funcional. "Este é Mr. Robins, que me ajuda nas investigações."

O professor estende a mão, ficará muito contente se puder ser de alguma ajuda.

"Passamos por uma fase muito difícil da nossa história", continua ele. "Rebeldia nos quartéis, molecagem nas universidades, bancos saqueados, grupos clandestinos assassinando inocentes a sangue-frio, e agora até um embaixador de nação amiga sequestraram, e isso no momento em que o país, o gigante adormecido (sorri), dá uma grande arrancada para o futuro."

Os agentes pouco entendem do que o professor diz, mas guardam o sorriso profissional, significando silenciosos de acordo.

"Mas não conseguirão. Por mais que tentem não vão conseguir. Estamos alertas. Serão extirpados da sociedade brasileira como ervas daninhas, nem que para isso seja usada a violência. O governo revolucionário militar em si não é violento e nem quer a violência, são esses criminosos irresponsáveis que o obrigam a ser. A contragosto, lhes asseguro. Os militares querem paz, harmonia e prosperidade."

O chefe aproveita uma curta pausa para lhe dizer que entende por que tinha sido indicado por Brasília como homem de confiança.

"Os senhores não podem imaginar como me sinto feliz por saber que os dois serviços de inteligência estão trabalhando em comum, mesmo depois do incidente de setembro." E eis que se dá conta de que os visitantes ainda estão no vestíbulo e pede desculpas. "Que desastrado que eu sou! Falo falo e lá se vai a hospitalidade. Entrem, por favor", manobra a cadeira para junto da parede, deixando os dois passar.

Acompanha-os de perto. Indica um sofá para que tomem assento e logo depois estaciona a cadeira no lugar.

O chefe diz que não quer tomar o precioso tempo do professor, sabe que é domingo, dia de descanso, e por isso julga que é bom ir direto ao assunto. Tira do bolso interno do paletó uma agenda onde tinha preparado um roteiro para a exposição dos fatos.

O agente Marshall estava inseguro desde que recebeu a ordem de Washington para entrevistar o professor Paes Leme, da Columbia, e a voz advertiu: uma das maiores sumidades do Brasil, não se esqueça, aja como se estivesse pedindo a cooperação de uma autoridade como Arthur Schelesinger. Marshall foi contra, é contra o FBI se misturar com intelectuais (eggheads, era a palavra que gostava de usar). Pela sua experiência, sabe que acabam sempre criticando a gente. Mas ordem é ordem.

De posse do roteiro, faz um resumo global do caso, detendo-se mais nos pontos que lhe parecem enigmáticos. Termina por dizer que as investigações seguiam um bom rumo, até que Mr. Silva desapareceu misteriosamente algumas horas atrás. Desapareceu do apartamento, deixando ainda por cima a porta da frente aberta.

O subordinado acrescenta que, talvez por represália, o grupo terrorista tenha sequestrado o rapaz. Pode ser que fosse a ele que o grupo procurava, e não ao outro.

O chefe retoma informando: como Mr. Silva é funcionário

do consulado brasileiro, ainda que com função secretarial, Washington tem medo de complicações com as autoridades brasileiras. Estas podem pensar que o affaire esteja sendo montado pela CIA — em escala menor, é claro, do sequestro acontecido no Brasil — para dar o troco no serviço secreto dos senhores.

O professor escutou tudo com profunda atenção, entrecortando aqui e ali o relatório com "estranho, estranho", que funcionava como uma espécie de ponto, parágrafo.

Terminada a exposição, os dois olham para o professor como se só ele tivesse o abre-te, sésamo, abre!

O professor abana a cabeça, iluminando o rosto com um sorriso vitorioso: "Acredito que lhes possa ser útil. Muito útil". Faz uma pausa e continua: "Incrível como os subversivos só pensam em perturbar a ordem. No Brasil é a mesma coisa, o cidadão já não está mais seguro na sua casa, no carro ou no trabalho. De uma hora para outra irrompem mascarados com metralhadoras, mãos ao alto! É um assalto, é um sequestro. Como se a solução para os reais problemas da nação brasileira estivesse numa imitação barata de filme de bandido e mocinho. Bem se vê que tudo não passa de um plano de adolescentes problemáticos".

O chefe quer se assegurar de que o professor não fuja tanto do assunto. Mas pensa que intelectual é assim mesmo, fala de tudo e pelos cotovelos, menos do que interessa. Recolhe-se à sua sabedoria, prevendo que terá de ter muita paciência, muita.

"E o que não entendo é a imprensa americana. Não dá para entender. Lia agora um artigo no *Times*, os senhores também o leram, não? Chamam a revolução brasileira de golpe (coup, diz o professor), fazem críticas à repressão e à censura, elogiam o que chamam de linguagem esópica nas artes, e nas entrelinhas, vejam só, até defendem os terroristas que sequestraram o embaixador de vocês. Não se sabe de que lado estão os jornalistas. Aliás, só não sabem os bobos. No fundo, estão é contra vocês", e olha fixamente para os dois agentes, que se assustam, acreditando que estão sendo severamente criticados. O chefe acaba por entender o raciocínio do professor e não consegue camuflar o seu mal-estar yankee doodle diante do ataque:

"Graças a deus, nos Estados Unidos a imprensa é livre. E estamos muito orgulhosos por mantê-la assim."

"Liberdade, liberdade, o que o senhor ia pensar, me diga com sinceridade, se publicassem uma matéria a favor dos Panteras Negras um dia sim, um dia não? Conheço, se conheço, a liberdade de imprensa nos Estados Unidos e na França."

O chefe muda de opinião, é dos nossos, o professor é um intelectual diferente, e começa a prestar mais atenção às suas palavras.

"Tanto lá quanto cá os jornalistas são uns incendiários quando se trata de política estrangeira, mas quando o que está em jogo são as questões internas, a própria segurança do país e o bem-estar dos cidadãos, são de um conservadorismo à prova de bala."

O chefe pede desculpas ao professor pelo que tinha dito. Como não entende de política estrangeira (fez carreira no FBI e não na CIA, justifica-se), não podia avaliar a irresponsabilidade dos jornais americanos, mas que realmente no que se referia a problemas internos dificilmente estava em desacordo com o *Times*.

"E o senhor ainda não sabe o que a imprensa vermelha faz no Brasil com esses artiguetes pró-terroristas. Republicam a matéria com todas as letras e com o maior destaque e fazem um estardalhaço de parada em dia de trabalho."

O chefe escuta e aprende, e lança olhares significativos para o subordinado.

"E é a isso que os subversivos chamam de repercussão negativa do regime no estrangeiro. E como hoje tudo é mídia, falam da imagem denegrida do país no estrangeiro, imagem praqui e imagem pralá, até que acertam o tiro mortal: a crítica ao regime militar tido como ditadura, como regime autoritário. É viver lá para ver. Qualquer artiguete desses serve para insuflar a campanha da subversão."

"E como o governo pode governar com uma pressão dessas por parte da imprensa?" pergunta curioso o subordinado.

"Não aguenta, não aguenta, nenhum regime no mundo aguenta, e é por isso que tivemos de criar leis protetivas. E a imprensa daqui diz o quê? Adivinhem? Fala de censura. Censura!"

"Entendo", diz o chefe.

"Mas há ou não há censura?" pergunta o subordinado middleclassmente.

"E o senhor acha que há censura no seu país porque não divulgam os manifestos bombásticos de Malcolm X ou de Jerry Rubin?"

"Os jornais não podem dar espaço a essas loucuras, se dessem, isso aqui virava um verdadeiro hospício."

"É a mesma coisa no Brasil. Só que lá instituíram a autopreservação do regime sob a forma de lei, porque é um país jovem, com políticos irresponsáveis, com alta taxa de analfabetismo. Aqui vocês podem deixar o barco correr, os donos dos jornais, são eles os primeiros a fazer a autocensura."

"Autocensura..." repete o chefe como se, repetindo a expressão, conseguisse compreendê-la melhor.

O subordinado diz ao professor que vai ler o artigo do *Times*, depois vai mandar uma carta de protesto ao jornal. E que vai também desencadear uma campanha a favor do regime militar. Os vermelhos é que não são os nossos amigos. Como começo de conversa, vai reproduzir as palavras do professor na próxima reunião da American Legion. É tesoureiro.

O chefe se surpreende com a comunicabilidade do companheiro e se apressa a tomar a dianteira da conversa.

"Tudo bem, tudo bem, compreendemos as suas frustrações,

professor Paes Leme, e lhe asseguro que tem toda a nossa simpatia. Mas a melhor maneira de ajudar o seu país, e também o nosso, é levando a bom termo a investigação que nos ocupa. Vamos ao trabalho? Vamos!"

O professor Aníbal se dá conta do longo desvio que fez para chegar aonde finalmente chegaram e se desculpa.

O chefe diz que não é o caso. Suas palavras foram muito instrutivas e se vira para o subordinado em busca de apoio.

O subordinado apoia.

"Ao trabalho!" diz Aníbal concordando e comandando. E começa lembrando que, enquanto o outro fazia o relatório, lhe foram ocorrendo certas ideias que poderiam talvez ajudar a esclarecer o mistério da depredação. Continua: nunca viu com bons olhos uma associação que foi criada por estudantes e artistas brasileiros nas dependências de uma igreja protestante na rua 46. Andou investigando e descobriu que era o que era, uma célula de subversivos.

O chefe lhe pergunta o nome da igreja.

Aníbal o tem na ponta da língua: Saint Clement's Episcopal Church.

O nome é familiar para o chefe, vira e mexe aparece nas investigações com caráter político, mas mesmo assim manda o subordinado anotar.

Aníbal retoma informando o nome da associação "Brasil--US: People's Fraternity". Acrescenta que, logo que soube do nome, disse para os seus botões que aquele *povo* não enganava ninguém, cheirava mesmo é a chinês.

"Chinês?" o subordinado se assusta.

"Maneira de dizer", lhe explica o professor. "Não conseguem nem mesmo camuflar as intenções políticas do grupo. Já no nome da associação aparecem as fontes ideológicas que animam a célula."

"E tem chinês metido nisso?"

"Não acredito. Meu faro me diz que o que tem é charuto, rum e rumba."

Os dois não entendem e se entreolham.

O professor agora sabe que domina a conversa e lhes dá uma aula circunstanciada sobre a infiltração de Cuba na América Latina.

"E agora os comunas cubanos se infiltram nos Estados Unidos? É isso o que o senhor está dizendo? Já não chegam os que recebemos de graça em Miami?"

"É uma hipótese!" diz vitorioso. E continua informando, a associação não deu certo e foi logo fechada, mas as pessoas ainda estão soltas pela cidade.

O chefe quer nomes, nomes próprios, o professor se incomodaria ou não?

São brasileiros.

Para isso mesmo é que procuramos o senhor.

Diz que não conhece a maioria deles pessoalmente. Alguns de nome porque são protegidos pela imprensa vermelha. É o caso do artista plástico Saul Ferreira, do cineasta Eduardo Lima e do escritor Flávio Leitão.

O chefe pede ao professor para escrever os nomes na agenda do subordinado. Este se levanta e apresenta ao professor a caderneta com a caneta. O professor anota os três nomes e mais dois outros, julga que estes dois é que planejaram a associação. Devem ser os que mantêm os verdadeiros contatos políticos. Os outros três são inocentes úteis. Servem para camuflar as reais intenções da associação.

O professor diz que ainda tem uma informação, talvez pouco valiosa para o presente caso, mas nunca se sabe. Essa informação, pede ele, não deve constar de modo algum de qualquer relatório, se estivessem de acordo, falaria.

"Off the record", concorda o chefe.
O professor fala do grande protetor do jovem Eduardo que é o adido militar no consulado.
O agente Marshall se assusta e se intimida no silêncio.
O professor tamborila os dedos pelos braços da cadeira esperando a reação. Não vem. Retoma: por favor, isso não pode transpirar, sair desta sala, é assunto por demais delicado e interno. Tornado público, pode envolver o próprio embaixador brasileiro, podem imaginar a confusão. Parece que há mais do que amizade entre os dois. Certa cumplicidade masculina, digamos.
O chefe não ousa perguntar o nome do adido. Escuta, memoriza, lembra-se das palavras do bodegueiro dominicano descrevendo a bicha coroa que frequentava o apartamento, mas se lembra também de que nenhuma palavra pichada se referia a comportamento homossexual. Em todas o teor era nitidamente político. Já está disposto a esquecer a informação, quando o outro volta à carga, ninguém no consulado entende como um adido militar pode almoçar todas as semanas com um mero secretário, preferindo os colegas tão graduados quanto ele.
"Mas este já é um outro mistério", arrisca o subordinado. "Chega o que já temos."
O professor não vai tirar o time de campo no intervalo do primeiro tempo. Soube de colegas cariocas que passavam por Nova York que, já no Rio, os costumes do rapaz deixavam a desejar. Agora, os senhores me digam, como é que um consulado vai contratar uma figura dessas. Será que não fazem a mínima investigação na vida pregressa dos funcionários? Não quer prejudicar o rapaz, longe disso, ele que ganhe a vida dele como pode ganhar, o que o incomoda no final das contas, e pede que o interpretem corretamente, é a imagem do brasileiro que o americano vai tendo. Daqui a pouco vão pensar que o Brasil é um imenso jardim zoológico, como antes o confundiam com a floresta amazônica.

O chefe diz, não há perigo, o americano é muito tolerante hoje em dia. Não vai jogar pedra no telhado do vizinho, se o seu é de vidro. Já foi a San Francisco?

"Tolerante é uma ova. Não vamos misturar as coisas. Quando vocês descobrem uma pessoa como aquele rapaz, não pensam duas vezes, rua! Não são poucos os escândalos em Washington, o senhor sabe tanto ou mais do que eu."

O chefe se convence. Diz que tem de ir no dia seguinte ao consulado, tem de encontrar o rapaz de uma maneira ou de outra, e que, na certa, vai marcar uma entrevista com o senhor embaixador. Pergunta se o professor acredita que ele deva dizer alguma coisa sobre o rapaz. Assim, como quem não está querendo nada.

O professor fica silencioso.

O chefe o interroga de novo com os olhos. Quer uma resposta à pergunta que fez.

"Mal não vai fazer. Ainda mais que o rapaz já está metido até o pescoço num caso de terrorismo. Acho que pode sim. Pode, não, deve. É bom que o embaixador não desconfie apenas do comportamento do adido."

"E se o rapaz não for culpado? Apenas vítima de um equívoco", lembra o subordinado. "Pode ser, não temos nada de certo ainda, pode ser que seja até um elemento infiltrado no meio terrorista. Um espião a serviço do adido militar."

"Como se pudesse, o senhor não conhece os terroristas brasileiros, se vê logo que o senhor não os conhece. São todos uns veados, com perdão da palavra, mas numa hora destas é bom pôr os pingos nos is. O rapaz é, os terroristas são, logo inimigos é que não são. Se entendem entre eles. São todos da mesma laia. E como tal, estão metidos no mesmo saco."

Décimo primeiro

1.

Nesse mesmo domingo, por volta das quatro horas da tarde, obedecendo às diretivas dadas por Washington, os agentes Marshall e Robins voltaram ao apartamento de Mr. Silva. Como se conclui da folha precedente, o declarante faltou à verdade quando do primeiro interrogatório. Na lista dos matriculados na Columbia University não constava aluno com o nome de Mário Correia Dias, ou aluno brasileiro com nome ainda que de longe semelhante. Os agentes consultaram tanto a lista deste como dos últimos cinco anos. Por outro lado, tendo como base as declarações dos dois comerciantes do bairro, o verdadeiro inquilino do citado imóvel seria um senhor estrangeiro (possivelmente de origem brasileira), de boa aparência, com recursos financeiros, de vida moral dissipada, com cinquenta anos presumíveis.

Era intenção dos agentes submeter Mr. Silva a um novo interrogatório, com o fim de esclarecer a verdadeira identidade do inquilino, já que Mrs. Simon durante todo o tempo manteve relações comerciais apenas com ele. Acreditavam os agentes que, sem a identidade do inquilino, ficava difícil: (a) dar prosseguimento às investigações, (b) levantar qualquer hipótese sobre os motivos da depredação do apartamento (salvo que eram de caráter exclusivamente político), e (c) estabelecer um plano que visasse à captura dos possíveis "terroristas" envolvidos no crime.

Acreditavam os agentes que Mr. Silva era peça fundamental para que a investigação chegasse a bom termo. As declarações de um informante indicado por Washington, o professor X (pediu-nos ele que nos relatórios oficiais não constasse o seu nome), vieram desmentir essa ideia. Prestou-nos informações valiosas, claras e precisas. Não foi difícil, como se verá adiante, desbaratar a célula que se organizava em Nova York, em estrita dependência de grupos terroristas radicados no Brasil ou em Cuba. No entanto, o desaparecimento misterioso de Mr. Silva perdurou e, acreditamos, perdurará para sempre.

Logo depois da entrevista com o professor X, os agentes se deram conta (realize, no original) de que o caso merecia maior atenção, visto que poderia ser apenas o estopim de acontecimentos mais dramáticos. Pensando assim, pediram a ajuda da polícia da cidade, que destacou (a) um elemento para vigiar a porta do apartamento de Mr. Silva (optamos finalmente por deixá-lo no interior da residência por excesso de curiosidade dos moradores) e (b) um carro radiopatrulha para qualquer emergência. Essa colaboração foi posteriormente ampliada, pois resolveram os citados agentes pedir a ajuda também do pessoal da seção de desaparecidos, já que dificilmente Mr. Silva teria sido sequestrado.

O já citado vizinho de Mr. Silva, o refugiado cubano Mr. Ayala, foi peremptório no seu depoimento prestado na manhã de segunda-feira, e não temos razão alguma para não acreditar nas suas palavras, apesar de o agente Robins insistir em classificar o depoente como sendo do tipo de imaginação fantasmatoníaca (para definição, veja o livreto — booklet, no original — sobre "Interrogatório", seção "Depoentes"). Disse-nos ele que o brasileiro saiu sozinho do apartamento e desceu desembestado as escadas (lembramos que o apartamento se encontra no quinto andar) para um encontro a que não podia faltar. A partir daí a hipótese do sequestro caiu por terra. Restava saber o motivo que o levou a abandonar espontaneamente a residência, ainda que de maneira intempestiva. Mr. Ayala não nos foi de grande ajuda. Competentes análises das listas de passageiros em aviões com destino ao Brasil indicaram também que ele não deixou a cidade, ou o país. A família do suspeito foi também consultada na cidade do Rio de Janeiro (Brasil) e declarou nada saber do paradeiro dele nos últimos dias.

O relato que se segue é de exclusiva responsabilidade da seção de desaparecidos da polícia da cidade de Nova York.

No dia 1º de dezembro, quase duas semanas depois de ter sido dado o alarme para a captura do suspeito, um carro radiopatrulha, lotado no distrito de Bowery, detectou, entre os bêbados (winos, no original) que faziam arruaça na porta de uma "liquor store", um rapaz que se parecia com Mr. Silva. Trazia uma garrafa de Four Roses na mão. O patrulheiro Williams logo o separou do grupo para averiguação.

No relatório diário arquivado na delegacia do citado distrito lê-se que o detido não tinha documento de espécie alguma. Vestia-se com boas roupas embora esfarrapadas. (Nota do FBI: esse detalhe não é importante porque as famílias caridosas da região fazem compras de roupa nas boas lojas da cidade e são as que doam ao Salvation Army.) Usava cabelos longos, encaracolados, como é moda agora entre os negros; a barba estava por fazer; a pele do rosto estava encardida, mas mesmo assim percebia-se que era mais escura do que a indicada nos papéis fornecidos pelo consulado brasileiro. O estado geral do detido era da mais extrema miséria e da mais profunda embriaguez. Possivelmente estava faminto, assim o patrulheiro Williams interpretou a sua falta de agressividade, a completa apatia.

Não tinha aparência ou sotaque de estrangeiro (brasileiro). Parecia mais um hispano, já nascido e criado no país, visto que tinha bom inglês e sem sotaque definido. Não respondeu às perguntas feitas pelos patrulheiros, seja por causa do seu estado de embriaguez, seja ainda por decisão própria. Falava, no entanto, de maneira desvairada. Nenhum dos patrulheiros presentes conseguiu dar sentido às suas palavras. Ao ouvir o seu nome presumível, não teve reação.

Apesar da possibilidade de equívoco, o detido foi conduzido à delegacia para depoimento.

Como seria impossível obter um depoimento do detido que fizesse sentido, o delegado de plantão naquela noite resolveu trancafiá-lo com o fundamento de que não possuía documento de identidade. Isso foi feito, apesar da forte comoção por que passava o detido, que implorava a garrafa de Four Roses como se fosse uma criança birrenta (spoiled child, no original). Em dado momento, enquanto sentado sozinho no banco de espera, teve por assim dizer um ataque epiléptico, esponjando-se no chão como animal, todo o corpo tremendo. Chamado o médico de serviço, este classificou o ataque de manha, com o único intuito de obter a bebida que o organismo viciado reclamava. Por isso, aplicou-lhe um sedativo. Tanto o delegado quanto o médico acreditaram que, passada a crise, já sóbrio o detido, poderiam interrogá--lo pela manhã. Era o que constava do comunicado que o citado delegado deixou para o seu colega de serviço no dia seguinte.

Mais calmo, o detido foi encaminhado para uma cela onde já se encontravam vários outros.

A noite transcorreu sem arruaças internas e sem incidentes, apesar de ser a tradicional noite de sábado, quando o espírito de revolta e a raiva tomam conta dos detidos. Pela manhã, no entanto, o delegado é chamado às pressas pelo carcereiro. Aquele deparou com o corpo do detido, Mr. Silva, todo coberto de sangue, com a cabeça espatifada. O alcoólatra detido à noite tinha-se suicidado. O interrogatório levado a cabo entre os companheiros de cela nada esclareceu. Todos permaneceram em silêncio. Nada tinham visto, nada tinham escutado.

Feito o exame do corpo de delito, constatou-se que, antes do suicídio presumível, ele foi violentado pelos ocupantes da cela, com requintes de sadismo, isso porque, apesar de ter sido encontrado vestido, sua roupa íntima estava manchada de esperma e sangue. O exame do corpo justificou essa conclusão. Acredita-se — na falta de cooperação das testemunhas oculares e possíveis criminosos — que tenha batido a cabeça contra a parede, como um louco. Contra a hipótese da espontaneidade do gesto tresloucado, existe o depoimento do carcereiro que afirma não ter vindo grito algum da cela durante toda a noite.

Foi aberto inquérito, conclui aqui o relatório da polícia da cidade de Nova York.

Por sugestão dos agentes Marshall e Robins, acatada pelo diretor da representação nova-iorquina, este bureau decidiu considerar o detido pela delegacia do Bowery como *não* sendo Mr. Silva, até prova conclusiva em contrário. Por isso, este bureau decidiu não comunicar às autoridades brasileiras e aos particulares envolvidos com o suspeito a ocorrência do incidente. Segundo os citados agentes, a violência ocorrida no interior de uma delegacia de polícia americana, associada aos atos antiterroristas desenvolvidos pelos militares no Brasil com ajuda da CIA, poderia originar campanha difamatória da imprensa americana e internacional contra os dois países e os seus órgãos de segurança nacional.

Não se descartou também a hipótese de os próprios militares brasileiros, envolvidos como estão com a repressão antiterrorista, usando recursos de tortura física e mental, utilizarem o incidente para criticar a polícia americana com o fim de provar aos olhos do mundo que não são os únicos a deixar acontecer incidentes em cárceres que desrespeitam os direitos do homem.

2.

Terezinha: Fingido que nem ele só.
Da Glória: Quem diria, o Eduardo, logo ele. Punha a mão no fogo por ele. Ai! Deus me livre e guarde e também a Santíssima.
Maria da Graça: Eu fazia que não via, mas boba não era. Não falei antes, só não falei antes com vocês duas porque sabia que iam dizer que tinha a mente mais suja da Terra. Santinho é que não era, só não via quem não queria ver.
Terezinha: Pra mim também não é novidade. Só pra você, Da Glória. Aquele jeitinho fingido dele não me enganava. Lembram quando ele deixou o cabelo crescer, lembram? Parecia uma mocinha cheia de dengues.
Maria da Graça: Se passasse batom nos lábios, calçasse uns sapatos altos, quem que ia ver a diferença? Ninguém. Que levava jeito, levava.
Terezinha: Punha uns brinquinhos nas orelhas, e podia ir se exibir nessas boates entendidas do Village e fazer o maior sucesso.
Maria da Graça: Estava perdendo tempo e dinheiro trabalhando aqui. Hoje já podia ser um milionário. Não viu a história daquele ou daquela, sei lá, que foi pra França, dizem que um conde se apaixonou por ela, um nobre, pelo menos foi isso que disse a revista *Manchete*, e a *Manchete* não mente.
Terezinha: Só não ia pensar é que ia se meter com terrorista

já pensou, minha filha, com bandido procurado pelo FBI, nhec, que nojeira.

Da Glória: Cruz-credo, ave-maria!

Maria da Graça: Dizem que foi raptado no próprio apartamento, isso é o que dizem, raptado pelos colegas de aparelho.

Terezinha: E dá pra acreditar em jornal, dá? Só você mesma, sua ingênua.

Maria da Graça: Ingênua, eu? Quando você ia eu já estava voltando. Olha a outra, metida como ela só, só porque foi promovida se acha dona da verdade.

Da Glória: E a gente não pode fazer nada por ele?

Maria da Graça: Nem o coronel Vianna que é coronel pôde, quanto mais a gente. Não viu o que ele disse, que até o FBI foi chamado para resolver o caso, e nada. Dois agentes destacados, patrulheiros, carro de radiopatrulha, fizeram tudo.

Terezinha (baixinho para a Maria da Graça): Pensa que engana a gente aquele sonso. Os dois, hum, sempre almoçando juntos, amizade de cama e mesa. Só não via quem não queria. De boba é que ele não me faz.

Maria da Graça (sussurrando): Você ficou louca, menina!

Da Glória: O que que foi que vocês estavam cochichando aí?

Maria da Graça: Nada nada, menina. A Terezinha estava falando que o coronel deve estar sofrendo muito. Eram tão amigos os dois.

Da Glória: Se está, veio me dizer que o Eduardo era como um filho pra ele. O filho que não teve. Nem ele nem a dona Sílvia nunca que podiam imaginar que tinha problemas pessoais. Me pediu pra dizer isso para o titio.

Terezinha: E você disse?

Da Glória: Oxente, e ele não me pediu?

Maria da Graça: Já pensaram o que não estão falando da gente no Brasil, aquela gentinha invejosa e mesquinha. Devem estar dizendo que isto aqui é um bordel.

Da Glória: Não quero nem pensar, ave-maria. O titio já me perguntou se não queria ser transferida.
Terezinha: E você?
Da Glória: Disse que não, que o ambiente de trabalho aqui no consulado era muito sadio. Que essas coisas acontecem, acontecem até nas melhores famílias.
Terezinha: E ele?
Da Glória: Concordou, oxente.
Maria da Graça: Vocês duas com a cabeça no Brasil, só eu com a minha aqui, fico pensando é naqui, o que que não estão dizendo da gente depois que o *Daily News* deu ontem o escândalo na primeira página. Vão pensar que todo brasileiro é.
Da Glória: O titio me telefona todas as noites. Me diz pra não dar nem um pio com jornalista, que são uns fofoqueiros de marca. Querem mais é ver a caveira da gente.
Maria da Graça: Terezinha, seja sincera, você acha mesmo que ele foi raptado?
Terezinha: Achar, achar, não acho nada. Mas se você quer saber o que penso, aí então é diferente. Pra mim ele está é escondido e bem escondido num hotel fuleiro aí desses. Acobertado por alguém. O nome não digo, o nome da pessoa que acoberta não digo, porque não sou trouxa e não estou a fim de ser chamada de fofoqueira pelas minhas duas melhores amigas. Espertinho que nem ele só, não ia dar com as caras aqui no escritório depois do escândalo todo. Mas vocês vão ver, eu pelo menos vou ver com estes dois olhos que a terra há de comer, vocês duas vão ver como qualquer dia destes aparece no consulado e com a cara mais lampeira do mundo. É só a poeira baixar.
Da Glória: Cruz-credo! Você também, hem, Terezinha, ninguém presta pra você. Coitado! Vai ver que numa hora destas está na maior precisão, e você aí maldando.
Terezinha: Eu, maldando? Não dizia, ele faz as sem-vergo-

nhices dele e quem paga o pato sou eu. Por isso é que fico de bico calado. Depois não me venham dizer que já sabiam de tudo, porque vou desmentir as duas, as duas. Na cara.

3.

Carlinhos (no aeroporto): Boa bisca ele não era. Vocês mesmos estão de testemunha, na hora do pega pra capá, não deu outra, se mandou, o puto. Uma vozinha me diz aqui dentro que foi ele que dedurou a gente. Estou vendo que vocês não acreditam, pensam que o cara é inocente, que sou eu que estou ficando pinel, tudo bem. Mas quem é que pode me dizer quem que do outro lado podia saber da gente tanto quanto sabia quem entregou a gente? Deu o servicinho completo pro FBI, vocês são todos testemunhas de que os homens sabiam de tudo, tudo, tudo que se passou com o grupo. Até do lance da igreja. Nem isso escapou aos veados. Deu o serviço e agora o FBI deve estar escondendo ele por aí. Dizem que evaporou no ar, assim (estala os dedos), sem mais nem menos. Evaporou uma porra! O que ele queria mais é, ó, nos foder, aqui ó. E conseguiu. Numa hora destas o puto já fez operação plástica, mudou de identidade, quem é que vai reconhecer ele tomando banho de sol numa ilha do Pacífico. Porque é pra lá que o pessoal da inteligência americana manda os dedos-duros do mundo inteiro. Não se lembra da história daquele espião que abandonou a Rússia entregando a rede de espionagem russa na ONU? Uma revista dessas, não sei mais se a *Time* ou a *Newsweek*, disse que foi lá no Havaí que encontraram o cara, ó, numa boa, queimadinho de sol, tomando o seu daiquiri à beira da piscina dum hotel de luxo. Quiseram dizer que era um sósia do espião, mas tava na cara que era ele. Pra onde vai o dinheiro do povo americano? perguntava a revista. Pois é, o dinheiro do povo americano paga agora plástica, hotel cinco estrelas, piscina, daiquiri e o escambau pro Eduardo. Coitado do Eduardo! Como deve ter sofrido quando tosaram metade daquele nariz achatado no equador. E o culpado de tudo isso, vocês sabem, sabem mas não têm coragem de dizer, de assumir, o culpado de tudo foi o Marcelo. Estamos aqui por causa dele. Veio com conversa fiada de que foi amigo do bunda-mole na faculdade, que era gente fina, confiável, simpático à causa, muita vaselina, muita, e todo mundo caiu, e agora, ó, a gente, ó, se ferra. Amigo do adido militar, isso é que era, isso é que é. Só não vê quem não quer. Essa é a verdade que ninguém quis escutar. Os dois de ti-ti-ti lá na mesa do canto, toda semana, e o bobo aqui servindo os dois filhos da puta. Pra quê? Me digam pra quê? Pra ser alcaguetado que nem malandro de morro. Preferiram não acreditar em mim, se embarcaram na palavra do Marcelo, vejam o que deu. Os babacas de cara no chão ferrados bem ferrados, fodidos que nem puta do Mangue. Enquanto os dois — deixa pra lá.

4.

Sérgio, saudoso amigo, você não pode imaginar como eu e Sílvia nos sentimos tristes e inconsoláveis com o desaparecimento repentino do nosso querido Eduardo. Sabemos que você e Tereza estão desolados e é por isso que juntamos, nessa hora, as nossas preces às suas para que o deus todo-poderoso ilumine a cabeça e os passos do Eduardo e o reconduza ao bom caminho de onde não devia ter saído.

Ontem mesmo, Sílvia mandou rezar missa em sua intenção aqui na paróquia do bairro. Apesar de tê-lo conhecido apenas superficialmente, Sílvia me disse que guardava dele a imagem de um anjo desgarrado na Terra. Lembrou a meiguice do olhar, a gentileza nas palavras e no trato, a alma amorosa e sempre pronta para a generosidade.

O Eduardo era certamente, pelas muitas razões que vocês sabem e que vocês julgaram que eu também devia saber, porque as compartilharam comigo, era um rapaz problemático, como aliás muitos dos nossos jovens de hoje, influenciados por tudo o que há de mais pernicioso na sociedade permissiva que a contragosto estamos legando aos mais novos. Mas é melhor silenciar sobre isso nesta hora de sofrimento. Lembremo-nos apenas, como Sílvia, do lado bom da sua personalidade irrequieta, porque é ele que vai fazer que volte para junto dos que o amam verdadeiramente.

Devo dizer-lhes que o desaparecimento do Eduardo despertou a mais viva comoção entre os seus colegas de serviço e também junto aos diplomatas do consulado. A esta hora, vocês já devem ter recebido uma carta pessoal do senhor embaixador. Não foi ideia minha, lhes asseguro, ele queria narrar-lhes os esforços que fez para que as investigações da polícia da cidade chegassem a bom termo. Em vão. Fez ele também questão de me fazer de viva-voz o elogio do nosso Eduardo como funcionário.

Essa é a realidade que conta no final. Revejo o Eduardo chegando ao aeroporto Kennedy, eu com o seu retrato na mão, ele apreensivo e inquieto, inseguro diante da vida nova em país estrangeiro, mas entusiasmado com a possibilidade de provar a si e aos seus que podia enfrentar as dificuldades, vencer. Acho que venceu, mesmo se a vida acabou por vencê-lo — mas não é esse o destino de todos nós? Venceu porque provou que era capaz de arcar com as responsabilidades do trabalho e de uma casa. Nunca cheguei a lhes falar do apartamento que montou. Era agradável e acolhedor e nele recebia os amigos, tanto brasileiros quanto americanos, porque já os tinha agora e muitos.

Pena que não tenha se aberto comigo sobre as dificuldades

e os problemas que tanto o angustiavam e ocupavam de maneira daninha a sua cabeça inexperiente. Não sei se teria podido ajudá-lo como gostaria. Muitas vezes — e quantas! — somos impotentes diante dos desígnios do Senhor absoluto, mas a companhia de um casal amigo e mais vivido poderia ter-lhe minorado as dores íntimas e combatido as forças autodestrutivas que tomavam conta dele. Não imaginam como Sílvia e eu nos penitenciamos por não tê-lo convidado com mais frequência ao nosso lar. Pensávamos erroneamente que um jovem cheio de vida como o nosso Eduardo nada tinha a lucrar jantando com dois velhos que — ainda por cima — moravam no distante Queen's. Pensávamos errado. Tinha muito a aprender conosco, como sempre aprendeu com vocês. Falhamos e nos penitenciamos, e pedimos agora perdão a vocês. Deus na sua infinita bondade já deve ter perdoado a nós dois. Esperamos a palavra caridosa de vocês.

Não devia tocar neste assunto em hora tão triste e dolorosa, mas me sinto na obrigação de esclarecer certas coisas como amigo e, principalmente, como oficial das forças armadas. A imprensa andou divulgando o desaparecimento do nosso Eduardo como sendo consequência do seu envolvimento com um grupo de terroristas que se organizava nesta cidade. Até em sequestro andaram falando os maledicentes, como se a loucura que toma conta do nosso país tivesse se espraiado por estas terras do Norte.

Não acredite, Sérgio, não acreditem, não passem por mais este dissabor, não pensem que o seu filho tenha traído a Pátria que tanto amamos — e pior! — que tenha traído os ensinamentos cívicos que vocês lhes transmitiram enquanto pais. Tudo isso é mentira da imprensa comunista que nos domina e nos impinge como verdade a mais descarada mentira. É calúnia e da mais vil. Estão usando o nosso Eduardo para uma vez mais indispor os nossos cidadãos e uma família amorosa contra os militares. Posso garantir-lhes (não fala apenas o amigo, mas o adido militar) que o nosso Eduardo não esteve envolvido com esses bandidos que foram detidos pelo FBI e expulsos do país que generosamente os tinha acolhido. Que pelo menos preservemos dignamente a memória do "nosso" filho (vocês perdoarão, é o meu desejo, esse egoísmo de um casal que se irmana à dor de vocês).

5.

"Damn it!" exclama Rickie diante de Marcelo que lhe revela o desaparecimento de Eduardo. "Poor fellow! Você devia me ter dito antes."

"Como? E eu agora virei adivinho? Só ontem é que saiu nos jornais."

"Desapareceu na manhã em que o deixamos de porre em casa... Devo ter sido um dos últimos com quem falou."

"Não duvido."

"E só hoje é que o melhor amigo dele fica sabendo da morte, e pelos jornais!? Grande amigo."

"Alto lá! Não exagera, não falei de morte, nem os jornais. Desaparecimento, Rickie. De-sa-pa-re-ci-men-to."

"O que que deu nele? Ficou louco, ou o quê?"

"E dá pra entender essas coisas. O cara pira, é tudo. Ou bem a pessoa solta a língua, fala, escreve, deixa bilhete, explica, ou bem o campo fica livre para a imaginação de cada um, cada um levantando a hipótese que pode."

"E qual é a sua?"

"Graças a deus não tenho. Estou esperando a volta do mito. Billy the Kid rides again."

"Não te passa nada pela cuca?"

"Nada, nadinha, a não ser uma brisa fria soprando da terra dos desgraçados."

"Era tanto assim?"
"O quê?"
"Desgraçado."
"O Eduardo? Não me faça rir. Um boa-praça, nada de desgraçado, um homem feliz que vai viver até quando deixarem ele viver como ele quer viver."
"E quem não 'deixaram' mais ele viver?"
"Está a fim de me sacanear hoje? Te manjo, pilantra. Não falo mais nada. Fecho o bico de agora em diante. Fale você."
"Egoísta."
"Me tira da jogada."
"Como? Se você e ele são iguaizinhos. Se você, ele e eu somos iguaizinhos. Tem os três patetas, não tem? Tem os três mosqueteiros, não tem? E agora, meus senhores e senhoras, distinto público, tenho a grande honra e o prazer de lhes apresentar — os três silenciosos."
"Ou os três egoístas?"
"Prefiro os três silenciosos."
"Mas os três patetas eram quatro. Falta um."
"Os três mosqueteiros também eram quatro. Você tem razão. Oi zum-zum-zum-zum tá faltando um. O quarto da trindade silenciosa. Quem será?"
"O sequestrador."
"Vira essa boca pra lá! Eduardo não foi sequestrado, escafedeu-se."
"Se não é o sequestrador, é o chofer do táxi, do ônibus ou do caminhão. Ou o maquinista, ou ainda o comandante do avião."
"Menos imaginação, meu querido. Eduardo está por Nova York mesmo, na Manhattan que tanto ele como eu amamos, e a pé. E não se chama Rickie. Pense bem: Eduardo não se chama Rickie."
"Você não sabe onde ele está? Você está escondendo ele de mim?"

"Saber não sei, mas tenho a certeza de que você falava do seu 'quarto' e não do 'quarto' na trindade dele."
"I'm lost."
"Simples, meu caro. Você reparou que você e ele inventaram o mesmo destino. O mesmo."
"Não, não reparei. Me conta, Sherlock."
"Quem é que um dia saiu sem avisar ninguém da sua cidadezinha no Arizona, hem? Quem é que tomou um trem até não sei onde e depois um ônibus até San Francisco? Quem é que depois ganhou uma passagem de avião para Nova York? Me diga!"
"O.k., você ganhou, e daí?"
"Daí que ninguém da sua família, nenhum parente seu sabe onde você está no momento. Desaparecido. Missing."
"É diferente."
"A única diferença é que ele é 'Wanted' e você é 'Missing'. No mais."
"É diferente."
"Nada de diferente, meu chapa. Alistamento militar, recruta, soldado, guerra do Vietnã, campo de batalha, tudo isso equivale a interrogatório, entregar os amigos, ordem de prisão, expulsão do país, para onde ir? Cada um tem medo do seu próprio Vietnã. O dele era a polícia, o FBI. O seu é o Pentágono e um homenzinho lá vestido de verde."
"Você acha que ele estava mesmo envolvido?"
"Acho, não. Tenho certeza."
"Se você tem certeza é porque você também estava. No mesmo barco. E como você só é que se safou? Você acabou de me dizer que os outros foram expulsos do país."
"Me deixaram pra trás. Pra que fosse o evangelista do Billy the Kid. Tiveram a decência de não abrir o bico. E quem deu o serviço para o FBI me deixou de fora. Sabe lá por quê."
"Se o Eduardo aparecer, você acha —"

"Acho, não. Tenho certeza."
"Você sacaneou ele. Deve estar puto com você."
"Pelo contrário."
"Eduardo me queria para ele."
"Como quis a milhares de outros lá como cá."
"We'll fly down to Brazil!"
"Não acha que está se dando muito valor, seu mascarado."
"Não muda de assunto. Você tem medo dele. Da volta de Billy the Kid."
"Ficou maluco?"

6.

(Folheto distribuído pelos quatro cantos de Nova York por Paco, que o redigiu e o mandou imprimir.)

As letras E. C. S. estão escritas com sangue. Os quatro pontos em cima do nome do grão-superior da Ordem indicam o poder que ele tem de decretar sentenças de morte.

Duas caveiras estão desenhadas em cada um dos ângulos superiores desta folha. Embaixo delas estão inscritas duas palavras: à esquerda, "tristeza", e à direita, "morte". As palavras estão inscritas por cima de dois ossos cruzados. As caveiras estão atadas por uma fita que, em seguida, desce para os dois ângulos inferiores desta folha em linha vertical. Ali estão desenhadas mais duas caveiras e inscritas mais duas palavras: à esquerda, "terror", e à direita, "luto". A fita se ata em laço no centro inferior da folha.

Eu, F. A., prometo e juro sobre esta espada, o instrumento vingador dos perjuros, conservar o segredo de E. C. S. e não escrever, desenhar ou pintar qualquer coisa que se refira a ele sem ter obtido permissão expressa dele para fazê-lo. Se me tornar um perjuro, dou meu consentimento e desejo para que meu corpo seja cortado em pedaços, depois queimado, e para que minhas cinzas sejam depositadas dentro do cálice a fim de que meu corpo e nome sejam oferecidos à execração pública e universal.

Ele me disse:
A voz é para o ouvido
Ouçam a voz do mestre
Ponham o pé no caminho
O caminho da salvação
Eu é um todo lugar.

Nunca mais vou ficar esperando que me ajudem. Nunca mais vou pedir ajuda a ninguém. Volto os olhos para o Mensageiro de Moisés. Livrai-me, oh Nosso Senhor Jesus Cristo, do homem mau. Preservai-me, oh Divindade Suprema, Um dos Sete, do homem violento.

Para o puro
todas as coisas são puras
O modelo é a criança.

Assim me falou ele e assim escrevo.

E assim também ele me mandou gravar os atos da sua perseguição e martírio, me mandou gravar esta proclamação.

PROCLAMAÇÃO

Agora tenho de lhes falar de um assunto que tem sido o assombro e o abalo dos fiéis, de um assunto que só a incredulidade do homem ocasionaria semelhante acontecimento: o comunismo internacional, que é incontestavelmente um grande mal para a humanidade que era outrora bela a sua estrela.

Hoje porém foge toda a segurança porque o governo cubano acaba de ter o seu invento e do seu emprego se lança mão como meio mais eficaz e pronto para o extermínio da religião no mundo. Admiro o procedimento daqueles que têm concorrido com o seu voto para realizar-se o comunismo, cuja ideia tem barbaramente oprimido a Igreja e os fiéis, chegando a incredulidade ímpia a ponto de proibir até o exercício do sacerdócio.

Quem pois não pasma à vista de tão degradante procedimento? Quem diria que houvesse homens que partilhassem de semelhante ideia?

O comunismo é o ludíbrio da tirania para os fiéis. Não se pode qualificar o procedimento daqueles que têm concorrido para que o comunismo produza tão horroroso efeito. Homens que olham por um prisma, quando deviam impugnar generosamente o comunismo, dando assim brilhante prova de religião.

Demonstrado, como se acha, que o comunismo quer acabar com o cristianismo, esta obra-prima de deus que há vinte séculos existe e há de permanecer até o fim do mundo, porque deus protege a sua obra ela tem atravessado no meio das perseguições, mas sempre triunfando da impiedade. Por mais ignorante que seja o homem, conhece que é impotente o poder humano para acabar com a obra de deus.

O chefe supremo comunista, de todos conhecido, movido pela incredulidade que tem atraído sobre ele toda sorte de ilusões, entende que pode governar o mundo como se fora um monarca legitimamente constituído por deus; tanta injustiça os católicos contemplam amargurados.

Oh! homem incrédulo, quanto pesa a tua incredulidade diante de deus!

Todo poder legítimo é emanação da onipotência eterna de deus e está sujeito a uma regra divina, tanto na ordem temporal como na espiritual, de sorte que, obedecendo ao papa, ao rei, ao pai, a quem é realmente ministro de deus para o bem, a deus só obedecemos.

O cristianismo santifica tudo e não destrói coisa alguma, exceto o pecado.

Assim me mandou ele gravar as suas palavras para que delas tivessem conhecimento os povos do futuro. E assim me mandou gravar este diálogo entre ele e o inquisidor.

Inquisidor: Por que você e seus companheiros de exílio não desistem da causa cristã?
Ele: Nós estamos lutando pela amizade.
Inquisidor: O que você quer dizer com amizade?
Ele: A santa fé da nossa religião cristã.
Inquisidor: Mas você sabe muito bem que a nossa religião é contra os que decretam a sentença de morte. Só o Estado pode decretá-la. Ele é superior a tudo e a todos.
Ele: Nós estamos lutando pela amizade cristã entre os povos de boa vontade e fomos abençoados pelo papa. E se eu não tivesse perdido um documento vindo de Roma o senhor acreditaria em mim, não acreditaria?
Inquisidor: Que tipo de documento era esse?
Ele: Era uma carta que veio de Roma, assinada pelo papa.
Inquisidor: Mas o que dizia esse papel?
Ele: Dizia que qualquer pessoa que lutasse no exílio pela santa causa do papa e da amizade cristã não cometia crime ou pecado.
Inquisidor: Você se lembra de mais alguma coisa desse documento?
Ele: Dizia que os verdadeiros assassinos, os que fazem crueldade e os que fazem todas as más ações ímpias e bárbaras são os soldados de Fidel que se apoderaram do reino dos Guajiros, dizia que eles foram excomungados e que, por isso, nós é que recebíamos a bênção do papa.

Inquisidor: De que cor eram a fita e o selo da carta, e o que estava impresso no selo?

Ele: A fita era branca, parecia tecida em linho, e o selo era também branco com a figura de Filipe II e com palavras que falam de Roma e da Espanha católica.

Inquisidor: Como é possível admitir ou supor que o papa pudesse abençoar tais iniquidades ou que Filipe II pudesse degradar sua própria dignidade de rei?

Ele: Assim como sei que vou morrer por sentença dos comunistas, assim também lhe digo que eu tinha esse documento e que tudo o que estava escrito nele é exatamente o que lhe acabo de contar. E se algum dos meus comandados for preso também, como eu, o senhor então poderá convencer-se pelas palavras dele de que o que eu digo é a verdade, nada mais do que a verdade.

Quando lhe disseram que tinha chegado a hora da execução, ele disse:

Porque a fraternidade cristã entre os povos de boa vontade é coisa que tem de existir e, se alguém falhar nesse sentimento de fraternidade, será castigado.

7.

Vizinha do edifício em frente: I kept telling you he was a dangerous, a very dangerous man, you didn't believe me. Now you see, all those cops in front of his building.

Marido entrevado na cama: Do que que você está falando?

Vizinha: O jornal diz que ele é comuna.

Marido: Quem é comuna?

Vizinha: Seu cego e surdo, não falo mais com você.

Marido: Quem é comuna, me diga?

Vizinha: Não digo e não digo, você nunca presta atenção

nas minhas palavras, fica dizendo — pensa que não sei — que são de mulher louca.
Marido: Não minta, eu nunca disse isso de você. Você não é louca.
Vizinha: Eu sei que eu não sou louca, seu burro.
Marido: Me diga.
Vizinha: Diga antes "por favor".
Marido: Por favor, me diga quem é comuna?
Vizinha: The Puerto-rican you nuts.
Marido: Aposto que é. Eles todos são. É por isso que vêm para este país. Para acabar com ele.
Vizinha: Pode ficar sem susto que desta vez vão matá-lo.

Narrador e personagens dobradiças, homenagem aos Bichos, *de Lygia Clark, e a* La Poupée, *de Hans Bellmer.*

ESTA OBRA FOI COMPOSTA EM ELECTRA PELO ACQUA ESTÚDIO E IMPRESSA
PELA BARTIRA EM OFSETE SOBRE PAPEL PÓLEN SOFT DA SUZANO PAPEL E
CELULOSE PARA A EDITORA SCHWARCZ EM SETEMBRO DE 2017

A marca FSC® é a garantia de que a madeira utilizada na fabricação do papel deste livro provém de florestas que foram gerenciadas de maneira ambientalmente correta, socialmente justa e economicamente viável, além de outras fontes de origem controlada.